Andrea De Carlo
Pura Vita – Das wahre Leben

PIPER ORIGINAL

Andrea De Carlo
Pura Vita –
Das wahre Leben

Roman

Aus dem Italienischen von
Renate Heimbucher

Piper München Zürich

Von Andrea De Carlo liegen im Piper Verlag
außerdem vor:
Zwei von zwei (Serie Piper 3294)
Die Laune eines Augenblicks

Deutsche Erstausgabe
September 2002
© 2001 Arnoldo Mondadori Editore S. p. A., Mailand
Titel der italienischen Originalausgabe:
»Pura Vita«, Mondadori, Mailand 2001
© der deutschsprachigen Ausgabe:
2002 Piper Verlag GmbH, München
Gesamtherstellung: Clausen & Bosse, Leck
Printed in Germany   ISBN 3-492-27042-5

www.piper.de

Die Welt, in die wir hineingeboren werden, ist roh und grausam und zugleich von göttlicher Schönheit. Es ist Temperamentssache zu glauben, was überwiegt: die Sinnlosigkeit oder der Sinn. Wenn die Sinnlosigkeit absolut überwöge, würde mit höherer Entwicklung die Sinnerfülltheit des Lebens in zunehmendem Maße verschwinden. Aber das ist nicht – oder scheint mir – nicht der Fall.

CARL GUSTAV JUNG,
Erinnerungen, Träume, Gedanken

Sonntag abend um halb zehn klingelt das Telefon

Sonntag abend um halb zehn klingelt das Telefon, als er in der Küche sitzt, einen Käsetoast in der Hand, ein aufgeschlagenes Buch über die Bauweise der ägyptischen Pyramiden vor sich, und in der Stereoanlage läuft eine CD von Bo Diddley und Chuck Berry. Es sind nur drei Stücke darauf, die sie wirklich gemeinsam spielen, die übrigen sind abwechselnd von dem einen oder dem andern und ziemlich konventionell, aber die CD lohnt sich schon allein wegen dieser drei Titel. Beim vierten oder fünften Klingeln merkt er, daß der Anrufbeantworter nicht eingeschaltet ist oder nicht funktioniert, also legt er den Toast weg und springt auf und stößt an einen Hocker, der umfällt, und spürt, wie ihm der Schmerz bis ins Mark des Schienbeins fährt; er humpelt ins Wohnzimmer, voller Wut auf die Gegenstände und auf die Störungen, die auch um diese Zeit nicht aufhören.

»Ja?« sagt er.

Ihre Stimme am andern Ende sagt: »Pronto?«

»Hallo!« sagt er. »Ich hätte dich auch gleich angerufen. In fünf Minuten.«

»Ich wollte Bescheid wissen wegen morgen.«

»Klar«, sagt er. Er reibt sich die schmerzende Stelle am Bein und versucht dabei, bis zur Tür zu kommen, um die Musik aus der Küche zu dämpfen, aber das Telefonkabel ist nicht lang genug, auch wenn er den Arm noch so reckt. Das Telefon fällt vom Tisch; er hebt es auf, sagt noch wütender: »Scheißapparat.«

»Was ist passiert?«

»Nichts. Nichts, wenn du mich noch hören kannst.« Er streckt ein Bein vor und schafft es schließlich, die helle Holztür zuzuknallen; durch den Schlag löst sich eine kleine Wolke Putz, aber die schnellen, rhythmischen Gitarrenakkorde sind jetzt nur noch halb so laut.

»Was machen wir also?«

»Was du willst.« In Wirklichkeit ist er jetzt, da sich ihre Idee unaufhaltsam in eine Kette von Fakten verwandelt, voll Widerstreben: Er muß seine Arbeit liegenlassen und Koffer packen und sich ins Auto setzen und losfahren und volltanken und Straßenkarten studieren und sich für eine Route entscheiden und eine fremde Sprache sprechen und Essen bestellen und Hotels suchen, Empfindungen aufnehmen und filtern und ausblenden: »Falls du überhaupt noch Lust hast zu fahren.«

»Klar habe ich Lust.«

»Möchtest du nicht lieber woandershin, nicht so weit weg? Frankreich verschieben, bis es wärmer ist und wir beide mehr Zeit haben?«

»Nein, nein, Frankreich ist mir recht.«

»Prima. Dann hol ich dich morgen früh ab, gegen zehn. Ich lasse es kurz klingeln, wenn ich an der Ecke bin, dann kommst du runter.«

»In Ordnung.«

»Nimm keine zehn Koffer mit, du brauchst nicht viel.«

»Schon gut.«

»Sind ja nur ein paar Tage.«

»Ja.«

»Bis morgen.«

»Bis morgen.«

Wenn sie miteinander telefonieren, ist sie fast noch ruppiger als er und macht ebenso kurz angebunden Schluß wie er. Bei ihr wird er bestimmt nicht durch umständliches Gerede aufgehalten. Im Gegenteil, wenn er aufgelegt hat, glaubt er fast immer, zuwenig gesagt oder nicht aufmerksam genug zugehört zu haben, und würde am liebsten gleich wieder anrufen, um etwas hinzuzufügen oder sie etwas hinzufügen zu lassen. Sie ist vielleicht der einzige Mensch, bei dem ihm das passiert.

Er massiert sich das Schienbein und schaut auf seine nackten Füße, auf den Holzfußboden, auf dem überall historische Landkarten und Atlanten und alte Stiche und Reproduktionen und Fotos ausgebreitet sind. Er denkt an die Telefonate, die er noch zu erledigen hat, an die E-Mails, die er vor der Abfahrt verschicken muß, an die Möglichkeiten, seine Kontakte über die wachsende Entfernung aufrechtzuerhalten.

Als sie eine halbe Stunde
auf der Autobahn sind

Als sie eine halbe Stunde auf der Autobahn sind und die Stadt und die Raststätten und Mautstellen und Satellitenstädte und Industrieanlagen und die giftgetränkte Agrarlandschaft weit genug hinter sich gelassen haben, fühlt er sich allmählich besser. Die Augen haben sich an die vorüberziehende Landschaft gewöhnt, die Vibrationen der Karosserie haben sich auf seinen Körper übertragen, und er spürt wie die Ratlosigkeit, die ihn erfüllt hat, aus ihm herausgespült wird wie von einem Wasserstrom, der ein Höhlensystem ins Kalkgestein wäscht. Wenn er jetzt zurückdenkt, findet er es absurd, daß er gezögert hat. Er sagt: »Zum Glück hast du dich von meinen Bedenken nicht anstecken lassen.«

Sie nickt mit einem unbestimmten Lächeln; wahrscheinlich hat sie ihn nicht verstanden.

»Gut, daß du nicht auf mich gehört hast«, sagt er lauter.

Sie läßt den tragbaren CD-Player laufen, der Rhythmus der Ska-Musik dringt in gepreßten, dünnen Frequenzen aus den Kopfhörern und mischt sich mit den Fahrgeräuschen. Auf ihren Knien liegt außerdem ein Buch, ein südamerikanischer Roman, den sie sich an der Autobahnraststätte, wo sie zum Tanken angehalten haben, von ihm gewünscht hat.

Er deutet darauf, sagt: »Ist es schön?«

In die Musik und in die Geschichte vertieft, hebt sie fragend den Blick.

»Interessant? Hat's dich gepackt?«

»Weiß noch nicht.«

Er blickt auf die Straße: auf den Asphalt und die Autos und

die LKWs, die rasch vorbeiziehenden Leitplanken. Sie fahren einen kleinen japanischen Geländewagen; nicht sonderlich massiv und nicht gerade leise, die Stoßdämpfer sind zu weich, und der Motor ist schnell an der Leistungsgrenze. Aber er kennt das Auto gut genug, um es auf der Überholspur auf die höchsten Drehzahlen jagen zu können, ohne zu befürchten, es nicht zu schaffen oder aus der Spur zu kommen. Vielleicht hätten sie es in einem windschnittigeren und stärkeren Wagen bequemer, denkt er, in einer dieser Flundern auf Rädern, mit einer Fünfhundertwatt-Stereoanlage statt der Lücke im Armaturenbrett (auch so eine Sache, deren Erledigung er immer wieder aufgeschoben hat). Er stellt sich vor, mit ihr auf dem Beifahrersitz und mit ordentlich im Gepäckraum verstauten Koffern in so einer Flunder zu sitzen: Sein Gehirn arbeitet mechanisch, stellt Überlegungen an, die sich ohne jedes System überlagern.

Er zieht den Bauch ein, strafft den Rücken, spannt die Arme an. Wenn er unterwegs ist, will es ihm einfach nicht gelingen, Einfälle zu Gedanken weiterzuentwickeln, die nach und nach in die Gebiete des Sagbaren vordringen. Die Ideen, die ihm beim Fahren kommen, tauchen auf und bewegen sich kaum vorwärts, bleiben stecken oder machen kehrt; lösen sich wiederholende Bilder aus, unscharfe Vorstellungen, bruchstückhafte Empfindungen. Manchmal denkt er, es wäre schön, die Zeit, die man braucht, um von einem Ort zum andern zu gelangen, wenigstens zum Teil schöpferisch zu nutzen, aber das gelingt ihm nie. Ab und zu hat er eine Eingebung, aber sie hält meistens nicht lang genug und verliert im Rauschen des Fahrtwinds und im Dröhnen des Motors bald ihre scheinbaren Qualitäten.

Trotzdem fährt er gern lange Strecken, hält er sich dabei doch in einem Stadium zwischen unterschiedlichen, nicht leicht einzuordnenden Orten und Zeiten auf. Oft denkt er sogar, daß dies die Dimension ist, in der er sich am wohlsten fühlt: eine Gegenwart, die die Vergangenheit rasch hinter sich läßt und sich auf eine immer wieder hinausgeschobene Zukunft hinbewegt. Solange er unterwegs ist, hat er das Gefühl, vom Leben verfolgt, nicht aber eingeholt und am Boden festgenagelt und mit Forderungen und Ansprüchen bedrängt zu werden, bis er keine Luft mehr bekommt.

Sein Mobiltelefon klingelt in der Brusttasche der Lederjacke auf dem Rücksitz. Ohne zu verlangsamen, greift er nach hinten, der Geländewagen gerät leicht ins Schlingern. In der kurzen Zeitspanne zwischen dem Klingeln und dem Annehmen des Anrufs hat er jedesmal die gleiche Empfindung: eine Mischung aus Kontaktbedürfnis und einem Gefühl der Störung. Er zieht das Telefon aus der Jackentasche, liest den Namen auf dem winzigen Display und drückt die OK-Taste.

G.: Hey! Ich wollte dich auch gerade anrufen.
(Er schaut zum Beifahrersitz hinüber, aber anscheinend kann sie ihn nicht hören.)
M.: Wie geht's?
(Ihre Stimme durchsetzt von widersprüchlichen Impulsen der Unsicherheit, Hingabe, Enttäuschung, der konzentrierten Aufmerksamkeit.)
G.: Gut. Bin unterwegs.
(Er merkt, wie steif seine Worte klingen. Wäre er allein, würde er ganz anders sprechen, aber mit ihr an seiner Seite ist das schon das höchste der Gefühle.)
M.: Wann bist du losgefahren?
(In der ersten Zeit ihrer Beziehung hat es ihn beeindruckt, wie sie je nach Ort und Zeit und Gesprächspartner den Ton und die Wortwahl wechselte, so daß sie immer wieder eine ganz andere Frau zu sein schien und auch ganz andere Reaktionen bei ihm auslöste.)
G.: Vor einer Weile.
(Tatsache ist, daß er keine Ahnung mehr hat, wie sie zueinander stehen, nach dem, was sie sich in den letzten Tagen gesagt haben; welcher Grad der Vertrautheit oder Distanz zwischen ihnen herrscht.)

M.: Um wieviel Uhr?
G.: Weiß nicht. Kann mich nicht so genau erinnern.
(Ihr Bedürfnis nach präzisen Koordinaten; es ist darauf zurückzuführen, daß sie in einer extrem unsicheren Umgebung geboren wurde und aufgewachsen ist. Er weiß es, fühlt sich gleichwohl jedesmal in die Enge getrieben und gezwungen, peinlich genau zu sein oder sich in Widersprüche zu verwikkeln wie ein Dieb beim Verhör.)
M.: Wieso hast du diesen Ton drauf? Wenn ich dich störe, können wir ja auflegen.
G.: Du störst nicht. Nur fahre ich mit hundertsiebzig auf der Autobahn.
M.: Ich wollte ja bloß wissen, wie's dir geht.
(Natürlich ist es nicht nur das: Ihre Stimme ist wie eine dünne Sonde, die durch den Raum und die Seelenzustände dringt; er spürt geradezu, wie sie ihn an den Rippen kitzelt.)
G.: Mir geht's gut. Und dir?
M.: Gut, danke. Ciao, gute Fahrt.
G.: Ciao.

G.: Hey?
Er schaltet das Mobiltelefon aus, wirft es auf den Rücksitz. Sie sagt nichts, aber wahrscheinlich ist ihr klar, mit wem er gesprochen hat.
Er tritt das Gaspedal weiter durch, blickt nach vorn. Er fragt sich, ob sein Charakter an allem schuld ist oder ob M. sich einfach zu sehr darauf konzentriert, winzige Details zu registrieren und ihnen große Bedeutung beizumessen. Er fragt sich, ob es ein Versäumnis war, sie nicht als erster anzurufen; ob es stimmt, daß er den Raum in seinem Herzen und in seiner Aufmerksamkeit nie so weit ausdehnen kann, daß mehr als ein Interesse oder eine Tätigkeit oder eine Zuneigung auf einmal hineinpaßt.

Eine E-Mail (die er vor fünf Nächten erhalten hat)

Von: M@mailcom.it
Uhrzeit: 1.45

Lieber Giovanni,
tut mir leid, daß unser letztes Telefongespräch wieder mit zornigen Soll-und-Haben-Listen und gegenseitigen Vorwürfen geendet hat, die eigentlich nicht zu uns passen. Anscheinend können wir gar nicht mehr anders miteinander reden.

An dem Punkt, an dem wir sind (nämlich erwachsen), weiß wohl jeder von uns, was er braucht, und natürlich versucht er es auch zu bekommen oder, wenn er es schon hat, zu verteidigen.

Ich weiß, daß ich ein Leben mit großen Träumen brauche, mit klaren Zielen und interessanten Begegnungen; ich muß mich engagieren können und wünsche mir greifbaren Erfolg. Ich muß einen Plan haben, ein Ziel, das über das hinausgeht, was ich von Augenblick zu Augenblick tue. Vielleicht ist das eine Beschränkung, aber es gehört zu meinem Wesen, das sonst verkümmert. Ich bin aber keine einsame Macherin, ich hab nicht das Zeug zur Einhandseglerin auf der Suche nach Ruhm und Erfolg. Ich bin eine Frau, und letztlich ist es das, worauf ich mich gut verstehe. Ich kann mir etwas ausdenken, es vorantreiben und vielleicht auch zu Ende bringen, aber nicht allein und nicht, wenn es nur um mich geht. Mit dir zusammen hätte ich genug Mut und Kraft gehabt, etwas Vernünftiges aufzubauen, das sich mit den Bedürfnissen und Träumen von uns beiden vereinbaren läßt.

Statt dessen stehe ich nach all dem Schwung, der Nähe, dem

Interesse und der Vertrautheit der Anfangszeit plötzlich in einem Niemandsland, hin und her gerissen zwischen zwei Alternativen, die beide gleich enttäuschend sind. Entweder mit dir, vollkommen beansprucht von dir und deinen Aktivitäten, Ideen und Launen, oder allein mit meinen Kindern und meinen Verpflichtungen, während du wegfährst, um deine »Aura wiederherzustellen«, wie du es ausdrückst. Ich war also alle zwei Wochen fünf, sechs Tage ohne die Gesellschaft eines anderen Erwachsenen, mit dem ich reden oder etwas unternehmen konnte, und in der restlichen Zeit hast du mich mit Beschlag belegt, allerdings immer nur provisorisch. Dabei braucht man eine gewisse Kontinuität, wenn man ein gemeinsames Leben aufbauen will. Aber nichts dergleichen: Immer in der Schwebe, immer zu dicht beieinander oder zu weit voneinander entfernt. Ohne je etwas Konstruktives zu machen, und zum Schluß auch ohne Energie.

Seit wir zusammen sind, habe ich immer darauf gewartet, daß du mir einen Vorschlag für ein gemeinsames Leben machst. Ich war sogar bereit, Wohnung und Job zu wechseln. Aber du hattest ja den Kopf voller Phantasiegebilde, die zwar verlockend waren, sich am Ende aber immer mit all den anderen Bildern vermischen, von denen sich dein ziemlich unpraktischer Geist nährt. Komm, wir gehen nach Irland, hast du gesagt, oder nach Peru. Wir bauen uns eine Hütte auf einer einsamen Insel im Ozean wie die Meuterer der Bounty. Aber wenn es darum ging, gemeinsam eine richtige Wohnung für uns und für meine Kinder zu suchen, hast du dich wie in einem Käfig gefühlt. Hausmeisterlogen und Treppenhäuser waren dir unerträglich, die Mieter, denen du begegnet bist, kamen dir wie Monster vor, von den Gerüchen wurde dir übel, die Lichter waren dir ein Graus, die Aufzüge hast du betreten wie ein zum Tode Verurteilter das Schafott.

Wenn du behauptest, es liege an deinem Beruf, dann ist das bloß eine Ausrede. Du hast es mir selbst gesagt, eines Nachts vor zwei Jahren, als du mal wirklich ehrlich warst, weißt du noch? Du hast zugegeben, daß du als Historiker über die Möglichkeit verfügst, vor der Alltagsrealität zu fliehen, die Verbindungen zu allem zu kappen, was mit Mühe und Beharrlichkeit (aber doch auch mit Freude) getan werden muß. Was bleibt denn noch, in diesem provisorischen Leben, wenn man sich systematisch davor drückt, Probleme anzupacken?

Vielleicht ist dein schlimmster Fehler der Mangel an Beständigkeit, denn ohne irgendeine Art von Beständigkeit gibt es doch keine Zukunft. Beständig bist du nur bei deiner Arbeit, aber selbst da neigst du dazu, einfach draufloszuschreiben, dir Orte und Epochen vorzunehmen, wie es gerade kommt. Du betreibst deine Forschungen und schreibst deine Bücher ohne festen Plan, obwohl es dich viel mehr Mühe kostet, als wenn du methodisch vorgehen würdest. Du denkst, daß alles so überraschend und aufregend bleiben muß wie am ersten Tag. Aber das ist doch auf lange Sicht eine unreife Vorstellung und ziemlich destruktiv.

Ich hatte immer eine hohe Meinung von dir, Giovanni, und ich weiß deine Lebendigkeit, deine Tiefgründigkeit, deine Intelligenz und Fröhlichkeit zu schätzen. Ich kann auch mit deiner Düsternis, deinen Ängsten, deinen Energieeinbrüchen leben. Aber nicht mit deinem ständigen Kommen und Gehen, deinen Sinneswandlungen, deinen Hirngespinsten, deiner Weigerung, eine klare Entscheidung zu treffen oder eine Verpflichtung einzugehen, ich schaffe es einfach nicht.

Fünfeinhalb Jahre lang waren wir wie zwei Goldfische im Glas, die ständig im Kreis herumschwimmen und natürlich nicht wissen, daß sie das tun.

Das war's, was ich dir sagen wollte. Du behauptest immer, an die Zukunft zu denken sei kleinlich und nur etwas für Leute, die Programme machen, anstatt zu leben, und nur die Gegenwart sei unsere Aufmerksamkeit und unsere Leidenschaft wert. Aber die Gegenwart verbraucht sich ständig, wie ein Band, das abläuft, Giovanni; sie wird jeden Augenblick Vergangenheit, und wir merken es nicht einmal.

Voll Traurigkeit
M.

Er sieht sie immer wieder an

Er sieht sie immer wieder an, mit den Stereo-Kopfhörern und dem Buch in den schmalen Händen. Er findet es ganz in Ordnung so; dann wieder meint er, sie sollten die gemeinsame Zeit besser nutzen, sich richtig intensiv zu unterhalten.

Er sagt: »Könntest du nicht ein andermal lesen?« Der Wunsch, sie in Ruhe zu lassen, der Wunsch einzugreifen. Natürlich gefällt es ihm, daß sie eine ist, die liest, anstatt auf ihre Fingernägel zu starren, aber jetzt kann er einfach nicht still sein. »Könnten wir nicht ein bißchen reden?«

Zögernd hebt sie einen Kopfhörer an, fragt: »Was?«

»Nichts.« Er macht eine Handbewegung zur Autobahn hin, und es gibt ja wirklich nichts zu sehen oder zu kommentieren, nur Asphalt und andere Autos und LKWs, Leitplanken Leitplanken Leitplanken. Eine Nicht-Landschaft, ein Fahrkanal, der das Gesichtsfeld ausfüllt, ohne es in irgendeiner Weise zu bereichern. Die Hügel rechts und links sind weit weg und liegen in einem anderen Licht; selbst wenn sie interessant wären, müßten sich die Augen anders einstellen.

Er streckt die Hand aus und berührt ihre Schulter.

Sie lächelt kaum merklich; setzt den Kopfhörer wieder auf und liest weiter.

Er denkt, daß er sich früher genauso ins Lesen vertieft hat, um sich von allem zu lösen, was er um sich hatte. Wenn jemand nach ihm rief oder ihn ansprach, hörte er es gar nicht. Er folgte einem Strom von Bildern und Empfindungen und war nicht mehr da, sondern Tausende von Kilometern und Hunderte von Jahren entfernt. Der Strom mußte aber unbedingt glaubwürdig sein, sonst funktionierte es nicht; mit Phantasien aus zweiter oder dritter Hand gelangte er nirgendwohin.

»He!« sagt er laut.

»He«, sagt sie mit ein paar Sekunden Verzögerung. Da er sie weiter ansieht, hebt sie erneut einen der Kopfhörer an.

»Wir machen ein Spiel. Schalt das Ding da aus.«

»Was für ein Spiel?« Aber sie drückt auf die Stoptaste.

»Wir stellen eine Liste unserer Fehler auf.«

»Eine Liste?«

»Ja. Leg das Buch weg, und nimm Stift und Papier.«

»Woher denn?«

»Im Handschuhfach ist ein Stift. Hast du keinen Zettel?«

»Nein.«

»Nirgends?«

»Weiß nicht.«

»Du hast keinen Zettel und kein Heft und keinen Notizblock mit?«

»Vielleicht im Koffer, hinten.«

»Na gut, ist auch nicht unbedingt nötig. Wir können es auch ohne Zettel machen. Wer fängt an?«

»Fang du an. Es war deine Idee.«

»Aber wenn du nicht richtig bei der Sache bist, macht es keinen Spaß.«

»Doch, doch.«

»Wenn du es als eine Pflichtübung ansiehst.«

»Mach ich nicht.«

»Doch. Lassen wir es bleiben.«

»Warum?«

»Weil es so keinen Spaß macht. Es soll doch ein Spiel sein.«

»Eben. Spielen wir es.«

»Ist nicht so wichtig. Wirklich nicht.«

»Bist du beleidigt?«

»Nein, überhaupt nicht.«

»Doch.«

»Nein, wenn ich es sage. Da, schau mal.«

Die Landschaft vor ihnen öffnet sich: Am Horizont erscheint das Meer, blaßblau leuchtend wie der Himmel, auch wenn das Festland mit den monströsen Gebilden der Autobahnausfahrten und Überführungen und Unterführungen und riesigen Betonpfeilern übersät ist.

An der Zollstation gibt es keine Zöllner mehr

An der Zollstation gibt es keine Zöllner mehr. Die Autos und LKWs fahren trotzdem langsamer, schon allein wegen der leichten Verengung der Straße und dieser Idee von Grenze, die von den bereits verfallenden Gebäuden und Überdachungen herrührt.

»Ist das nicht irre?« fragt er.

»Was?« Sie hat die Kopfhörer nicht wieder aufgesetzt, seit sie das Meer sehen, und sie hat das Buch zugeklappt, auch wenn es weiterhin auf ihren Knien liegt.

»Daß diese Scheißtypen in Uniform nicht mehr da sind, die deine Papiere verlangt haben und deinen Namen und dein Gesicht zweimal kontrolliert haben, mit einer Miene, als könnten sie entscheiden, ob du durchfahren darfst oder nicht.«

»Ja, schon.«

»Kannst du dir vorstellen, daß sich wegen dieser bescheuerten Grenzlinie Menschen gegenseitig umgebracht haben? Als wäre sie eine fundamentale Tatsache, ein Prinzip, das um jeden Preis verteidigt werden muß.«

»Wann?«

»Immer wieder. Zum letztenmal, als die Deutschen in Frankreich einmarschiert sind und die Italiener, die Feiglinge, im letzten Moment in den Krieg eingetreten sind, um sich ein Stück Küste unter den Nagel zu reißen.«

Sie sieht ihn an und nickt, wobei nicht klar ist, ob sie es schon gewußt hat oder nicht. Andererseits ist sie stets vorsichtig, wenn er über Geschichte spricht, aus Angst, mit zu vielen Details überschüttet zu werden; es ist eine Schutzreaktion.

Er blickt in Richtung Meer: betrachtet die Schilder mit den Namen, die Dörfer, die sich an die tiefer liegende Küste klammern. Er fragt sich, ob man den Unterschied zwischen der Art der Landschaft auf der einen und der anderen Seite der Grenze wirklich sehen kann, oder ob es nur eine Vorstellung von ihm ist, die auf seine unpatriotische Haltung zurückzuführen ist. Aber es kommt ihm wirklich vor, als sei die italienische Küste auf barbarischere und planlosere Weise ruiniert worden als die französische. Ihm fällt ein, was M. immer wieder erzählt hat, eine ihrer vielen Geschichten: wie sie mit sechzehn auf dem Weg nach England zusammen mit ihrem Freund auf dem Motorrad hier entlanggefahren ist. »Hinter der Grenze war sogar die Farbe des Meers anders«, sagte sie immer, »das Blau war irgendwie besser.« Zusammen mit diesem Satz schwirren ihm andere Bilder durch den Kopf: sie als Mädchen, wie sie sich an ihrem Freund festhält, ihr spontanes, leidenschaftliches Interesse, das Motorrad auf der kurvigen Straße, die Art, wie sie dicht an seinem Rücken atmet.

»Dieser feine Faden, der zwei Menschen zusammenhält«, sagt er.

»Was für ein Faden?« fragt sie, als kehre sie von weit her auf die Erde zurück.

»Alles, was Menschen miteinander verbindet, auch wenn sie sich nicht sehen und nicht miteinander sprechen.«

»Wieso denn Faden?«

»Weil es etwas ganz Feines und doch Festes ist. Es ist nicht zu sehen, und es ist doch dehnbar, über die Entfernung und die Zeit und all die anderen Menschen hinweg, die den Raum ausfüllen und sich kreuz und quer hindurchbewegen.«

Sie sieht ihn an. Er denkt an das, was jedesmal geschieht, wenn er und M. beschließen, sich nicht mehr anzurufen, und der Faden, der sie verbindet, kurz vor dem Zerreißen zu sein scheint: an das wachsende Gefühl der Leere um ihn herum, das auf sein Trommelfell drückt und ihm die Luft aus den Lungen zieht, so daß er nirgends zur Ruhe kommt.

»Es ist aber nicht gesagt, daß dieser Faden wirklich vorhanden ist«, sagt er.
»Nicht?«
»Nein. Zwei fühlen sich vielleicht miteinander verbunden, aber wenn sie sich trennen wollen, stellen sie fest, daß sie in Wirklichkeit ganz gut ohne einander auskommen.«
»Und wieso fühlen sie sich eng miteinander verbunden?«
»Weil sie durch den Kleister der Gewohnheit und der gemeinsamen Dinge und Orte und angehäuften Gesten zusammengehalten werden. Der Kleister ist so stark, daß die Verbindung dauerhaft zu sein scheint, aber sobald einer von beiden sich zu lösen versucht, ist plötzlich gar kein Faden mehr da.«
»Wie traurig.«
»Ja. Die meisten Bindungen sind von dieser Art, glaube ich.«
»Und wie weiß man dann, daß doch ein Faden da ist?«
»Wenn man beim Versuch, ihn zu zerreißen, eine Art Sturzflug erlebt.«
»Und woraus besteht der Faden?«
»Aus dem Austausch von Fragen und Antworten. Aus Blicken, aus Gleichklang und Absichten und Überraschungen. Aus gegenseitiger Neugier. Aus Ähnlichkeiten natürlich. Und aus Unterschieden.«
Sie will etwas sagen, da klingelt ihr Handy mit der witzigen, synkopischen kleinen Melodie, die sie unter vielen möglichen Klingeltönen ausgesucht hat. Gleich darauf klingelt seins. Beide fangen an zu sprechen, jeder zu seinem Seitenfenster geneigt, um sich gegen die Stimme des anderen abzuschirmen.

Schon auf der Autobahnausfahrt stockt der Verkehr

Schon auf der Autobahnausfahrt stockt der Verkehr und bewegt sich in einer langen Schlange auf das Zentrum der am Meer gelegenen Stadt zu. Beide betrachten die Schriftzüge und Autos und Geschäfte und Gebäude und Gesichter, während sie im Stop-and-Go durch den Vorort rollen. Er weist auf Details hin und gibt Kommentare ab, aber die Ironie, die er hineinlegt, schützt ihn nicht so, wie er es sich wünscht. Er fühlt sich bereits angesteckt von der Trostlosigkeit der Umgebung, seit das Fahrtempo keinen Schutz mehr bietet: Er kommt sich ausgesetzt vor, zu empfänglich für die feuchtkalte Normalität, durch die sie im Licht des späten Nachmittags rollen.

»Wir könnten ein bißchen im Zentrum herumlaufen«, sagt er. »Wir schauen uns das Museum für zeitgenössische Kunst an, wenn du willst.« Pläne für Unternehmungen und Empfindungen, die vorausgeschickt werden, um den Raum freundlich zu gestalten, mentale Bilder als Gegengift.

»Hhm.«

»Oder wir machen ein paar Schritte auf der Uferpromenade und trinken etwas in einer Bar.«

»Na gut.«

Doch je länger sie sich durch den zähen Verkehr quälen, desto weniger reizt ihn der Gedanke anzuhalten. Es ginge auch gar nicht, denn die Straße ist zu eng, und nirgends ist ein freier Parkplatz; aber das ist es natürlich nicht allein. Er sieht sich einfach nicht wie ein beflissener Tourist durch die Straßen einer großen Seestadt außerhalb der Saison laufen.

Als sie endlich im Stadtzentrum sind, sagt er: »Soll ich einen Parkplatz suchen, oder möchtest du weiterfahren?«

»Lieber weiterfahren.«

Aber auch als sie zur Strandpromenade kommen, wo zwischen Palmen und Häusern in beide Richtungen Autos fahren, lockt ihn keine der Fassaden oder der Bars, auszusteigen und sich den Gesetzen des Orts zu überlassen. Auch hier fürchtet er den dumpfen Druck der Erwartungen, ungeschriebene Verpflichtungen.

»Und wenn wir einfach weiterfahren und in irgendeinem kleinen Dorf haltmachen?«

»Ja. Das ist besser.«

»Wirklich? Liegt dir nichts dran, die Stadt zu besichtigen?«

»Überhaupt nichts.«

»Also nichts wie los!«

Auf der Uferstraße gibt er aufatmend Gas, dankbar, daß sie ihm in diesen Dingen so ähnlich ist. Er fühlt sich dem Szenario schon nicht mehr verpflichtet, braucht sich nicht mehr auf die Umgebung einzulassen.

»Ich bin einfach kein Wochenendtyp«, sagt er.

»Nicht?«

»Kein bißchen. Wochenendausflüge machen mich furchtbar traurig.«

»Warum?«

»Immer kommt es mir so vor, als seien sie schon vorbei, bevor sie begonnen haben.«

»Sie haben das Ende ja schon im Namen.«

»Eben! Man fährt los und denkt schon an die Rückkehr. Wie ein Urteil, das von vornherein feststeht und alle anderen Möglichkeiten ausschließt.«

»Zum Beispiel?«

»Zum Beispiel zu wissen, daß man einen Entscheidungsspielraum hat. Nicht einen kleinen, sondern einen *unbegrenzten*. Zu wissen, daß man auch irgendwo anders bleiben kann, wenn einem danach ist.«

»Passiert dir das?«

»Fast jedesmal, sogar wenn der andere Ort mir nicht besonders gefällt.«

»Und du hast kein Heimweh?«

»Nach zwei oder drei Tagen überhaupt nicht mehr.«

»War das schon so, als du klein warst?«

»Nein.«

»Und konntest du Wochenendausflüge schon damals nicht leiden?«

»Nein. Aber meine Familie machte auch kaum welche. Sie waren nicht organisiert genug und hatten auch keine Reiseziele. Wir waren immer eine ganz mittelmäßige Familie, ohne praktische Veranlagung. Ich hatte nicht viele Anhaltspunkte.«

»Seid ihr nie weggefahren?«

»Manchmal haben wir einen Sonntagsausflug gemacht, aber ganz selten. Das war dann immer wie in einem dieser Schwarzweißdokumentarfilme über die Peripherie von Mailand und das lombardische Flachland, du weißt schon.«

»So trostlos?«

»Ja. Schon die Vorbereitungen, und dann die Gespräche und die Kleider, das Auto, die Straße, die Landschaft. Und die Einstellung meiner Eltern.«

»Welche Einstellung hatten sie denn?«

»Wie Soldaten auf Feindgebiet, immer bereit, Schützengräben auszuheben, auch um sich gegeneinander zu verteidigen.«

»Haben sie sich gestritten?«

»Es gab ständig eine gewisse Spannung. Sie kam fast sofort auf, wenn jemand eine Forderung stellte, wie es im Familienleben ja ganz normal ist.«

»Zum Beispiel einen Wochenendausflug zu machen?«

»Ja. Und durch die außerordentliche Häßlichkeit und Feindseligkeit der Stadt wurde das Familienklima noch tausendmal schlechter.«

»Und so seid ihr nicht oft weggefahren?«

»Nur im Sommer, wenn die Schule zu Ende war, bis Mitte September. An andere Dinge in meiner Kindheit kann ich mich nicht erinnern.«

»Wie erklärst du dir das?«

»Das übrige habe ich fast alles gelöscht.«

»Du hast keine Erinnerungen an deine Kindheit in der Stadt?«

»Nur einzelne Bilder. Ich erinnere mich eher an bestimmte Empfindungen. Auch die nur in Schwarzweiß. Nicht wie in einem Film, sondern eher wie bei dieser primitiven Art der Bildanimation, bei der alte Fotos durch Drehen einer kleinen Kurbel in Bewegung gesetzt werden.«

»Zum Beispiel?«

»Zum Beispiel, wie ich in einem viel zu dicken und zu großen Wintermantel, mit einer lächerlichen Mütze auf dem Kopf, durch eine vom Dieselruß und vom Frost ruinierte Parkanlage zwischen Hauptverkehrsstraßen laufe. Oder wie ich am ersten Schultag meinen grünen Lederranzen auf den Asphalt im Schulhof schleudere, als könnte ich auf diese Weise den Gedanken vertreiben, in die Schule gehen zu müssen.«

»Aber an die Sommer kannst du dich besser erinnern?«

»Von den Sommerferien weiß ich noch ziemlich viel.«

»In dem Fischerdorf an der Flußmündung, wohin du mich mal mitgenommen hast?«

»Ja, aber es hat sich seither natürlich verändert. Damals war es ziemlich ursprünglich.«

»Inwiefern?«

»Es war fast wie in alten Zeiten, weißt du? Ein Stammesverband, mehr oder weniger. Da gab es alles. Familienclans; die Dorfbewohner fühlten sich eng verbunden mit den Elementen und den Tieren. Berge und Ebenen, Süßwasser und Salzwasser, Fische und Krebse, Olivenöl und Wein im Faß, Obstgärten mit Pfirsichen, die Sonne, die vom Himmel brannte, der Regen, Schleichpfade durch die Felder und Wäl-

der. Wechselndes Licht und wechselnde Temperaturen, tausenderlei Empfindungen und Gerüche.«
»Und dort hast du dich wohl gefühlt?«
»Wie ein Tier, das in einem finsteren Laborkäfig aufgewachsen ist und plötzlich in die Freiheit entlassen wird; zuerst weiß es gar nicht, wo es ist, und dann fängt es an, herumzurennen und Luftsprünge zu machen, mit all seinen wiedergewonnenen Instinkten.«
»Du bist also zu einem kleinen Wilden geworden?«
»Ich bin wieder ich selbst geworden. Kaum war ich da, habe ich mir die Schuhe ausgezogen, und dann habe ich sie drei Monate nicht mehr angeschaut. Ich hatte immer möglichst wenig an und nahm die Eindrücke von Erde und Luft und Wasser, von Pflanzen und Tieren in mich auf, fernab von all der Materie und den Formen und Gerüchen und den unnatürlichen Verhältnissen in der Stadt, die ich so verabscheute. Ohne diese Sommer wäre ich ein anderer Mensch geworden.«
»Anders in welcher Beziehung?«
»Vielleicht wäre ich zu keiner Gefühlsäußerung fähig. Ein zivilisationsgeschädigter Stadtmensch, kopflastig und ohne Spontaneität.«
»Und welches ist deine früheste Erinnerung?«
»Eine falsche Erinnerung, glaube ich. Eine dieser rekonstruierten Erinnerungen.«
»Warum glaubst du das?«
»Weil ich mich in einem Kinderwagen liegen sehe, wie ich aus einem Hauseingang auf eine Straße schaue, auf der Leute vorbeigehen. Fast alle Psychologen behaupten aber, daß wir unter zwei Jahren gar nicht imstande sind, Erinnerungen festzuhalten.«
»Was ist dann die erste richtige Erinnerung, die du hast?«
»Die erste datierbare?«
»Ja.«
»Ich bin mit meinem Großvater väterlicherseits in einem

Tabakladen in Triest, und der Inhaber hinter dem Ladentisch fragt mich: »Wie alt bist du?« Ich sehe es so genau vor mir wie einen 35-mm-Film, jedes Detail läßt sich vergrößern. Ich schaue von unten zu dem Gesicht dieses aufdringlichen und neugierigen Unbekannten hinauf, ich sehe noch den Ladentisch aus dunklem Holz, den grauen Wollpullover des Großvaters, seine Brille mit dem dünnen Goldrand. Und der Großvater sagt: »Na, sag schon: Ich bin drei Jahre alt.«

»Und du?«

»Ich habe ganz leicht genickt. Feindselig.«

»Wieso feindselig?«

»Ich war eben so. Schüchtern und abweisend, glaube ich. Ein bißchen teilnahmslos.«

»Eine sonderbare erste Erinnerung.«

»Ja. Aber wir suchen uns unsere Erinnerungen ja nicht aus.«

»Wer sucht sie dann aus?«

»Sie suchen sich selbst aus. Aus allen Daten, die wir Sekunde für Sekunde speichern, treten sie hervor und öffnen sich ein Fenster zu einer besser zugänglichen Schicht unseres Gedächtnisses.«

»Warst du deiner Familie gegenüber auch feindselig?«

»Ja.«

»Was hat dir nicht gefallen?«

»Die Vorstellung, eine Art Geisel in der Hand von Menschen zu sein, die nach Lust und Laune über mich bestimmen konnten.«

»Und was haben sie bestimmt?«

»Das, was in einer Familie eben bestimmt wird. Wie wir leben, worüber wir lachen sollen. Was als schön und was als häßlich, interessant oder langweilig zu gelten hat. Aus der Sicht der Evolution und auch aus moralischer Sicht ist das ja ganz natürlich. Mir hat es aber nicht gefallen.«

»Aber so ist es nun mal in Familien, oder?«

»Ja. Und natürlich gab es viel schlimmere als meine. Die

einen waren vielleicht fröhlicher, die anderen besser organisiert, aber andere auch borniert oder rücksichtsloser.«

»Aber?«

»Was mich so gestört hat, war diese Art von Machtmißbrauch. Du kannst dir das nicht vorstellen, denn du hattest das Glück, mit getrennt lebenden Eltern aufzuwachsen.«

»Schönes Glück!«

»Doch, es ist ein Glück. Aber um das zu begreifen, hättest du das andere erleben müssen.«

»Wie kannst du da so sicher sein?«

»Du hättest mit zwei Menschen zu tun gehabt und nicht mit Komplizentum und einer Front, die durch fest verteilte Rollen zusammengeschweißt ist.«

»So muß es doch nicht sein, in einer Familie.«

»Es ist aber fast immer so.«

»Glaub ich nicht.«

»Doch. Rollen sind eben stärker als Personen. Sie errichten Mauern, mit nur von innen zu öffnenden Fenstern und Türen.«

»Und innerhalb der Mauern?«

»Innerhalb der Mauern wird jede Familie zu einer Privatbühne. Früher war der Vater Impresario und Regisseur und Bühnenbildner und Hauptdarsteller. Keiner durfte aussteigen, auch wenn das Repertoire begrenzt war und man es schon so oft gespielt hatte, daß jeder es auswendig konnte.«

»Ach komm.«

»So war es. Sogar in den besten Familien. Dort gab es vielleicht ein besseres Drehbuch und einen tüchtigeren Regisseur und fähigere Schauspieler, aber es war und blieb ein privates Minitheater. Man legte sich mehr ins Zeug, weil man es mit einem besseren Stück zu tun hatte, und war überzeugt, eine großartige Aufführung auf die Beine gestellt zu haben, zum Wohl derer, die das Glück hatten, dabeizusein.«

»Und die Mütter?«

»Das kam aufs Ensemble an. Manchmal waren sie die Partnerin des Protagonisten, manchmal seine Gegenspielerin. Manchmal kümmerten sie sich um Kostüme und Bühnenbild. Manchmal durften sie nur die Bühne putzen und die Requisiten umstellen. Manchmal bekamen sie sogar die Hauptrolle, wenn der Impresario keine Lust dazu hatte oder auf anderer Bühne verpflichtet war.«

»Und die Kinder?«

»Die Kinder waren Statisten oder Publikum. Es mußte ja jemand zuschauen und zuhören, wenn eine Aufführung mit so hohen Ansprüchen und so vielen Begabungen auf die Bühne kam.«

»Und heute?«

»Viel besser scheint es mir heute auch nicht zu sein, nur die Art des Theaters hat sich geändert.«

»Inwiefern?«

»Regisseur und Kostümbildnerin sind abgelenkt und durch die Ratschläge und Empfehlungen aller möglichen Fachleute so eingeschüchtert, daß sie sich als Zuschauer ins Parkett zurückgezogen haben. Und die ehemaligen Statisten und Zuschauer erobern die Bühne und spielen aus dem Stegreif, obwohl sie nicht wissen, was sie sagen sollen, und wie Affen herumhüpfen. Ist ja klar, daß sie für jeden Ton, den sie von sich geben, und für alles, was sie tun, Applaus und Nüsse bekommen.«

»Du meinst die Kinder?«

»Genau.«

»Wie sollte eine Familie denn sein, um es besser zu machen?«

»Weiß nicht. Vielleicht müßte sich ein Kind, sobald es zu begreifen beginnt, die Familie aussuchen, die ihm am besten gefällt. Es müßte in seinem Dorf oder seiner Stadt herumlaufen können und sich die unterschiedlichsten Familienformen ansehen und sich dann die Familie aussuchen, zu der es gern gehören möchte. Die ihm am meisten entspricht. Vielleicht eine Großfamilie, einen Clan. Oder eine Familie nur mit einer

Mutter, aber ohne Vater. Eine Familie mit Vater, aber ohne Mutter. Oder eine mit zwei Müttern. Oder eine, die nur aus Brüdern und Schwestern besteht oder nur aus Onkels und Nichten und Neffen und Cousins wie in den Geschichten von Walt Disney.«

»Haha!«

»Natürlich hätte niemand Anspruch darauf, von irgendeiner Familie als Kind angenommen zu werden. Er müßte sich seinen Platz erobern und ihn sich dann jeden Tag neu verdienen.«

»Und wenn das Kind irgendwann keine Lust mehr dazu hat?«

»Dann kann es ja gehen und sich eine andere Familie suchen oder allein leben.«

»Und wenn es nicht gehen will? Wenn es in der Familie bleiben will, ohne jeden Tag dafür zu kämpfen?«

»Man würde es hoffentlich davonjagen. Es gäbe keine Eltern mehr, die ihre Kinder als Geiseln halten, aber auch keine Kinder, die ihre Eltern als Geiseln halten. Es gäbe nur freie Entscheidungen zwischen freien Menschen, keine Verpflichtung und keinen Druck.«

Sie blickt zum Meer zu ihrer Linken, wo ein Gebäudekomplex aufragt wie ein Gebirge mit rechteckigen Konturen.

»Bist du nicht einverstanden?«

»Weiß nicht.«

»Was überzeugt dich nicht?«

»Daß es dann überhaupt keine Sicherheit mehr gäbe.«

»Im Sinn von Schutz oder im Sinn von Garantie?«

»Im Sinn von Sicherheit.«

»Ist es denn nicht besser, ohne Sicherheit zu sein, als ein Sklave? Sklave der Eltern oder Sklave der Kinder?«

»Wer ist denn Sklave der Kinder?«

»Na, die meisten italienischen Familien von heute. Ständig gehen sie auf jeden Wunsch der Kinder ein und versuchen sogar, ihren Wünschen noch zuvorzukommen. Sie bedienen sie und lassen sich von ihnen herumkommandieren, ganz gleich, welche Folgen es hat. Sie sehen zu, wie ihre Kinder auf der Evolutionsskala zurückfallen, und freuen sich noch darüber.«

»Zum Beispiel?«

»Sie lassen zu, daß sie egozentrisch werden bis an die Grenze zum Autismus. Und wenn jemand sie darauf hinweist, sagen sie nur: ›Was soll man machen? Kinder sind heute eben so‹ und schütteln dabei lächelnd den Kopf wie der Halter eines aggressiven Hundes, der auf den Gehsteig kackt und im Park Leute beißt.«

»Hast du so was je gesehen?«

»Vor jeder x-beliebigen Schule oder Bar. Die feigen Mütter und Väter und die narzistischen, aggressiven Bälger, die sich nur um sich selbst kümmern und nicht die geringste Neugier für irgend etwas anderes auf der Welt zeigen.«

»Und daran sind deiner Meinung nach die Familien schuld?«

»Es ist ein Teufelskreis, schwer zu sagen, wo es anfängt.«

»Ich finde, du übertreibst. Allenfalls ist die Gesellschaft schuld oder die Schule.«

»Gesellschaft ist ein vager Begriff, und die Schule ist wie ein klappriger alter Omnibus, der mit einem sterbenskranken Fahrer in einer Sackgasse herumfährt.«

»Mir brauchst du das nicht zu erzählen. Aber was können die Kinder dafür?«

»Sie können etwas dafür, weil sie sich zu unersättlichen Konsumidioten machen lassen. Sie sind Erpresser und Trickser und bekommen auf diese Weise alles, was sie wollen. Und es gibt Kräfte, die ihre Dummheit noch fördern, mit phantastischen Erfolgen.«

»Was für Kräfte?«

»Die Produzenten von Kartoffelchips und Motorrollern und Würstchen und Tiefkühlkost und Designer-T-Shirts und Sportschuhen und Sonnenbrillen und synthetischer Musik und Getränken und Eiscremes und Stereoanlagen und

Haargels und all dem anderen unnützen Kram, der auf den Markt geworfen wird. Das einzige, was sie von den Kids verlangen, ist, daß sie essen und trinken, Klamotten kaufen und ein Fahrzeug fahren. Sie drängen ihnen ihre Produkte auf, und die Familien unterstützen sie, nur um keine Probleme zu bekommen.«

»Was für Probleme?«

»Zum Beispiel Kinder zu haben, die sich dem Konsum verweigern und Fragen stellen.«

»Meinst du nicht, daß du übertreibst?«

»Sieh dich doch um, und sag mir, ob ich übertreibe.«

»Viele Eltern sind immer noch Tyrannen. Sie unterdrücken ihre Kinder und schikanieren sie und lassen sie abends nicht ausgehen und versuchen gar nicht erst, sie als Partner zu sehen. Sie spielen immer noch ihr Privattheater, wie du es genannt hast.«

»Ich behaupte nicht, daß es keine miesen Eltern gibt. Aber früher waren nur sie die Fieslinge und Sklavenhalter. Jetzt sind beide Seiten Sklavenhalter: eine perverse Form von wechselseitiger Sklaverei, wie es sie bisher nicht gab.«

Sie schweigen beide und schauen hinaus. Er merkt, daß er in genau dem Ton spricht, bei dem M. immer sagt: »Du redest mich ja in Grund und Boden«, obwohl das nicht seine Absicht ist. Er sagt: »Das sollte jetzt aber nicht so klingen, als sei ich ein Nörgler, der mit der ganzen Welt auf Kriegsfuß steht.«

Sie senkt nur leicht den Kopf, ohne ihn anzusehen.

»Auf einer Autoreise am Steuer zu sitzen ist auch eine Art und Weise, jemand anderen als Geisel zu halten. Schließlich kannst du nicht einfach hinausspringen, wenn du mein Gequatsche satt hast.«

»Das stimmt«, sagt sie lächelnd und schaut ihn einen Augenblick lang an.

»Ein Freund hat mal vor vielen Jahren oben auf einem Gebirgspaß Autostop gemacht und ist von jemandem mitgenommen worden, der vor kurzem entdeckt hatte, daß seine

Frau ihn betrügt. Er ist wie ein Verrückter den Berg runtergefahren und hat vor jeder Kurve gesagt: »Ich fahre geradeaus weiter, ich mache Schluß.«

»Und dein Freund?«

»Hatte panische Angst. Er versuchte, den Kerl zur Vernunft zu bringen, aber der steigerte sich immer mehr hinein.«

»Was hat dein Freund gesagt?«

»Er hat gesagt: ›Versuch doch, das Ganze mit Distanz zu sehen‹, aber der Typ sagte nur: ›Genau das will ich ja. Mit *totaler* Distanz.‹«

»Und wie ist es ausgegangen?«

»Er ist dann doch nicht geradeaus gefahren, sonst hätte mein Freund die Geschichte ja nicht erzählen können.«

Sie lachen, schauen hinaus. Auch hier wird die Landschaft immer weiter zubetoniert und durch häßliche Bauten verunstaltet. Sie entspricht kaum noch den Bildern, die ihm in den Sinn kommen, wenn er an die französische Riviera denkt.

Vier SMS

VON: M.
ZEIT: 12.15

WOLLTE DIR NUR HALLO SAGEN, ABER DEIN TON WAR GARSTIG. M.

VON: GIOVANNI
ZEIT: 12.18

DEINER ABER AUCH. G.

VON: M.
ZEIT: 12.23

DEINER WAR SCHLIMMER. M.

VON: GIOVANNI
ZEIT: 12.28

NUR WEIL ICH GERADE SO SCHNELL GEFAHREN BIN. G.

Sie fahren gemächlich die Küstenstraße entlang

Sie fahren gemächlich die Küstenstraße entlang, betrachten die Landschaft, ohne darüber zu reden. Der Himmel ist verhangen, das Licht diffus.
»Hast du also Lust, dieses Spiel zu machen?«
»Jetzt gleich?«
»Ja. Ich fange an und sage dir, was für Fehler ich habe.«
»Na gut.«
»Soll ich sie in der Reihenfolge ihrer Wichtigkeit nennen?«
»Wie sie dir gerade einfallen.«
»Einverstanden.«
»Also?«
»Äh, Moment. Laß mich überlegen.«
»Überleg nicht zu lange. Mach schon.«
»OK: 1. Trägheit. 2. Der Hang, Dinge vor mir herzuschieben, die mir schwerfallen.«
»Ist das nicht dasselbe?«
»Nicht ganz. Wenn du willst, kann ich es noch etwas genauer ausdrücken: 1. Trägheit. 2. der Hang, unbequeme Gedanken zu verdrängen.«
»Das ist wieder dasselbe.«
»Nein.«
»Doch.«
»Na gut, egal. Machen wir weiter: 3. Unfähigkeit, mich für etwas zu entscheiden.«
»Du meinst Unentschlossenheit?«
»Eigentlich nicht. Dann sag ich lieber so: 3. Der Hang,

zwischen den vielen Alternativen zu schwanken, wenn ich mich entscheiden muß.«
»Und wie lange?«
»Bis zum allerletzten Moment oder bis es zu spät ist.«
»Und weiter?«
»4. Immer denke ich, daß noch Zeit ist.«
»Zeit wozu?«
»Eine Entscheidung zu treffen.«
»Und weiter?«
»5. Mangelnder Sinn fürs Praktische.«
»Hast du denn davon nicht ziemlich viel?«
»Wo denn? Ich habe ein ganz schlechtes Verhältnis zur Wirklichkeit.«
»In welchem Sinn?«
»In dem Sinn, daß ich die Dinge nicht realistisch sehe und nicht die geeigneten Mittel habe, sie anzupacken.«
»Und was wären die geeigneten Mittel?«
»Die Fähigkeit, eine Situation rasch zu analysieren und mit dem richtigen Verhalten zu reagieren. Die Fähigkeit, mittelfristig und langfristig zu planen.«
»Du kannst nicht planen?«
»Ganz kurzfristig vielleicht, wenn ich wirklich mit dem Rücken zur Wand stehe. Mittel- und langfristig bin ich jedoch eine Niete, wie du weißt.«
»Deine Arbeit machst du aber gut, und dazu bedarf es doch auch einer langfristigen Planung, oder nicht?«
»Doch, aber alles andere, was ich gern tun möchte, bleibt so gut wie immer im Bereich der Phantasie stecken. Vielleicht gelingt es mir sogar, etwas bis ins Detail zu visualisieren, aber dann bin ich einfach nicht imstande, einen Plan zu entwerfen, um es zu realisieren. Womit wir wohl wieder bei Punkt 1 und Punkt 2 wären.«
»Sonst noch Fehler?«
»6. Gefühlsfeigheit.«
»Was heißt das denn?«

»Unfähigkeit, eindeutig und konsequent zu entscheiden, sobald Gefühle mit im Spiel sind.«
»Das ist doch schon wieder dasselbe.«
»Meinst du?«
»Ja. Es geht doch immer nur um deinen Hang, unbequeme Gedanken zu verdrängen.«
»Kann sein. Aber es kommt noch mehr: 7. Launenhaftigkeit. Im Sinn von Schwankungen zwischen Euphorie und Depression.«
»Weiter?«
»8. Bedürfnis nach Aufmerksamkeit.«
»Von wem?«
»Von den anderen?«
»Was noch?«
»9. Der Wunsch, Erwartungen nicht zu enttäuschen.«
»Wessen Erwartungen?«
»Die der anderen.«
»Welcher anderen?«
»Aller, die mir so nahestehen, daß sie sich etwas von mir erwarten. Auch wenn das bedeutet, daß zeitweise Dämme aufgebaut werden, die den Erwartungspegel so ansteigen lassen, daß es früher oder später zu einer Flut von Enttäuschung kommen muß.«
»Was noch?«
»10. Neigung, besitzergreifend und herrschsüchtig zu sein und gnadenlose Urteile zu fällen.«
»Was noch?«
»11. Unfähigkeit, auf Dauer in den Dingen *drin* zu sein. Ich neige dazu, alles immer von außen zu sehen.«
»Noch was?«
»Mehr fällt mir im Augenblick nicht ein. Oder doch, aber das läßt sich alles auf das zurückführen, was ich schon genannt habe. Ist ja auch genug, findest du nicht?«
»Ist schon eine ganze Menge.«
»Tu nicht so diplomatisch und zurückhaltend.«

»Ich tu gar nicht diplomatisch.«
»Welches ist deiner Meinung nach der schlimmste von allen meinen Fehlern?«
»Weiß nicht.«
»Versuch's doch.«
»Gedanken zu verdrängen, die unbequem sind.«
»Vielleicht. Du hast schon recht, meine Fehler hängen alle miteinander zusammen, deswegen ist es schwierig, einen herauszugreifen und für sich zu betrachten.«
»Wenn du willst, schaffst du es.«
»Man könnte sie vielleicht in zwei Kategorien einteilen.«
»In welche?«
»Angeborene Fehler und erworbene Fehler.«
»Das heißt?«
»Trägheit ist zum Beispiel ein angeborener Fehler.«
»Und ein erworbener?«
»Der Wunsch, die Erwartungen der anderen nicht zu enttäuschen. Wenn wir aber ernsthaft versuchen wollten, alle Fehler zu ordnen, würden zwei Kategorien nicht ausreichen.«
»Wieso?«
»Weil einige Fehler von den Chromosomen der Eltern auf einen übergehen, andere nimmt man aus der Umwelt auf, wieder andere entwickelt man selbst. Dann gibt es noch solche, mit denen man irgend etwas kompensiert.«
»Und genauso ist es auch mit den Vorzügen?«
»Ja. Jemand kann Vorzüge geerbt haben, ohne daß er sie ausdrücklich gewollt hätte.«
»Sag mal ein Beispiel.«
»Jemand kann mit einem außergewöhnlichen Talent für Musik auf die Welt kommen. Oder für den Tanz. Für Reiten oder Gärtnern, für Medizin oder für Kartenspiele.«
»Mit dem Talent, die Menschen zum Lachen zu bringen.«
»Oder Mathematik zu unterrichten oder Leute nachzuahmen.«

»Oder auf Berge zu klettern.«
»Das nennt man Begabungen. Man erhält sie als Gabe, ohne besonderes Verdienst. Andere können sich abrackern und büffeln und sich noch so sehr ins Zeug legen, sie schaffen es nie. Eine Begabung ist aber etwas anderes als ein Vorzug.«
»Vorzüge kann man entwickeln?«
»Ich glaube schon. Zumindest könnte man ein viel, viel besserer Mensch werden, wenn man sich nur intensiv genug darum bemüht. Man könnte verständnisvoll und aufmerksam und freundlich und großzügig und zuverlässig werden. Ein Prima Kamerad und Vater und Freund, jemand, der aktiv dazu beiträgt, die Welt zu verbessern.«
»Und in Wirklichkeit?«
»In Wirklichkeit sieht man so jemanden selten. Aber vielleicht verkehre ich bloß nicht in den richtigen Kreisen.«
»Du selbst hast nie versucht, ein außergewöhnlicher Mensch zu werden?«
»Wieso, bin ich das nicht schon?«
»Na ja.«
»Besten Dank. Versucht hab ich's jedenfalls, das kannst du mir glauben. Aber dann sind mir immer meine Schwächen in die Quere gekommen.«
»Und du hast es zugelassen?«
»Ja. Ich glaube, ich hatte immer ein besseres Verhältnis zu meinen Schwächen als zu meinen Vorzügen.«
»Welches wären denn deine ererbten Schwächen?«
»Tja, da müßte man schon ein paar Generationen zurückgehen, um sicher zu sein. Aber schon an der Elterngeneration kann man so manches erkennen.«
»Nämlich?«
»Meine Mutter zum Beispiel ist unvernünftig und impulsiv. Sie verabscheut Verpflichtungen, und ihr Unabhängigkeitsbedürfnis macht sie wirklich unausstehlich. Ihr Sinn für Ästhetik ist so ausgeprägt wie ihre Urteile über Menschen

und über alles, was sie liest oder hört oder sieht. Und sie ist widerspenstig.«

»Und dein Vater?«

»Der hat ein draufgängerisches Wesen und sucht immer neue Herausforderungen. Der Sinn fürs Praktische fehlt ihm fast völlig, außer wenn es um seine Arbeit geht. Er neigt dazu, komplizierte Gefühle zu verdrängen, und rationalisiert alles, aus Abwehr. Er hat das Bedürfnis, die Menschen für sich zu gewinnen, sie zu erstaunen, auch weit über ihre Erwartungen hinaus.«

»Und sie haben beide ihre Fehler an dich weitergegeben?«

»Einige. Zum Glück aber auch ein paar gute Eigenschaften.«

»Aber die Fehler haben sich summiert?«

»Teilweise, ja. Teilweise haben sie sich gegenseitig aufgehoben. Teilweise gehen sie auf ganz widersprüchliche Weise nebeneinanderher.«

»Das letzte versteh ich nicht.«

»Ich bin zum Beispiel träge, aber auch widerspenstig, und manchmal kann ich auch einnehmend sein. Ich bin höchst unvernünftig und neige trotzdem dazu, alles zu rationalisieren. Die Harmonie der Gegensätze, so ähnlich hat es Pythagoras gesagt. Allerdings kommt es dadurch manchmal zu gefährlichen Kurzschlüssen.«

»Welcher Art?«

»Heftige Triebkonflikte.«

»Aha.«

»Jetzt reden wir aber über deine Fehler.«

»Keine Lust.«

»Aber wir haben doch beschlossen, dieses Spiel zu machen.«

»*Du* hast es beschlossen.«

»Du bist unfair.«

»Da, guck mal! Eine riesige Zoohandlung!«

»Lenk nicht ab!«

»Laß uns anhalten und reinschauen. Vielleicht gibt es da Hunde. Nur zwei Minuten!«
»Wir sind schon dran vorbei. Und hinter uns sind zwanzig Autos. Wie soll ich da wenden?«
»Du wendest und fährst zurück. Bitte!«
Er blinkt, blockiert den Verkehr und kehrt um, fährt zurück zu der Verkaufshalle mit gigantischen Bildern von Hunden und Katzen und Fischen und Dosenfutter auf der Fassade.
»Kaufst du mir einen Hund, wenn es welche gibt?« fragt sie mit leuchtenden Augen.
»Spinnst du? Was für einen Hund?«
»Einen Hund. Wenn es einen hübschen gibt.«
»Kommt überhaupt nicht in Frage.«
»Schauen wir doch erst mal. Vielleicht gibt es einen wunderhübschen jungen Hund, der dir auch gefällt.«
»Ich kauf dir keinen Hund. Wir schauen nur kurz hinein, sonst komme ich gar nicht erst mit.«
»In Ordnung, wir gucken nur.«
Drinnen laufen sie zwischen hohen Regalen mit Hundeleinen und Halsbändern und Maulkörben herum, zwischen Kartons und Beuteln mit Hundefutter, Büffellederknochen, zwischen Aquarien und Algen und kleinen Ankern und Plastiksirenen und Glöckchen und künstlichen Mäusen und künstlichen Hühnern, Hunde- und Katzenkörben und Futternäpfen. Es riecht nach Phosphat und Gummi und Fischmehl. Hunde sind nicht da, die einzigen lebenden Tiere sind ein paar Perserkatzen und Kanarienvögel und Wellensittiche. Sie ist enttäuscht, die Aufregung weicht einem gleichgültigen Ausdruck. Sie gehen hinaus und steigen wieder ins Auto, fahren weiter auf der Straße durch die Küstenlandschaft, die mit weiteren Hallen und Betonblöcken überzogen ist wie mit Wellen aus Zement und Glas, die vom flachen Meer heraufgestiegen sind.

Sie halten in einem Städtchen auf halber Höhe des Hangs

Sie halten in einem Städtchen auf halber Höhe des Hangs, wohin in den zwanziger Jahren amerikanische Schriftsteller und in den Dreißigern spanische Maler kamen, um den Sommer über dort zu arbeiten. Die Aura des Namens läßt an Bücher und Gemälde und stimmungsvolle alte Fotografien denken, die Stadt selbst aber ist genauso zugebaut wie die anderen Küstenorte, und es gibt zu viele Autos, die durch die Straßen und über den großen Platz in der Altstadt rasen.

Er steigt aus und sieht sich um, während sie in ihre Lederjacke schlüpft. »Wenn man wenigstens den Beton abschaffen könnte. Das wäre schon ein Fortschritt, was?«

»Hhm«, sagt sie. Sie zieht sich immer zu leicht an für die Jahreszeit, Pullis aus Kunstfaser oder dünner Wolle und ausgeblichene Samtjäckchen, die sie in Secondhandläden kauft, Schlaghosen ohne Saum, die meistens über den Boden schleifen. Manchmal macht er sich darüber lustig und fragt sie, warum sie sich nichts Besseres anzieht, aber in Wirklichkeit ist er froh, daß sie nicht zu denen gehört, die ihre Nachmittage mit der Suche nach Designerklamotten verbringen. Er mag ihren Stil, der im Grunde seinem gleicht.

»Wenn Beton als umwelt- und menschenschädliches Material verboten wäre und Asphalt ebenso«, sagt er.

»Wo sollten dann die Autos fahren?«

»Auf ungeteerten Straßen. Oder gar nicht, das wäre noch besser.«

»Und wie wären wir dann hergekommen?«

»Mit der Kutsche oder zu Pferd oder zu Fuß.«

»Wer weiß, wie lange wir gebraucht hätten.«

»Ja. Aber mit dem Auto gelangt man zwar in kurzer Zeit überallhin, aber dann gleicht ein Ort dem anderen, so daß man am Ende nichts gewonnen hat.«

Sie antwortet nicht, sie blickt auf die Straße, auf der Autos und Lastwagen, Autos, Omnibusse und wieder Autos vorbeifahren, und jedes verursacht einen Windstoß.

»Beton, Asphalt und Autos sind die Hauptverantwortlichen für die schwindende Vielfalt in der Welt. Sie bewirken, daß man überall die gleichen Empfindungen hat, und sie schaffen ein absolut einheitliches Bild, wie dicke Pinsel, die jede Landschaft mit den gleichen Formen und mit den gleichen Farben übertünchen.«

Sie zieht das Handy aus ihrer kleinen Umhängetasche aus Baumwollstoff, kontrolliert das Display.

Er sagt: »Würde es dir nicht gefallen, irgendwohin zu kommen, wo du völlig andere Empfindungen hast als die, die du von zu Hause kennst?«

»Doch«, sagt sie mit dem wachsamen Ausdruck, den sie immer annimmt, wenn sie aus einem geschlossenen Raum ins Freie kommen.

»Das wäre viel amüsanter. Viel abwechslungsreicher.«

Wenn er mit ihr spricht, hat er immer die Vorstellung, auf einem schmalen Grat zu stehen: Er ist sich nie sicher, ob er ihre Reaktionen richtig einschätzt. Wenn sie zum Beispiel zustimmend nickt und dabei eine selbsterfundene Melodie vor sich hin summt. Es ist aber nicht gesagt, daß sie ihm nicht zuhört; sie hat einfach die Angewohnheit, über mehrere Kanäle gleichzeitig Informationen aufzunehmen. Das drängt ihn, möglichst kurze Sätze zu machen, aber viel hineinzulegen. Es gelingt ihm nicht immer: Am Ende sagt er bisweilen kurz und bündig irgend etwas Oberflächliches und versinkt gleich darauf in bleischwere Sätze. Manchmal dagegen kommunizieren sie ganz ungezwungen, mit hingeworfenen Äußerungen und witzigen Repliken, die sie beide zum Lachen bringen, verschwörerischen Blicken und gleichen Eingebungen. Das gefällt ihm an der mit ihr verbrachten Zeit: der selbstverständliche Gleichklang, der blitzschnelle Gedankenaustausch, seine Stimmung, die wie von einem Spiegel reflektiert wird.

Sie gehen in eine Bar und bestellen zwei Gläser Mineralwasser und zwei Minipizzas. Es ist eine Nullachtfünfzehn-Bar, wie man sie überall auf der Welt findet. Ein älterer Gast sitzt allein an einem Tisch in der Ecke; es gibt keine Musik und keine Poster, keine ortstypischen Gerüche oder Farben oder Geräusche. Der Mann an der Bar zieht zwei Fertigpizzas aus der Folienverpackung, legt sie mit gleichgültiger Miene in den Elektroofen.

»Was immer seltener wird, ist das *Einzigartige*. Das ist es, was ich vorhin gemeint habe«, sagt er.

Sie nickt zustimmend. Der Schnitt ihrer glänzenden nußbraunen Augen ist beinahe orientalisch, ihr Blick ist unergründlich. Sie sagt: »Daß es in diesem bekloppten Laden keinen einzigen Hund gab!«

Sie trinken schweigend ihr Mineralwasser und warten, bis die Pizzas warm sind, während der Kühlschrank brummt und die Neonlampen summen und draußen vor der Tür in kurzen Abständen Autos vorüberbrausen.

Fünf SMS

VON: M.
ZEIT: 14.30

HABE DIE VERGEBLICHEN KOMMUNIKATIONSVERSUCHE SATT. LASSEN WIR ES LIEBER BLEIBEN. M.

VON: GIOVANNI
ZEIT: 14.33

WARUM MUSST DU IMMER SO ENDGÜLTIGE SÄTZE SAGEN? G.

VON: M.
ZEIT: 14.38

WEIL SIE ENDGÜLTIG SIND. M.

VON: GIOVANNI
ZEIT: 14.41

DU HAST IMMER DIESE MELODRAMATISCHE HALTUNG.

VON: M.
ZEIT: 14.15

DU HAST IMMER DIESE BESCHISSENE HALTUNG.

Die Autobahn führt in weitgeschwungenen Kurven bergab

Die Autobahn führt in weitgeschwungenen Kurven bergab, die Autos gleiten wie Spielzeuge auf Rädern rasch talwärts. Die Sonne steht knapp über dem Horizont, rechts und links an den Hängen wachsen Pinien, aber er kann nicht erkennen, welche Art.

Er sagt: »Und wenn wir die Küste sausenlassen und einfach weiter in diese Richtung fahren bis zum Rhônedelta?«

»Wie ist es da?«

»Schön. Keine Wohnblocks und wenig Verkehr. Um diese Zeit dürften kaum Touristen dort sein.«

»Wann würden wir ankommen?«

»Hängt davon ab, wie weit wir heute noch fahren. Und davon, wie müde du bist.«

»Ich bin nicht müde.« Sie ist eine gute Reisegefährtin, die nicht so schnell schlappmacht und nicht jammert und nicht ständig aufgemuntert oder abgelenkt werden muß. Als sie vor Jahren auf einer Reise in den Norden in einen Schneesturm geraten sind, hat sie sich auch als gute Navigatorin entpuppt, die Landkarten lesen und Hinweisschilder entziffern und in der nahezu unkenntlichen Landschaft präzise Richtungsangaben machen konnte.

Eigentlich sind es nicht mehrere aufeinanderfolgende Kurven, sondern es ist eine einzige, nicht enden wollende Kurve, und wegen der Fliehkraft sitzen sie beide leicht zur Seite geneigt.

Sie sagt: »Kann man ererbte oder angeborene oder überhaupt Fehler auch loswerden? Wenn man sich bewußt ist, daß man sie hat?«

»Die erworbenen vielleicht, wenn man sich sehr bemüht. Oder die unbedeutenden, die kaum zählen. Die anderen wohl nicht.«

»Nie?«

»Vielleicht täusche ich mich, oder vielleicht ist es eine Ausrede, damit ich meine behalten kann. Aber ich glaube, man kann sie allenfalls unter Kontrolle halten oder ein Ventil oder irgendeine Verwendung dafür finden.«

»Aber man wird sie nicht für immer los?«

»Ich glaube nicht. Man kann sie verbergen. Aber früher oder später kommen sie wieder zum Vorschein. Sie gehören zur Grundausstattung. Du wirst sie ebensowenig los wie deine Gesichtszüge.«

»Hast du nie versucht, dich von deinen Fehlern zu befreien?«

»Doch. Jeder versucht es irgendwann, glaube ich. Wenn man an Silvester gute Vorsätze fürs neue Jahr faßt, du weißt schon. Oder wenn man ein Schockerlebnis hat oder aus irgendeinem Grund an sich selbst verzweifelt. Wenn man sagt: ›Jetzt reicht's, ab sofort werde ich ein anderer.‹«

»Und wann hast du es versucht?«

»Immer wenn ich mich so zu sehen meinte, wie ich bin, und mir überhaupt nicht gefallen habe.«

»Überhaupt nicht?«

»Oder eine bestimmte Seite.«

»Zum Beispiel?«

»Weiß nicht. Meine Neigung, in Situationen zu verharren.«

»Und wie hast du es angestellt?«

»Ich hab versucht, gegen meine Grundströmungen anzukämpfen, jemand zu werden, der Augenblicke blitzschnell beim Schopf packt.«

»Und hast du's geschafft?«

»Höchstens ein-, zweimal, dann war ich wieder der alte.«

»Was heißt den Augenblick beim Schopf packen?«

»Man sieht etwas, was man gern haben möchte, und verfolgt es, ohne zu zögern, greift mit fester Hand zu und läßt es nicht mehr los.«

»Was zum Beispiel?«

»Ganz gleich was. Menschen, Situationen. Du merkst vielleicht, daß es genau das ist, worauf du gewartet hast, aber du merkst es mit leichter Verzögerung und tust nichts, um es sofort zu bekommen. Jedenfalls nichts Wirksames.«

»Aber du hast doch jede Menge interessante Dinge gemacht, oder?«

»Schon, aber nicht das, was ich wirklich wollte. Ich habe immer nur das gemacht, was mir in den Schoß gefallen ist.«

»Wirklich?«

»Ja.«

»Wegen deiner Neigung, in Situationen zu verharren?«

»Ja. Das ist mein schlimmster Fehler.«

»Nicht das Verdrängen von Gedanken, die unbequem sind?«

»Das eine hängt mit dem anderen zusammen, wie du selbst gesagt hast. Ich harre in den Situationen aus, weil ich die unbequemen Gedanken verdränge. Du kannst es auch als einen einzigen großen Fehler betrachten.«

»Und was heißt das genau, in den Situationen zu verharren?«

»Man gerät mehr oder weniger zufällig hinein und vergißt, wie und warum man hineingeraten ist, und dann steckt man fest.«

»Für immer?«

»Was man eben so für immer nennt.«

»Du wirkst überhaupt nicht, als würdest du irgendwo feststecken.«

»Ich bin ja auch ständig in Bewegung.«

»Aber?«

»Ich bin ständig in Bewegung, weil ich in den Situationen

feststecke. Ich bewege mich von einem Ort zum andern und von einem Feststecken zum andern.«

»Worin steckst du fest?«

»In fast allem. Liebesbeziehungen, Wohnungen, Autos. Ich gerate hinein und komme nicht wieder los.«

»Das ist doch absurd.«

»Weiß ich. Ich könnte dabei ja wenigstens konstruktiv sein. Ein tüchtiger und fleißiger Gestalter des Lebens, der immer wieder was verändert und verbessert, um das, was er hat, einem Ideal anzunähern. Aber das tue ich nicht.«

»Zum Beispiel?«

»Zum Beispiel eine Wohnung. Es gibt Leute, die suchen gezielt und finden auch eine und mieten oder kaufen sie und gestalten sie um, passen sie ihren Wünschen an. Sie überlegen und planen, wie sie es sich gemütlicher und wohnlicher machen können, schaffen Möbel und Lampen an, je nachdem, wie sie sich ihr Leben darin vorstellen. Ich dagegen nehme mir eine Wohnung, stelle das Allernötigste hinein und betrachte sie von da an als unabänderliche Tatsache. Ich tue nichts, um sie in Ordnung zu halten und zu pflegen, höchstens daß ich ab und zu staubsauge.«

»Wie mit deinen zwei schwedischen Sesseln im Wohnzimmer.«

»Genau. Sie fallen fast auseinander, und wenn man sich hineinplumpsen läßt, landet man mit dem Hintern auf dem Boden. Aber ich repariere sie nicht und kaufe auch keine neuen. Ab und zu erinnere ich mich daran, daß ich sie früher nicht hatte und daß ich sie eher zufällig ausgesucht habe. Ich mache mir klar, daß ich ganz andere Sessel haben könnte und dann in meinem Wohnzimmer auch ganz anders leben würde. Doch solche Überlegungen erscheinen mir ziemlich abstrakt.«

»Und deshalb läßt du die Dinger stehen?«

»Ich lasse sie stehen, bis sie unter irgend jemandem endgültig auseinanderfallen. Dann werde ich sie wegwerfen und mich sehr erleichtert fühlen. Aber bis es soweit ist, scheinen sie mir mit dem Haus und mit der Stadt und mit dem ganzen Land unauflöslich verbunden. Ich glaube, es würde mir leichterfallen, weit wegzuziehen, in irgendeine andere Weltgegend, als die schwedischen Sessel reparieren zu lassen oder neue zu kaufen.«

»Wie kommt das bloß?«
»Weiß ich nicht.«
»Es ist doch wirklich absurd.«
»Ja. Ich will mich auch gar nicht rechtfertigen.«
»Und in einer Liebesbeziehung bist du genauso?«
»Ziemlich.«
»Du läßt sie auch verkommen, bis sie auseinanderbricht?«
»Ich fürchte, ja. Ohne je Verbesserungen einzubringen, und oft auch, ohne sie auch nur im geringsten zu pflegen.«
»Auch wenn es dir dabei schlechtgeht?«
»Ja. Auch wenn mir klar ist, wo die Schadstellen sind, genau wie bei den schwedischen Sesseln.«
»Und was tust du dann?«
»Ich harre aus, unzufrieden und unduldsam, als hinge die Situation nicht von mir ab, sondern von Umständen, die zu vielschichtig sind, als daß ich sie ordnen könnte. Ich habe dieses Besuchersyndrom, bin wie einer, der irgendwohin kommt und die Beschaffenheit und den Zweck des Orts nicht ganz durchschaut. Ich könnte ja behaupten, daß es an meiner Erkenntnis der Unbeständigkeit der materiellen Dinge oder so liegt, aber wahrscheinlich ist es ganz einfach eine primitive Verhaltensweise.«
»Wieso primitiv?«
»Na ja, primitive Völker neigen dazu, sich an die Gegebenheiten anzupassen. Ohne das Terrain zu ebnen oder Gruben auszuheben oder Deiche und Dämme zu bauen. Sie ändern eher ihr Verhalten als das, was um sie herum ist. Die Eingriffe, die sie vornehmen, sind kaum zu sehen und so vergänglich,

daß sie in regelmäßigen Abständen erneut vorgenommen werden müssen.«

»Erzähl mal.«

»Zum Beispiel zwei Stöcke mit einem dünnen Zweig zusammenzubinden, der höchstens ein paar Monate lang hält, dann ist er verschlissen und muß durch einen neuen ersetzt werden, der wieder nur ein paar Monate hält. Natürlich gäbe es eine bessere Methode, zwei Stöcke miteinander zu verbinden, aber auf diese Idee kommen primitive Völker gar nicht. Sie richten sich immer nur für kurze Zeit ein, das reicht ihnen. Ich verhalte mich in meinem Leben genauso.«

Sie lacht.

»Ich lebe beinahe wie ein Jäger und Sammler, der sich das nimmt, was ihm gut erscheint, und sich von allem fernhält, was er nicht will, und je nach Jahreszeit und Umweltbedingungen sucht er sich gangbare Wege.«

»Und dabei bist du zufrieden?«

»Nein, denn die meisten Menschen, mit denen ich zu tun habe, sind im Gegensatz zu mir Hirten und Bauern.«

»Was heißt das?«

»Wir stehen auf zwei verschiedenen Entwicklungsstufen. Ich bin einige zehntausend Jahre zurück.«

Die Sonne ist bereits untergegangen, und das Licht schwindet rasch, es entzieht der Landschaft alle warmen Farbtöne und läßt sie bläulich und violett und sepiafarben werden, nahezu schwarz.

Sie fahren an der Stadtmauer entlang

Sie fahren an der Stadtmauer entlang und folgen dann dem inneren Ring, im Licht der Straßenlaternen und der Autoscheinwerfer und der Restaurantschilder und eines Kinos, in dem ein amerikanischer Film gespielt wird. Sie liest die Straßennamen, damit er weiß, wo er zum Hotel abbiegen soll, das sie in einem Reiseführer ausgesucht haben. Aber sie finden die richtige Abzweigung nicht, und die zwei, drei Passanten, die sie fragen, geben widersprüchliche Auskünfte, und so fahren sie im unaufhörlichen Verkehrsfluß immer wieder im Kreis herum. Sie sind nicht beunruhigt oder besorgt: Sie lachen, wenn sie erneut falsch gefahren sind und nach einer weiteren Runde um die Stadtmauer wieder am Ausgangspunkt ankommen.

Bei der vierten Runde sagt sie: »Gott, die Stadt will uns einfach nicht reinlassen.«

»So ist es«, sagt er, mit einer Spur Erleichterung beim Gedanken, das Ende der steten Bewegung, die Kontaktaufnahme mit dem Ort, die vorübergehende Seßhaftigkeit hinausschieben zu können. »Und wenn wir weiterfahren? Dann ist es morgen noch näher bis zum Delta. Dann sind wir morgen praktisch schon da, was meinst du?«

»In Ordnung.«

»Bist du sicher? Bist du nicht müde und hast es satt?«

»Nein.«

»Sollen wir also weiterfahren?«

»Ja, fahr schon.«

»Hurra! Nichts wie los!«

Wenige Minuten später sind sie wieder auf der Staatsstraße in Richtung Nordosten, wieder ins Rauschen des Winds und in die Vibrationen des Motors eingetaucht.

Er dreht sich zu ihr und betrachtet ihr Profil: Sie wirkt nicht erschöpft oder nervös, sein Drang, pausenlos weiterzufahren, scheint sie nicht aus der Ruhe zu bringen. »Du bist eine fabelhafte Reisegefährtin. Die beste Reisegefährtin der Welt.«

Sie lächelt.

Doch als er eine halbe Stunde später wieder zu ihr hinüberschaut, sieht er, daß sie doch müde ist, ganz plötzlich, wie es für sie typisch ist: Sie hat den Kopf an die Fensterscheibe gelehnt, blaß, mit geschlossenen Augen.

»Schläfst du?« fragt er leise.

»Nein.«

»Sollen wir haltmachen, beim ersten Motel, das ich sehe?«

»Nein, nein.«

Es gefällt ihm, auf der dunklen, leer gefegten Straße zu fahren, während sie vor sich hin döst; er könnte die ganze Nacht so weiterfahren. Die Gedanken gehen ihm anders durch den Kopf als bei Tag, sie lassen einen langen Nachhall zurück, wenn sie kommen und gehen. Er fragt sich, wie viele seiner Fehler in sein Verhältnis zu ihr mit hineinspielen; ob es ihm wie durch ein Wunder geglückt ist, wenigstens einige davon auszuschalten und andere in den Hintergrund zu drängen. Er fragt sich, wie gut sie sie kennt, wie hinnehmbar oder verabscheuenswert sie ihr erscheinen. Es sind keine Gedanken, die sich allmählich entwickeln, aber sie reichern sich bei jedem Auftauchen mit neuen Elementen an, bis sie wie Teile eines Films mit bewegten Bildern, Klängen und Melodien sind.

Eine von diesen wiederkehrenden Visionen ist zum Beispiel diese: Ein Mann trennt sich von einer Frau, die alle seine Fehler bis zum Überdruß kennt, und kurz darauf findet er eine, die noch nichts von ihm weiß. In dieser immer wieder durchgespielten Vision sieht er sich als einen Verfolgten aus dem achtzehnten Jahrhundert, der von einem Land ins nächste flüchtet, um seinen Gläubigern und den Richtern zu entkommen, die ihn verurteilt haben oder verurteilen wollen. Gehetzt und unglücklich, wie er aussieht, wird er im neuen Land mit offenen Armen aufgenommen. Man schenkt seiner Schilderung der Fakten Glauben, nimmt seine Erklärungen und Beteuerungen für bare Münze. Man hat Verständnis für ihn und teilt seine Ansichten, hält zu ihm und bedauert ihn für das, was er hat durchmachen müssen. Und dank der allgemeinen Überzeugung, daß er im Recht ist, wird er eine Zeitlang tatsächlich ein besserer Mensch, weit entfernt von den Fehlern und Schwächen, die ihn ins Verderben gestürzt haben. Er hat das Gefühl, sich auf solideren und gerechteren Grundlagen neu erfinden zu können. Bald jedoch holt ihn sein innerstes Wesen wieder ein und wirft ihn auf sein wahres Selbst zurück, vor dem er geflohen ist. Es dauert nicht lange, bis er sich genau die gleichen Dinge zuschulden kommen läßt wie früher, und so häufen sich neue Anklagen gegen ihn, und schließlich werden neue Haftbefehle erlassen. Noch schuldbeladener, begibt er sich erneut auf die Flucht. Er hofft nur, daß ihn ein anderes Land als Flüchtling aufnimmt, und schon ertönen wieder seine Unschuldsbeteuerungen.

In der gleichen bruchstückhaften Art und Weise wird ihm bewußt, daß dieses Image des Kostümfilmprotagonisten, das er sich da erfindet, doppelt unehrlich und obendrein selbstgefällig ist. Er denkt an die vielen Chancen, die er gehabt hat, und wie er eine nach der andern vertan hat und Menschen, die begeistert und großzügig für ihn Partei ergriffen haben, verbittert und fassungslos zurückgelassen hat.

Er beschließt haltzumachen, als sie alle beide zu müde sind

Er beschließt haltzumachen, als sie alle beide zu müde sind, betäubt von den Vibrationen, schwach vor Hunger, mit trockenem Mund und steifen Gelenken und von der Dunkelheit überanstrengten Augen. Es geht ihm fast immer so, daß er sich aus der ununterbrochenen Bewegung erst herausreißen kann, wenn er längst über den Punkt hinaus ist, an dem er es hätte tun sollen. Noch vor ein, zwei Stunden wäre die Fahrt im Rahmen einer Vergnügungsreise geblieben, sie hätten Zeit für eine Dusche und zum Umziehen gehabt, hätten essen gehen und einen kleinen Spaziergang machen können. Jetzt dagegen ist es spät, und die Chance, eine gemütliche Unterkunft zu finden, scheint zu schwinden wie eine Fata Morgana. Wenn er mit M. verreist, ist es anders, aber sie muß sich diesen Unterschied mit aller Entschiedenheit erkämpfen, und es kommt jedesmal zu Auseinandersetzungen und Vorwürfen. Jetzt könnte er seine Haltung kaum verteidigen, während er durch die verlassenen Vorstadtstraßen fährt und wie bei einer Schnitzeljagd den Wegweisern eines unbekannten Hotels folgt. Er fragt sich, ob das auch einer seiner unausrottbaren Fehler ist oder ob er sich in diesem Punkt bessern könnte; ob er noch imstande ist, vernünftig reisen zu lernen, mit dem richtigen Gefühl für die Zeit und die zurückzulegende Strecke.

Er sieht zu ihr hinüber, fragt: »Bist du sehr müde?«
»Ziemlich«, sagt sie.
»Wir sind gleich da. In zwei Minuten. Wirklich. Versprochen. Versuch durchzuhalten.«

Er hat das Gefühl, schon alles verdorben zu haben, und folgt mit bangem Herzen den Hinweisschildern, die ihn nach endlosem Herumkurven zu einem langen großen Platz führen, in dessen Mitte eine ungeteerte Fläche als Parkplatz dient. Ringsherum stehen einfache Wohnhäuser, sie sind niedrig und wirken nicht bedrohlich; die Fenster sind um diese Zeit alle schon dunkel. Die einzigen Lichter sind die der Straßenlaternen und die des Hotels. Es ist kein großes Standardhotel und auch kein charakteristisches kleines Gasthaus, aber beim Näherkommen macht es keinen allzu tristen Eindruck. Es sieht aus wie ein in der Urlaubszeit von Mittelstandsfamilien mit Kindern besuchter, moderner Dorfgasthof.

Drinnen blickt ihm im flimmernden Neonlicht eine rosa gekleidete Frau leicht verwundert entgegen, sie ist umrahmt von Vereinswimpeln und Vasen mit Trockensträußen und Fotos von den Sümpfen.

»Haben Sie zwei Einzelzimmer für eine Nacht?« fragt er. Die Worte gehen ihm mühsam über die Lippen, als sei ihm auf den Hunderten von Kilometern die Fähigkeit für diese Art von Kommunikation abhanden gekommen.

»Ja«, sagt die Frau. Sie reckt den Hals und späht durchs Fenster hinaus, wer der zweite Gast ist.

»Ich hole die Koffer«, sagt er und geht rasch hinaus, bevor ein Hoteldiener kommen und ihm das Gepäck aus der Hand reißen kann. Auch das ist einer der Streitpunkte mit M., wenn sie zusammen verreisen: die Annehmlichkeit oder Last des Bedientwerdens.

Aber jetzt ist keine Urlaubszeit, und sie sind in einem kleinen Gasthof an der Peripherie einer historischen Kleinstadt, und kein eifriger Hoteldiener drängt ihm seine Dienste auf. Nur die Frau in Rosa begrüßt sie mit einem leicht fragenden Lächeln, als sie zu zweit wieder hereinkommen, und führt sie dann sofort durch den Flur und eine Treppe hinauf und einen weiteren Flur entlang. Sie deutet auf zwei Türen, auf die anstelle von Nummern die Namen von provenzalischen Blumen gemalt sind, schließt auf und knipst die Lampen an. Auch Vorhänge, Bettüberwurf und Sesselbezüge sind geblümt. Außerhalb der Saison, angesichts der Ungewißheit und Anspannung der Reise, die ihn ganz zittrig machen, ist es kein schlechtes Hotel. Er läßt sie das Zimmer aussuchen, das ihr besser gefällt, wartet vor der Tür.

Als die Dame in Rosa davongetrippelt ist, betritt er das Zimmer, das sie genommen hat, und sieht sich um. Er macht ein paar Lockerungsübungen mit den Armen, sagt: »Seltsam, findest du nicht?«

»Was?« fragt sie mit kleiner Stimme.

»Daß wir ein warmes Zimmer und ein Bett und fließendes Wasser und all das gefunden haben. Ohne hier jemanden zu kennen und ohne vorher mit irgendwem Kontakt aufgenommen zu haben.«

»Ja.« Aber sie ist müde, zerstreut und blaß, als sie den Koffer öffnet.

»Jetzt gehen wir gleich essen. Sofort. Ich dusche gar nicht erst. In drei Minuten klopfe ich bei dir.«

In seinem Zimmer stellt er den Koffer ab und zieht die Stiefel aus, läuft barfuß über den rotbraunen Teppichboden, macht ein paar Kniebeugen und Rumpfdrehungen, läßt den Kopf kreisen. Er zieht den geblümten Vorhang auf: Im Innenhof ist ein Swimmingpool noch ohne Wasser, an vier Säulen in den Ecken ranken Jasmin und Bougainvillea ohne Blüten. Er geht ins Bad und dreht den Wasserhahn auf, wäscht sich Hände und Gesicht, läßt das Wasser laufen. Vor ein paar Jahren in einem deutschen Hotel hat er gelesen, daß die Leute, wenn sie im Hotel sind, drei- bis neunmal soviel Wasser verbrauchen wie zu Hause. Er fragt sich, ob der Grund darin liegt, daß man in einer nicht vertrauten Umgebung instinktiv das aus Urzeiten Vertraute sucht. Oder ist es bloß Sorglosigkeit? Er betrachtet sich im Spiegel, senkt den Kopf, zieht Grimassen und kommt sich fremd vor; Übermüdung?

Der leere Magen? Es ist schon nach elf, und er macht sich Sorgen um sie; er zieht Stiefel und Jacke wieder an, zögert an der Tür, zieht das Mobiltelefon aus der Tasche und wählt die Nummer von M.

Ein Telefongespräch

G.: Hey.
M.: Hey.
G.: Na?
M.: Na was?
G.: Ich bin in Arles. Im Hotel.
M.: Schön.
G.: Was hast du für einen Ton drauf?
M.: Wieso?
G.: Weiß nicht, so kalt.
M.: Soll ich vielleicht voller Wärme und Herzlichkeit sein, deiner Meinung nach?
G.: Du lauerst immer auf die Gelegenheit, mir vorwerfen zu können, daß ich dich enttäuscht habe.
M.: Du enttäuschst mich ja auch immer.
G.: Hab ich mir doch gedacht.
M.: Scher dich zum Teufel.
G.: Scher du dich zum Teufel.

G.: Hallo?

Sie telefoniert auch gerade

Sie telefoniert auch gerade, er hört es vom Flur aus durch die Holztür. Er möchte sie in Ruhe das Gespräch beenden lassen, klopft dann aber doch an, sagt: »Gehen wir?«
»Eine Minute.«
»Es ist sehr spät. Die Restaurants machen zu.«
»Eine Minute.«
Draußen überqueren sie den großen Platz, auf dem die Autos parken, und nehmen den Weg, den ihnen die Dame in Rosa erklärt hat. Es ist feucht und kalt, und sie hören nichts als ihre Schritte. Es scheint unmöglich, in der Kleinstadt, die so dunkel ist, als ob es für immer wäre, noch ein offenes Lokal zu finden. Doch als sie auf die Hauptstraße kommen, sehen sie die Lichter einer kleinen Pizzeria. Drinnen ist es warm und leer, bis auf einen Typ mit einem großen Schnurrbart und eine rothaarige Frau, die neben dem Pizzaofen miteinander plaudern. Sie setzen sich an einen Tisch am Fenster, bestellen zweimal Suppe nach Art des Hauses bei dem Mann, der ihnen eine handgeschriebene Speisekarte, einen Korb mit Brot und ein Schälchen Oliven bringt.

Sie essen schweigend Brot und Oliven, immer noch mit dem Dröhnen des Motors in den Ohren. Er trinkt Rotwein aus einer kleinen Karaffe, nach und nach kehrt die Wärme zurück, sein Kopf wird wieder klar. Als der Schnurrbärtige in zwei kleinen Emailterrinen die Suppe bringt, erscheint ihm auch das wie ein Wunder. Er tunkt ein Stück Brot in die sämige heiße Flüssigkeit, nimmt mit der Zunge den Geschmack von Tomaten und Zwiebeln und vielleicht Ziegenfleisch und Peperoni und würzigen Kräutern auf.

»So was«, sagt er.

»Was?« fragt sie. Sie ist über die Müdigkeitsschwelle hinaus und mißtrauisch wie immer, wenn sie eine unbekannte Speise vor sich hat.

»Daß wir in dieser unvertrauten Wüste eine vertraute Oase finden.«

»Hhm.« Sie ist auch jenseits der Hungerschwelle und merkt jetzt, wie scharf und eigenartig die Suppe schmeckt; sie verzieht das Gesicht beim Schlucken.

»Schmeckt's dir nicht?«

»Es ist scharf. Schmeckt komisch.«

»Ich find's köstlich.«

Sie ißt ein Stück Brot, schaut weg.

Er sagt: »Wir sind doch andauernd hin und her gerissen zwischen dem Bedürfnis, Bekanntes um uns zu haben, und dem Drang, Neues zu entdecken.«

Sie nimmt noch einen Löffel Suppe, bläst darauf und schlürft, als sei sie vielleicht nicht genießbar.

»So geht es uns mit dem Essen, mit Orten und mit Menschen, mit allem. Wir erobern uns eine kleine Oase der Vertrautheit, aber anstatt dort zu bleiben, machen wir uns nach einer Weile zu neuen Abenteuern auf.«

Sie knabbert an einem Stück Brot, ißt eine Olive.

»Aber jedesmal, wenn wir unter Millionen von unbekannten Orten und Gesichtern und Gegenständen einen Ort oder ein Gesicht oder einen Gegenstand wiedererkennen, fühlen wir uns unendlich erleichtert.«

Sie taucht den Löffel in die Schale, bewegt ihn langsam zur Oberfläche hin, beäugt das Gemisch aus Gemüse und fasrigem Fleisch, kneift die Augen zusammen.

»Gleichzeitig treibt es uns, unseren Radius immer mehr auszuweiten. Wir häufen Erinnerungen jeder Art an und lernen Namen über Namen, sagen sie uns immer wieder vor, bis wir sie uns gemerkt haben. Es sind alles nur vereinbarte Codes, aber sie wirken beruhigend.«

»Wieso Codes?«

»Weil man uns genausogut von klein auf beibringen könnte, daß Rot Grün heißt und krumm gerade, oder umgekehrt. Man könnte es uns auch in einer anderen Sprache beibringen, mit anderen Lauten. Hauptsache, man gibt den Dingen einen Namen.«

»Warum?«

»Weil wir für nichts eine sichere Erklärung wissen. Wir haben bloß Namen für alles, was wir sehen und fühlen und tun oder uns auch nur vorstellen. Wenn uns etwas begegnet, das keinen Namen hat, denken wir uns schnell einen aus. Und wenn wir einen schönen Vorrat an Namen haben, kommt uns die Welt gleich vertraut vor.«

»Ist es denn nicht so?«

»Nein. Wenige Sekunden reichen aus, und wir verlieren sogar die *Vorstellung* von Vertrautheit.«

»Wie soll denn das passieren?«

»Man braucht nur den Schlüssel für einen Code zu verlieren. Oder den Schlüssel für sein Auto. Einen Namen vergessen, sich in einer Gegend verlaufen, die man zu kennen meint. Plötzlich verflüchtigt sich der Sinn der Worte, und alles wird völlig fremd.«

»Wie erklärst du dir das?«

»Unser Gleichgewicht ist prekär, auch wenn wir so tun, als wäre es stabil und dauerhaft. Deshalb verbringen wir unsere Zeit damit, Namen zu lernen und Namen zu geben und Bilder von Vertrautheit und Dauerhaftigkeit und Stabilität zu kaufen und zu verkaufen. Deshalb haben wir Angst vor Veränderungen – und brauchen sie zugleich.«

»Und du?«

»Was, ich?«

»Wie vertraut bist du mit der Welt?«

»Mal so, mal so. Manchmal glaube ich, mich ganz gut zu-

rechtzufinden, manchmal fühle ich mich plötzlich verloren, ohne jede Vorwarnung.«
»Wirklich?«
»Ja.«
Er ißt seine Suppe auf und sieht, daß sie fast die Hälfte übriggelassen hat. »Warum ißt du nicht?« fragt er.
»Es schmeckt mir nicht. Aber ich hab doch das ganze Brot und die Oliven gegegessen.«
»Iß trotzdem die Suppe.«
»Ich kann nicht. Ich mag keine scharfen Sachen, das weißt du doch.«
»Stimmt, aber du könntest mich mal überraschen.«
»Damit würde ich nur dein Vertrautheitsgefühl beschädigen, mit wer weiß was für schlimmen Folgen.«
»Du kleines Miststück. Iß endlich die blöde Suppe auf.«
»Ich sag dir doch, sie schmeckt mir nicht, Papa.«
Er denkt, daß es tatsächlich beruhigend ist, die Gründe zu kennen, warum seine Tochter die Suppe nicht ißt, auch wenn sie jetzt etwas anderes bestellen müssen und noch länger in der Pizzeria an der Peripherie der schlafenden Kleinstadt sitzen müssen. Sie sehen sich aus nächster Nähe an, in der Wärme der kleinen Insel der Vertrautheit, die sie sich erobert haben und die sie vor der Müdigkeit und vor dem Dunkel der Nacht ringsumher schützt.

Im Hotel versucht er M. anzurufen

Im Hotel versucht er M. anzurufen, aber unter ihrer Nummer zu Hause meldet sich niemand, und unter der Handynummer antwortet eine synthetische Stimme stumpfsinnig: »Der von Ihnen gewünschte Gesprächspartner ist vorübergehend nicht erreichbar.«

Er geht in dem mit Blümchenstoffen ausstaffierten Zimmer auf und ab, mit dem wachsenden Angstgefühl, das ihn immer erfaßt, wenn er sie nicht erreichen kann. Das war in ihrer Beziehung von Anfang an so: Jähe Panik, keinen Gesprächspartner zu haben, die heftiges Herzklopfen verursacht und Bilder von Fremdheit und unersetzlichem Verlust und Leere Leere Leere hervorruft.

Er versucht, die Gedanken durch seine Müdigkeit zu besänftigen, versucht, sich auf die morgige Strecke zu konzentrieren, aber es funktioniert nicht. Die Müdigkeit hat sich in Angstbilder aufgelöst, die Reise scheint in der Schwebe in einem Territorium ohne Orte und Namen, er fühlt sich wie ein Kaninchen, das nicht weiß, in welche Richtung es flüchten soll. Er wählt erneut, drei-, vier-, fünfmal nacheinander; geht von einer Wand zur andern, kontrolliert die Empfangsanzeige auf dem grünlichen Display, gibt die Nummer ein, hört sich Bruchstücke der Tonbandstimme an, die ihn mit Haß auf die Telefongesellschaften erfüllt.

Er denkt, daß das mit M. ein regelrechtes Abhängigkeitsverhältnis ist; jeder wirkt auf den anderen wie eine Droge. Er denkt, daß die Abhängigkeit, seit sie sich kaum noch sehen, durch die Dichte der Zwischentöne und verborgenen Signale bei ihren Ferngesprächen eher zugenommen hat, so daß es schnell zu Entzugserscheinungen kommt. Wobei es keine Rolle spielt, ob sie Bemerkungen oder Ansichten über die Welt austauschen oder Informationen über das, was sie gerade tun: Sie kommen ohne ihre Dosis an Kommunikation mehrmals täglich einfach nicht aus.

Er blättert zwei von einem Sommergast zurückgelassene Zeitschriften durch, die er von einem Tischchen im Flur mitgenommen hat. Die eine besteht fast nur aus Fotos vom Sumpfgebiet im Rhônedelta, Großaufnahmen von Enten und Stelzvögeln und verschiedenen Pflanzenarten, effektvolle Sonnenuntergänge; die andere ist von einer Fluggesellschaft. Auf den Mittelseiten die ausführliche Schilderung einer Flugzeugkatastrophe vor ein paar Jahren, bei der ein Linienflugzeug im Landeanflug mit einer einmotorigen Touristenmaschine zusammengestoßen war, mit der Wiedergabe der letzten Worte der Piloten, die von der Blackbox aufgezeichnet worden waren. Es ist sogar ein Foto von dem Feuerball nach dem Zusammenprall da, aufgenommen von einem Fluggast, der zufällig mit seiner automatischen Kamera auf einer Aussichtsterrasse stand.

Er versucht erneut anzurufen. Die Tasten des Mobiltelefons kommen ihm zu klein vor, und er findet es ohnehin absurd, daß die Beziehung zwischen zwei Menschen von elektronischen Stromkreisen in einem kleinen farbigen Ding aus Plastik abhängen soll. Er fragt sich, ob es eine Möglichkeit gibt, sich aus der gegenseitigen Abhängigkeit zu befreien, ohne eine qualvolle Leidensphase durchmachen zu müssen. Er fragt sich, ob es noch eine Chance gibt, mit M. eine Beziehung aufzubauen, die aus Gemeinsamkeit und nicht nur aus Telefonstimmen und ins Handy eingetippten Wörtern besteht; wie groß sie ist, welche Entschlüsse erforderlich wären. Er hat parallele Zukunftsbilder vor Augen, zusammen mit M. und ohne sie, an verschiedenen Orten und mit verschiedenen Dingen beschäftigt, aber sie sind bruchstückhaft wie seine

Gedanken beim Fahren und schüren nur noch seine Angst, ohne Gesprächspartner zu bleiben.

Eine (nicht abgeschickte) E-Mail

Von: giovannibata@teltel.it
Uhrzeit: 1.32

Liebe M.,
kann dich weder zu Hause noch auf dem Handy erreichen, vielleicht bist du ja irgendwo, wo kein Empfang ist, oder du hast eine Strategie der Nichtkommunikation gewählt, die die ganze Ausrüstung, die ich mit mir herumtrage, noch widersinniger machen würde. Wollte dir nur sagen, wie leid es mir tut, daß wir immer wieder geradezu automatisch in unser Spiel von Anschuldigungen und Gegenanschuldigungen verfallen und es nicht schaffen, einfach miteinander zu reden wie zwei Menschen, die doch, bevor sie zusammen waren, ihre eigenen Gründe zur Zufriedenheit oder Unzufriedenheit hatten, von den Eigenschaften des anderen ganz unabhängig. Eigenschaften, die sie, als sie sich kennenlernten und auch noch danach, immer wieder erstaunt und begeistert haben, bevor sie zum Katalysator allen Unmuts und aller Unzufriedenheit mit der Welt wurden. Laß uns wenigstens den Versuch machen, zwei, drei Schritte Abstand zu nehmen und uns von außen und aus anderen Blickwinkeln zu sehen, um herauszubekommen, ob es Sinn hat, weiter durch diesen Faden verbunden zu bleiben. Vielleicht müssen wir ihn durchschneiden und mit dem daraus folgenden entsetzlichen und betäubenden Gefühl von Leere fertig werden und jeder seiner Wege gehen, anstatt weiter unsere Energien aufzubrauchen und uns mit enttäuschten

Erwartungen und Vorwürfen aufzureiben und uns nicht mal mehr dran zu erinnern, wie es am Anfang war oder wie es in Wirklichkeit doch gar nicht

Ein Telefongespräch

G.: Ja?
M.: Hast du geschlafen?
G.: Ich bin dabei, eine E-Mail zu schreiben.
M.: An wen?
G.: An dich.
M.: Wieso das?
G.: Ich wollte versuchen, dir zu sagen, was ich über uns denke. Da ich dich nirgends erreichen konnte.
M.: Ich war mit meiner Schwester in einer Bar, wo kein Empfang war.
G.: Du brauchst mir doch nicht zu erklären, wo du warst.
M.: Ach ja, du stehst über solchen Dingen, stimmt's?
G.: Nein, überhaupt nicht. In Wirklichkeit fing ich gerade an, nervös zu werden und schrecklich Angst zu kriegen.
M.: Was hast du in deiner Mail geschrieben?
G.: Daß wir uns in einen sinnlosen Stellungskrieg verrannt haben und schon gar nicht mehr wissen, wie und warum es angefangen hat.
M.: Das ist nicht wahr, ich weiß genau, warum.
G.: Warum?
M.: Du weißt es doch auch. Tu nicht immer so ahnungslos.
G.: Du meinst, weil ich nicht konkret und beständig und zukunftsorientiert bin und so weiter?
M.: Du brauchst es gar nicht so hinzustellen, als wären alles nur blöde Parolen.
G.: Sind es aber, größtenteils. Und ich hab mir wahrscheinlich genauso viele ausgedacht.

M.: Es sind keine Parolen, es sind Fakten.

G.: Jedenfalls werfen wir uns nur noch Anklagen und Forderungen und Behauptungen an den Kopf, anstatt miteinander zu *reden*.

M.: Wie sollen wir miteinander reden, wenn du nie zuhörst?

G.: Ich höre zu. Wirklich. Ich kenne alle deine Argumente. Und mit vielen bin ich auch einverstanden und finde, daß du recht hast.

M.: Du tust aber nichts, um dich zu ändern.

G.: Weil ich nicht kann, verdammt. Niemand kann sich ändern. Man kann vorgeben, sich zu ändern, oder es vorübergehend tun, aber nicht grundsätzlich.

M.: Doch, man kann sich auch grundsätzlich ändern, man muß es nur wirklich wollen.

G.: Na, dann will ich vielleicht nicht. Jedenfalls will ich kein anderer werden als der, der ich bin.

M.: Du willst keinen *Millimeter* von dem weg, was du bist, geschweige denn, dich verändern.

G.: Mußt du jetzt wieder anfangen? Es ist gleich zwei Uhr, und ich bin den ganzen Tag gefahren.

M.: Schon gut. Du hast doch gerade gesagt, daß wir nicht miteinander reden können.

G.: Um diese Uhrzeit schaffe ich es eben nicht mehr, mich mit wichtigen Fragen zu befassen.

M.: Du hast gesagt, daß du mir sogar geschrieben hast.

G.: Stimmt. Ich wollte dir aber vor allem gute Nacht sagen.

M.: Na, dann gute Nacht, geh schlafen.

G.: Wieso hast du diesen Ton drauf?

M.: Ich hab keinen Ton drauf. Ich finde es nur lächerlich, wenn du sagst, wir können nicht miteinander reden. Sobald wir es versuchen, kneifst du.

G.: Ich kneife nicht.

M.: Was dann?

G.: Wir haben zwei völlig verschiedene Biorhythmen. Du bist ganz aufgekratzt und auf dem Gipfel der Klarsicht, wenn ich dumpf und träge bin und nur noch schlafen will.

M.: Ich laß dich schlafen, keine Sorge. Gute Nacht.

G.: Gute Nacht. Hallo?

M.: Was ist?

G.: Meinst du, unsere gegenseitige Abhängigkeit kommt daher, daß wir beide viel besitzergreifender und anspruchsvoller sind als der Durchschnitt?

M.: Weiß nicht. Ich glaube nicht, daß ich so besitzergreifend bin.

G.: Aber anspruchsvoll schon. Das kannst du nicht abstreiten.

M.: In dem Sinn, daß ich nicht wie ein Einzeller ohne eigene Ideen und Wünsche und Fähigkeiten bin?

G.: Genau. Das ist es, was mich fertigmacht.

M.: Was denn?

G.: Daß ich ohne dich das Gefühl habe, in einem anonymen Terrain zu versinken, orientierungslos und ohne Anhaltspunkte, mit nichts als Weidevieh ringsumher.

M.: Ach ja?

G.: Ich glaube in der absoluten *Meinungslosigkeit* zu versinken. Ich fühle mich so einsam wie damals, bevor ich dich getroffen habe.

M.: Dabei bist du vielleicht jemand, dem es allein bessergeht. Vielleicht ist es das, was du brauchst.

G.: Nein. Bestimmt nicht.

M.: Was dann?

G.: Ich bin auf deine Ansichten und auf deine Fähigkeiten angewiesen. Nur darfst du von mir nicht verlangen, daß ich mich ändere.

M.: Ich verlange gar nichts von dir. Ich sage nur, daß es mich nicht interessiert, so weiterzumachen und den flippigen Teenager zu spielen.

G.: Und mich interessiert es nicht, den Vernünftigen und Gesetzten zu spielen.

M.: Wer verlangt das von dir?

G.: Du. Wenn du mir vorwirfst, ich sei unreif und nicht praktisch genug.
M.: Ich will ja gar keinen gesetzten und vernünftigen Mann. Ich will einen, der leidenschaftlich und voller Elan ist.
G.: Na dann?
M.: Ich meine aber nicht den Elan eines verrückten und launischen Kindes, sondern den von jemandem, der den Wert der Dinge kennt und weiß, worauf es ankommt.
G.: Können wir darüber vielleicht ein andermal reden?
M.: Wir können es auch bleiben lassen, Giovanni. Wir schaffen es ja sowieso nicht.
G.: Mir fallen nur schon die Augen zu vor Müdigkeit.
M.: Ja, natürlich.
G.: Wollen wir uns nicht wenigstens etwas netter voneinander verabschieden?
M.: Gute Nacht.
G.: Gute Nacht.

(Er starrt auf das grüne Display, das auf dem Nachttisch erlischt, und denkt, daß seine Entzugserscheinungen schnell vorbei waren, schon bei den ersten Sätzen.)

Am nächsten Morgen machen sie einen Spaziergang

Am nächsten Morgen machen sie einen Spaziergang durch die historische Altstadt, beide zu zerstreut und zu schnell abgelenkt, um gute Touristen zu sein. Die Sonnenstrahlen sind warm, die schattigen Winkel noch feucht. Sie gehen an Textil- und Foto- und Spezialitätengeschäften vorbei, mustern die Gesichter der Leute, registrieren Gesten. Sie besichtigen ein Heimatmuseum in einem düsteren Gebäude, laufen auf Terrakottafliesen zwischen Vitrinen mit Trachtengewändern, die ihre Geschmeidigkeit verloren haben, und mysteriösen Werkzeugen und alten Fotos von Menschen, die ganz auf das Festhalten weit zurückliegender Augenblicke konzentriert scheinen. Als sie aus dem muffigen Hausflur wieder an die frische Luft und ins Licht und auf die Straße mit ihren frischen Farben treten, atmen sie erleichtert auf; folgen auf der Suche nach dem Amphitheater den hier und da angebrachten Wegweisern.

In einer gepflasterten Gasse sehen sie eine alte Frau, die einem gelblichen kleinen Hund eine Schale mit Fleischklößchen hinstellt.

»Ach, ist der niedlich!« ruft sie. Sie will ihn streicheln; das Hündchen knurrt.

»Gut so, laß dich nur beißen.«

»Er hat recht, wenn er doch gerade frißt.«

Ein Stück weiter fragt er: »Kannst du mir erklären, woher du diesen Hundetick hast?«

»Wie meinst du das?«

»Diese Hundemanie.«

»Ich hätte einfach gern einen Hund. Ich bitte dich schon so lange darum.«
»Du hattest doch schon mal einen.«
»Da war ich aber noch viel zu klein und konnte mich nicht richtig um ihn kümmern.«
»Und so mußte ich mich um ihn kümmern, stimmt's? Das hat mir gereicht.«
»Jetzt wäre es ganz anders.«
»Natürlich.«
»Wirklich! Ich würde mich auch immer um ihn kümmern.«
»Bis du dann mal wegfährst oder Urlaub machst oder aus irgendeinem andern Grund verhindert bist.«
»Du weißt, daß es nicht so ist!«
»Klar doch.«
»Du kaufst mir also einen?«
»Du mußt verrückt sein. Ich hab noch nie jemanden gesehen, der so starrsinnig ist.«
»Dann kauf mir einen Hund.«
»Siehst du?«
»Du weißt genau, daß es dir auch gefallen würde, einen Hund zu haben.«
»Ja, aber ich weiß auch, daß ich mich nicht um ihn kümmern könnte, also schaffe ich mir keinen an.«
»Das ist kein Grund.«
»Außerdem ist mein Leben nicht geregelt genug. Und Hunde haben ein starkes Bedürfnis nach Regelmäßigkeit. Sie brauchen ihre bekannte Umgebung, einen festen Tagesablauf. Hunde leben mit der Uhr, sagt man.«
»Dann sieh zu, daß mehr Ordnung in dein Leben kommt.«
»Damit ich dir einen Hund halten kann?«
»Nein, weil es für dich besser wäre. Den Hund nehme ich schon selbst.«
»Du bist obsessiv.«

»Und du bist egoistisch. Du weigerst dich, etwas zu tun, was mich glücklich machen würde.«

»Fang du jetzt nicht auch noch an.«

»Ist doch wahr.«

»Hör mal zu, nur um dich glücklich zu machen, hab ich mir mit einem gräßlichen, total neurotischen Zwergschnauzer drei Jahre meines Lebens verdorben.«

»Wolfgang war nicht gräßlich! Und neurotisch war er auch nicht!«

»Er hatte nur eine leichte Psychopathie, weshalb er unentwegt kläffte, keine Minute hat er aufgehört. Mit dieser rauhen, heiseren Scheißstimme. Sie klingt mir heute noch in den Ohren.«

»Er hatte Angst vor dem Alleinsein.«

»Er war ein Alptraum. Seinetwegen bin ich aus einer Stadtwohnung und aus ungefähr vier Ferienwohnungen rausgeflogen.«

»Dafür konnte er doch nichts.«

»Im ehemaligen Jugoslawien ist er während eines Konzerts in eine Kirche gerannt und hat den Priester fast zur Raserei gebracht, im Park von Monza hat seinetwegen ein Pferd gescheut, er hat einen kleinen chinesischen Elfenbeinelefanten aus dem siebzehnten Jahrhundert gefressen, hat auf wer weiß wie viele Teppiche gepinkelt und auf wer weiß wie viele Treppen gekackt, hat sich lüstern an den Beinen von ich weiß nicht wie vielen Frauen gerieben, hat wer weiß wie vielen Nachbarn den Schlaf geraubt und hat alles in allem Tausende von Stunden gebellt.«

»Aber er war so süß und intelligent. Er hat sich eben unsicher gefühlt, weil er so klein war, der Ärmste.«

»Er war total obsessiv.«

»Er war zart besaitet.«

»In welchem Ton du das sagst. Ich habe ihn ja nicht irgendwo an der Autobahn ausgesetzt. Ich habe für ihn eine Bühnenbildnerin aus Venezuela gefunden, die praktisch nur für ihn da ist. Sie läßt ihn in ihrem Bett schlafen und verbringt ihre Zeit damit, für ihn zu kochen.«

»Jedenfalls ist es Jahre her, und jetzt möchte ich wieder einen Hund, und du möchtest doch auch einen, du brauchst es gar nicht abzustreiten.«

»Ich streite es nicht ab. Ich sage nur, daß es unmöglich ist.«

»Wer hier starrsinnig ist, das bist du, verdammt.«

»Hör mal zu, wie wär's, wenn du deinem lieben Luca einen Maulkorb umbindest? Ein Kettenhalsband hat er ja schon. Das wäre doch das einfachste.«

»Hör auf! Ich meine es ernst. Wann hast du angefangen, dir einen Hund zu wünschen?«

»Als ich ungefähr drei oder vier Jahre alt war.«

»Na siehst du.«

»Aber bei mir hatte es mit einem viel umfassenderen und verzweifelteren Bedürfnis nach Natürlichkeit und Körperlichkeit zu tun. Damit, daß ich in einer der häßlichsten Industriestädte der Welt, in einem miserablen Land und einem schrecklichen Jahrzehnt aufgewachsen bin. Die Vorstellung, einen Hund zu haben, gehörte zu den Bildern, die ich aus einem für mich unerreichbaren Leben herübergeschmuggelt hatte.«

»Was für Bilder?«

»Wiesen und Wälder und Dschungel und Lagunen und einsame Inseln, wilde Ritte auf einem Pferd, romantische Geschichten, Forschungs- und Entdeckungsreisen, Überraschungen und Abenteuer ohne Ende. Bei dir ist es was anderes.«

»Warum?«

»Weil du schon durch die halbe Welt gereist bist und so viel gesehen hast, wovon ich in deinem Alter nur träumen konnte. Du bist auf vier Kontinenten und weiß ich wie vielen Inseln gewesen. Du hast Segeltouren und Pferdetrekking gemacht. Du bist sogar schon auf einem *Kamel* geritten.«

»Das hat doch mit dem Hund nichts zu tun.«

»Doch. Ich in deinem Alter bin nur einmal in der Schweiz und einmal in Frankreich gewesen, gleich hinter der Grenze.«
»Kann ich nicht trotzdem einen Hund wollen?«
»Du hast nicht diesen Mangel an Eindrücken zu kompensieren.«
»Ich will den Hund ja nicht, um irgendwas zu kompensieren.«
»Jeder, der sich etwas ganz intensiv wünscht, kompensiert damit etwas.«
»Ich wünsche mir ganz intensiv einen Hund.«
»Dann ist wahrscheinlich alles meine Schuld.«
»Wieso?«
»Weil ich dir nicht genügend Sicherheit oder genügend Stabilität bieten konnte, oder ich habe ein emotionales Defizit bei dir erzeugt. Dadurch, daß ich mich von deiner Mutter getrennt habe, als du klein warst, und immer so in der Luft hing, ohne festen Wohnsitz und ohne sichere Bezugspunkte und so weiter.«
»Stimmt doch gar nicht. Ich habe überhaupt kein Defizit.«
»Nicht?«
»Nein.«
»Woher willst du das wissen? So was kann man nicht so einfach sagen.«
»Ich habe keine Defizite.«
»Das habe ich auch immer gedacht. Ich habe immer gedacht, daß du gerade wegen der Situation, in der du aufgewachsen bist, wacher und intensiver und ausgeglichener bist als der Durchschnitt. Aber vielleicht wollte ich mit diesen Gedanken nur mein Gewissen beruhigen.«
»Nicht doch. Was ist denn jetzt wieder los?«
»Na ja, Wolfgang habe ich dir damals gekauft, weil mir in diesem Punkt starke Zweifel gekommen waren.«
»Inwiefern?«
»Ich hatte mit der Leiterin deines Kindergartens gesprochen, und sie hat mir ein paar mit Temperafarben gemalte Bil-

der von dir gezeigt, und auf mindestens der Hälfte davon war oben rechts eine doppelte Sonne zu sehen.«

»Na und?«

»Die Kindergartenleiterin hat mich darauf hingewiesen, und ich sagte: ›Ja, und?‹ Ich war bei ihr immer auf der Hut, denn sie war katholisch und sagte fast jedesmal, wenn sie mich sah: ›Warum versuchen Sie nicht, wieder mit Ihrer Frau zusammenzuleben?‹«

»Und was hat sie über die doppelte Sonne gesagt?«

»Daß sie sämtlichen kinderpsychologischen Abhandlungen zufolge auf eine gestörte Vaterbeziehung hinweist.«

»Und du?«

»Ich hab das nicht so wörtlich genommen, aber mir kamen trotzdem Bedenken, ob du nicht meinetwegen emotionale Probleme hast. Du glaubst nicht, was für Schuldgefühle man als Vater oder als Mutter haben kann. Da gibt es keine Grenzen. Besonders wenn irgendein handfester Grund vorliegt. Also immer.«

»Und was hat die doppelte Sonne mit Wolfgang zu tun?«

»Als ich dich am nächsten Tag vom Kindergarten abholen wollte, kam ich an einer Tierhandlung vorbei, und da war unter den jungen Hunden im Schaufenster einer, der wie ein grauer Teddybär aussah. Es war nicht gerade die Sorte Hund, die ich im Sinn hatte, wenn ich von einem Hund träumte, aber ich bin trotzdem hineingegangen und habe ihn gekauft.«

»Und dann?«

»Ich habe vor dem Kindergarten auf dich gewartet, und du bist rausgekommen und hast mich dort stehen sehen, mit der grauen Hundeschnauze, die aus dem Reißverschluß meiner Lederjacke hervorschaute.«

»Und was hab ich gemacht?«

»Du bist wie erstarrt stehengeblieben.«

»Lange?«

»Eine Sekunde oder zwei, aber du hast ein so ungläubiges Gesicht gemacht, daß die Zeit sich gedehnt hat.«

»Und dann?«

»Dann bist du auf mich zugelaufen und hast ihn mir aus dem Arm gerissen und bist wie verrückt im Kreis herumgehüpft. Du bist *geflogen* vor Freude.«

»Und du?«

»Die Vorstellung, eine Tochter mit Hund zu haben, kam mir viel lustiger vor als die von einer Tochter ohne Hund. Auch wenn die Idee alles andere als realistisch war.«

»Warum?«

»Weil du erst vier warst und ich in einer unmöglichen Lage war.«

»Inwiefern?«

»Nach der Trennung von deiner Mutter hatte ich kein geregeltes Leben und nicht mal eine Wohnung. Ich kam mal da, mal dort unter, in Studios von Freunden und in Hotelzimmern, in Wohnungen, in denen ich für ein, zwei Wochen bleiben konnte, oder ich war unterwegs und schlief im Auto oder im Zug. Kein besonders geeignetes Umfeld für einen Hund.«

»Du hast ihn trotzdem gekauft.«

»Ja, aber schon nach kurzer Zeit hat er mir das Leben fast unmöglich gemacht.«

»Warum?«

»Sobald ich ihn allein ließ, fing er an zu bellen, mit einer Ausdauer, wie sie ein äußerst pingeliger Mensch bei der Arbeit an den Tag legen mag. Er bellte und bellte und bellte, bis ihm nur ein kläglich dünnes, heiseres Stimmchen blieb. Ich bin dann irgendwann dazu übergegangen, ihn im Auto mitzunehmen, da war er wenigstens ruhig, auch wenn ich ihn mal allein ließ. Aber jedesmal, wenn ich zum Auto zurückkam, stand da irgend jemand und sagte: ›Schämen Sie sich nicht, einen Hund im Auto einzusperren?‹«

»Wirklich?«

»Auch wenn ich mit dem Fahrrad fuhr und ihn nebenher laufen ließ, gab es immer jemanden, der mir vorwarf, daß ich so ein Hündchen so rennen ließ.«

»Meine Güte.«

»Ich konnte nicht in den Urlaub fahren und niemanden besuchen. Ich mußte jede Unternehmung genau planen, und du weißt ja, wie schwer mir das fällt. Und alles deinetwegen, du kleines Aas.«

»Aber er hat dir doch auch Gesellschaft geleistet.«

»Und wie. Wenn ich gearbeitet habe, kauerte er unter dem Tisch und verfolgte meine Bewegungen mit einem unerträglich ängstlichen Blick. Manchmal hörte ich nur deshalb auf zu arbeiten, weil ich diesen Blick nicht mehr ertrug, und er merkte immer schon ein paar Sekunden vorher, wenn ich Anstalten machte aufzustehen. Dann schnellte er hoch und rannte hin und her und drehte sich wie ein Kreisel. Es war zum Verrücktwerden.«

»Armer Wolfgang.«

»Er war wohl die Reinkarnation von jemandem, der es in seinem früheren Leben nicht weit gebracht hat.«

»Und deshalb hast du ihn der Frau aus Venezuela geschenkt?«

»Vorher war er *drei* Jahre lang bei mir. Nur weil ich dir keinen Kummer bereiten wollte. Zum Schluß war ich kurz vor dem Nervenzusammenbruch.«

»Gut, aber jetzt ist die Lage ganz anders, und wir können uns ruhig einen neuen Hund anschaffen.«

»Die Lage ist nicht anders.«

»Ist sie doch.«

»Ist sie nicht. Ich bin keineswegs seßhafter als damals.«

»Aber ich bin größer.«

»Warum reden wir nicht über ein anderes Thema?«

»Ich will einen Hund.«

»Reden wir über etwas anderes.«

»Du bist ein Mistkerl.«

»Was für ein Pech, so einen Vater zu haben, du armes Kind.«

Sie sind schon aus der Altstadt raus und wieder auf der

breiten Straße, auf der sie gekommen sind, mit großen Platanen und parkenden Autos; alte Männer sitzen plaudernd an den kleinen Tischchen vor einem altmodischen Café und trinken Weißwein. Vom römischen Amphitheater keine Spur, der letzte Wegweiser liegt weit zurück.

Er sieht auf die Uhr, es ist schon halb eins.

»Sollen wir vielleicht zum Auto zurückgehen?«

»Ja.«

»Lassen wir das Amphitheater bleiben?«

»Ja.«

»Betrachten wir unsere Touristenpflicht als erfüllt?«

»Ja.«

»Müßten wir nicht noch etwas essen, bevor wir fahren?«

»Warum?«

»Hast du keinen Hunger?«

»Nein. Und du?«

»Nein. Fahren wir also weiter in Richtung Rhônedelta?«

»Ja.«

»Notfalls können wir irgendwo unterwegs anhalten, wenn wir Hunger haben.«

»Ja.«

Eine SMS

VON: GIOVANNI
ZEIT: 13.15

STIMMT NICHT, DASS ICH DIR NICHT ZUHÖRE UND IMMER KNEIFE, WENN WIR REDEN KÖNNTEN: TROTZDEM BESTEN DANK, DASS DU MEINE FEHLER SO GUT ERKENNST. RUFST DU MICH ZURÜCK? G.

Von der Straße aus, die zum Rhônedelta führt

Von der Straße aus, die zum Rhônedelta führt, sieht man nichts als flaches Land, Äcker und Gräben und weidende Kühe.

»Wie war das noch gleich, was du gestern erzählt hast?«
»Was meinst du?«
»Daß manche Fehler nur die Schattenseiten von guten Eigenschaften sind.«
»Ah, ja.«
»Was wolltest du damit sagen?«
»Daß jede gute Eigenschaft eine Kehrseite hat.«
»Inwiefern?«
»Jeder Vorzug kommt durch eine spezielle Kombination von Bestandteilen zustande und erzeugt bei seiner Entwicklung eine ebenso spezielle negative Eigenschaft. So, wie es ohne Leere keine Fülle geben kann, und umgekehrt.«
»Wie denn das?«
»Na, dir gefällt vielleicht einer, weil er voller Phantasie ist. Er öffnet dir Fenster auf neue, überraschende Welten. Aber seine Phantasie hat sich auf Kosten seines Sinns fürs Praktische entwickelt. Er hat die zur Verfügung stehenden Ressourcen nur in die eine Richtung verwendet. Oder du begegnest einem, der höchst praktisch veranlagt ist, und du hast vielleicht das Gefühl, dich auf ihn verlassen zu können. Diese praktische Veranlagung hat jedoch den Raum für seine Phantasie erheblich eingeschränkt. Da ist nichts zu machen.«
»Mir gefällt jemand, der äußerst praktisch veranlagt ist, überhaupt nicht.«

»Jetzt nicht, klar. Aber später, in einer anderen Lebensphase, gefällt er dir vielleicht doch.«

»Kann jemand nicht sehr praktisch *und* sehr phantasievoll sein?«

»Glaub ich nicht.«

»Gibt es keine Vorzüge ohne Kehrseite?«

»Glaub ich nicht.«

»Was für Schattenseiten hat zum Beispiel jemand, der gütig ist?«

»Kommt drauf an, wie gütig er ist.«

»Grenzenlos gütig.«

»Wenn jemand grenzenlos gütig ist, ist er wahrscheinlich ganz generell gütig und wahrscheinlich so damit beschäftigt, grenzenlos gütig zu sein, daß er zu keiner speziellen Güte fähig ist. Oder seine grenzenlose Güte ist mit grenzenlosem Narzißmus verbunden oder mit grenzenloser Beschränktheit.«

»Und jemand mit einer außerordentlichen künstlerischen Begabung?«

»Der hat an einem anderen Punkt seiner Persönlichkeit vermutlich einen ebenso außerordentlichen Abgrund.«

»Und wenn jemand sehr sensibel ist?«

»Dann ist er wahrscheinlich auch sehr schwach. Oder leicht zu beeinflussen, nehme ich an.«

»Und jemand, der sehr lustig ist?«

»*Immer* sehr lustig, meinst du?«

»Ja.«

»Dann ist er wahrscheinlich auch sehr oberflächlich. Oder nachlässig und leichtfertig.«

»Jemand, der allen sehr sympathisch ist?«

»Ist wahrscheinlich auch ein Arschkriecher und immer drauf aus, irgendeinen Deal zu machen.

»Jemand, der sehr intelligent ist?«

»Ist wahrscheinlich auch sehr egozentrisch. Oder nicht sehr spontan. Oder ziemlich kompliziert.«

»Jemand, der unkompliziert ist?«
»Dem fehlt es wahrscheinlich an Tiefgang.«
»Jemand, der sehr instinktiv ist?«
»Denkt wahrscheinlich nicht viel nach.«
»Und jemand, der sehr nachdenklich ist?«
»Schafft es nie, seinem Instinkt zu folgen.«
»Man kommt um die Schattenseiten also nicht herum?«
»Du mußt nur herausfinden, was für dich mehr zählt, der Vorzug oder die Schattenseite. Da ist vielleicht eine Eigenschaft, von der du sehr angetan bist, dann siehst du sie in einem anderen Licht und erkennst, daß sie einen riesigen Schatten wirft. Die positive Eigenschaft, die es dir so angetan hat, wirkt im Verhältnis dazu winzig klein.«

»Aber es kann doch riesige Vorzüge mit winzigen Schattenseiten geben, oder?«
»Glaub ich nicht.«
»Und mittelgroße Vorzüge mit mittelgroßen Schattenseiten?«
»Das schon. Und winzige Vorzüge mit winzigen Schattenseiten, wenn du unbedingt willst.«

Sie lachen und blicken zur Seite: Die Wiesen sehen allmählich etwas ursprünglicher aus.

»Jetzt zähl mal deine Vorzüge auf«, sagt sie.
»Keine Lust.«
»Na los. Das Spiel war doch deine Idee.«
»Ja, gestern. Heute hab ich keine Lust dazu.«
»Warum nicht?«
»Einfach so.«
»Nenn mir wenigstens ein paar. Wie du es mit den Fehlern gemacht hast.«
»Puh.«
»Na los.«
»Ich bin neugierig.«
»Worauf?«
»Auf das, was mich neugierig macht.«

»Und weiter?«
»Ich achte auf die Dinge.«
»Auf welche?«
»An denen mir was liegt.«
»Und weiter?«
»Ich kann nachdenken.«
»Worüber?«
»Über alles, was mir in den Sinn kommt.«
»Und weiter?«
»Ich bin geduldig.«
»Stimmt nicht.«
»Im Augenblick bin ich's, sonst würde ich dieses blödsinnige Spiel nicht mit dir spielen.«
»Also bitte! Wir haben doch Ferien.«
»Eben. Guck mal raus, wie schön!«
»Wenn deine Liste schon fertig ist, dann hast du aber viel mehr Fehler als Vorzüge.«
»Schon möglich.«
»Das denkst du doch nicht im Ernst, oder?«
»Kommt drauf an, wann ich daran denke.«
»Was kennst du besser, deine Fehler oder deine Vorzüge?«
»Meine Fehler, glaube ich.«
»Wieso?«
»Weiß nicht. Vielleicht, weil ich das, was mir nicht gefällt, immer viel genauer wahrgenommen habe.«
»Geht mir auch so.«
»Dann muß es wohl ein Erbfehler sein.«
»Oder die Schattenseite von einem ererbten Vorzug?«
»Vielleicht.«

Ihm fällt ein, wie überraschend treffsicher ihre Urteile schon waren, als sie noch ganz klein war. Ihm fällt ein, wie ihn das bisweilen dazu brachte, sie in schwierigen Dingen um Rat zu fragen oder ihr in geradezu unverantwortlicher Weise die Schwachpunkte seines Charakters zu offenbaren. Ihm fällt ein, wie betroffen er war, wenn sie aus irgendeinem äußeren

Anlaß aus der Fassung geriet und plötzlich wieder zu dem Kind wurde, das sie ja war, und ihn zwang, schnell wieder in seine Vaterrolle zu schlüpfen. Ihm fällt ein, wie mühelos und spontan sie schon immer über Menschen und Tiere, Orte, Ideen und Empfindungen reden konnten: die verschwörerischen Blicke und Gesten und kleinen Bemerkungen. Ihm fällt ein, wie ihnen diese Kommunikation, zusammen mit den Blicken und Gesten und Worten, im Lauf der Jahre hin und wieder abhanden gekommen war, als wäre es vorbei, und wie sie dann mühelos und ohne Erklärung doch wieder dazu zurückgefunden hatten.

Die Landschaft wird immer flacher und kärglicher, eine strohfarbene Linie unter dem blassen Himmel.

Nach einer langgezogenen Kurve

Nach einer langgezogenen Kurve sind sie, fast ohne es zu merken, bei den Sümpfen. Er fährt noch ein paar hundert Meter weiter, dann hält er am Rand der Straße, die an einem Erdwall entlangführt. Ohne etwas zu sagen, steigen sie aus, blicken über die mit Grasbüscheln und Gestrüpp bewachsene Fläche, die bis zu den Brackwasserseen reicht, in denen weiße Stelzvögel stehen. Es ist windstill, auch aus weiter Ferne dringen keine Straßengeräusche zu ihnen. Ein grauer Kranich segelt über ihren Köpfen, stößt dabei einen Laut aus, als würde ein Bambusrohr gespalten.

Sie gehen in Richtung Wasser, aber sie müssen die Füße sehr hoch heben, um voranzukommen: Die Freude am Laufen durch das hohe Gras nutzt sich durch den Widerstand ab, den sie bei jedem Schritt überwinden müssen; die weißen Stelzvögel scheinen immer gleich weit weg. Als sie endlich in der Nähe des Wassers sind, bleiben sie stehen, wie im Schwebezustand zwischen der Unmöglichkeit weiterzugehen und einem seltsam beklemmenden Eindruck von Unwirklichkeit.

Schließlich sagt er: »Gehen wir zurück?« Sie nickt, sie drehen um und gehen zum Straßenwall. Der Himmel ist frei und offen, er löst jede Form von Gedanken auf.

Er läßt den Motor an, fährt langsam weiter. Sie blicken beide mit halbgeschlossenen Augen in die Weite.

Nach etwa zehn Minuten sagt er: »Es gibt auch Leute, die ihre schlechten Seiten pflegen, anstatt sie zu bekämpfen.«

»Und weshalb?«

»Um sie als Waffen einzusetzen.«

»Gegen wen?«

»Gegen jemand Bestimmtes oder gegen die Welt im allgemeinen.«

»Und die guten Seiten? Kann man die auch als Waffen benutzen?«

»Das ist viel anstrengender. Und es gibt auch immer jemanden, der einem auf den Zahn fühlt, um zu sehen, wo die Schwachstellen sind.«

»Die schlechten Seiten dagegen will niemand einer Prüfung unterziehen, stimmt's?«

»Richtig.«

Die Straße endet auf einem ungeteerten großen Platz, gleich dahinter erstreckt sich heller Strand, so weit das Auge reicht. In der Reisesaison stehen hier dicht an dicht Autos und Busse und Wohnmobile, aber jetzt ist da nur ein alter weißer Kombiwagen. Sie steigen aus und gehen in Richtung Meer. Auf einer höher als der Strand gelegenen Betonplattform steht ein viel neueres Auto mit weit offenen Türen; aus der Stereoanlage dröhnt elektronische Diskomusik. Ein Mann und eine Frau sitzen am Rand der Betonfläche, halten ihre Gesichter in die Sonne und scheinen die Umgebung zu genießen.

»Man kann aus seiner Hauptschwäche sogar einen Beruf machen.«

»Ah, ja?«

»Ja. Vermutlich basieren sogar mehr Berufe auf Schwächen als auf Stärken.«

»Deiner auch?«

»Vielleicht.«

»Du hast deine innere Abwesenheit zum Beruf gemacht?«

»Und meine anderen Fehler, die ja alle damit zusammenhängen. Und jedesmal, wenn meine Arbeit anerkannt wird, findet auch mein Hauptfehler Anerkennung. Als würden die Leute zu mir sagen: Bravo! Danke für deine Abwesenheit. Mach so weiter! Ist das nicht verrückt, wenn man es recht bedenkt?«

»Doch.«

»Aber es ist so. Und wenn jemand wegen seines Hauptfehlers Anerkennung findet, dann hilft alles nichts, dann wird er ihn nicht mehr los.«

»Nie mehr?«

»Wohl kaum. Es sei denn, er hat eine ungewöhnlich stark ausgeprägte Kritikfähigkeit. Oder er bekommt mal ordentlich eins aufs Dach.«

»Aber es ist ja auch nicht so, daß du immer abwesen bist, oder?«

»Nein. Wenn ich irgendwo bin, wo es mir gefällt, oder bei einem Menschen, der mir gefällt, oder wenn ich etwas tue, was mir gefällt, dann bin ich da.«

»Jetzt bist du also da?«

»Klar doch, du kleines Biest.«

Sie laufen die Wasserlinie entlang, wo eine leichte Brise weht. Er füllt seine Lungen mit der salzigen Luft, bläst sie langsam wieder hinaus. Ein alter Mann steht neben einer in den Sand gerammten Angel und blickt zum Horizont. Im Vorbeigehen werfen sie einen Blick in den blauen Plastikeimer hinter ihm. Er ist leer.

Als sie keine Lust mehr haben weiterzulaufen, machen sie kehrt und gehen zurück. Das Auto auf der Betonplattform und die beiden Gestalten davor sehen aus der Ferne unwirklich aus.

»Manchmal sind sogar ganze Städte auf Schwächen gegründet.«

Sie antwortet nicht, sieht ihn nur von der Seite an. Wahrscheinlich ist sie hungrig und hat ihre Kräfte erschöpft.

»Es gibt Städte«, fährt er fort, »die sind auf Geiz gegründet oder auf Ruhmsucht, auf Sorglosigkeit oder Mittelmäßigkeit, auf Kälte, Zynismus oder Gaunerei. Mit ihren Fehlern bewaffnet, präsentieren sie sich der Welt.«

»Und wie fängt das Ganze an?«

»Vielleicht damit, daß einige besonders angesehene Bürger

ihre schlechtesten Eigenschaften so lange demonstrieren, bis sie von der ganzen Stadt übernommen werden.«

»Und die Leute, die dort leben?«

»Die saugen sie sozusagen mit der Muttermilch ein. Durch Bemerkungen, die sie aufschnappen, und Verhaltensweisen und Gesten, die sie Tag für Tag vor Augen haben.«

»Und wer erst als Erwachsener hinkommt?«

»Der paßt sich an, wenn er nicht sogar durch diese schlechten Eigenschaften angelockt worden ist.«

»Und wenn sich einer nicht anpaßt?«

»Dann simuliert er so gut, daß er glaubwürdig wirkt. Oder er reibt sich an allem, was er sieht und hört. Oder er geht weg.«

»Und mit den Völkern ist es genauso?«

»So ziemlich.«

»Zum Beispiel?«

»Sieh dir doch mal Italien an.«

»Was für schlechte Eigenschaften hat Italien?«

»In der Reihenfolge ihrer Wichtigkeit?«

»Wie sie dir gerade einfallen.«

»Oberflächlichkeit. Unehrlichkeit. Unbeständigkeit. Neid. Unzuverlässigkeit. Trägheit. Schludrigkeit. Scheinheiligkeit. Provinzialität. Selbstzerstörungsdrang. Und dann gibt es noch eine ganze Reihe von Schwächen, die sich als Stärken ausgeben.«

»Welche denn?«

»Zum Beispiel Feigheit, die sich als Gutmütigkeit ausgibt, Regellosigkeit, die sich als Toleranz ausgibt. Nachlässigkeit, die sich als Freiheit ausgibt. Vulgarität, die sich als Natürlichkeit ausgibt. Barbarei, die sich als Folklore ausgibt.«

»Sag mir ein paar Beispiele.«

»Zum Beispiel die falsche Toleranz, wenn in unserem Land eine Bande von Jugendlichen geschnappt wird, die eine alte Frau niedergeschlagen und ausgeraubt hat, und sofort ein Priester und ein Psychologe und ein Soziologe zur Stelle sind und im Fernsehen um Verständnis für diese verwöhnten Bengel bitten, die man nur ja nicht zu sehr kriminalisieren darf, weil sie im Grunde auch nur Opfer der Gesellschaft sind.«

»Mhm.«

»Das Land, das sich so freiheitlich gibt, in dem sich die Polizei aber bei der erstbesten Protestdemonstration wie die Polizei einer Bananenrepublik gebärdet und die festgenommenen Demonstranten verprügelt und tagelang foltert.«

»Und weiter?«

»Das scheinbar hochentwickelte Land, in dem auf dem Titelblatt jeder Zeitschrift und auf jeder Auto- oder Schuh- oder Nudelreklame und in jeder Vorabendsendung im Fernsehen mindestens eine nackte Frau gezeigt wird, die die Leute zum Kaufen animieren soll. Das Land der Mammas und der Heiligen hat den geringsten Anteil von Frauen im Parlament, aber die meisten aus armen Ländern importierten Prostituierten auf den Straßen.«

»Hhm.«

»Das auf dem römischen Recht gegründete Land, das mit tausenderlei Gesetzen und Vorschriften jede Initiative lähmt, aber aufgrund eines totalen Mangels an wirksamen Kontrollen das ganze Staatsgebiet von Norden bis Süden zerstört und zubetoniert hat. Das an Kunstschätzen reichste Land der Welt, das von Vermessungstechnikern und Verwaltungsbeamten und Bauherren erbarmungslos verschandelt wird.«

»Und weiter?«

»Das scheindemokratische Land, das sich zwanzig Jahre lang von einem machtgierigen Hanswurst hat regieren lassen, der sich als Führer des Volkes ausgab, und sich von der falschen Partei in einen Krieg hineinziehen ließ, der fünfzig Millionen Tote gefordert hat, und, als es ihn verloren hatte, so tat, als hätte es im Grunde seines Herzens immer auf der richtigen Seite gestanden.«

»Wirklich?«

»Ja. Und das immer wieder versucht hat, sich dem erstbesten Diktator oder Mafiaboß oder Frühkapitalisten oder Großdealer in die Arme zu werfen, der mit seiner Entourage von Anwälten und Intriganten und Schlägertrupps auf der Bildfläche erschienen ist.«

»Aber andere Länder haben auch ihre Fehler.«

»Sicher. Nur rufen die Schwächen deines eigenen Landes bei dir eine größere Verbitterung hervor. Und sie neigen auch dazu, sich gerade dann und gerade dort bemerkbar zu machen, wo du es erwartest.«

Die zwei Figuren am Rand der Plattform neben ihrem Auto würdigen sie keines Blickes, als sie dicht an ihnen vorbeigehen, anscheinend sind sie ausschließlich am Stand der Sonne interessiert und an der gräßlichen Musik, die aus dem offenen Auto dröhnt.

»Gibt es denn niemanden, der ohne Fehler ist?«

»Nicht, wenn man genau genug hinsieht. Aber natürlich gibt es Fehler, die viel unerträglicher sind als andere.«

Sie steigen ins Auto, er fährt auf der schmalen, kurvenreichen Straße, die an Brackwassertümpeln und hohen Grasbüscheln entlangführt. Ab und zu sieht er sie von der Seite an und denkt, daß immer, wenn sie miteinander reden, ein Großteil seiner Aufmerksamkeit von ihren Blicken und Gebärden und ihrem Tonfall absorbiert wird. Auch mit M. geht es ihm so, besonders wenn sie sich längere Zeit nicht gesehen haben und sich, obwohl ihnen noch böse Sätze in den Ohren klingen, vom Mitteilungsdrang überwältigen lassen und, mitgerissen vom Strom ihrer Gedanken und Empfindungen, reden und reden und dabei die feinen Modulationen registrieren, die mit der Intensität einer Stimmgabel die Worte begleiten.

Das Mobiltelefon vibriert in seiner Tasche wie ein kleines Höhlentier

Das Mobiltelefon vibriert in seiner Tasche wie ein kleines Höhlentier. Er greift in die Jacke und hat sogar kurz den trügerischen Eindruck von Körperwärme, bis er es hervorzieht: nichts als ein elektronisches Gerät.
G.: Hallo?
M.: Wie geht's?
G.: Gut.
M.: Wo seid ihr?
G.: Bei den Sümpfen, wir fahren jetzt etwas essen.
M.: Und geht es euch gut?
G.: Ja. Hier gibt es weiße Stelzvögel, die im Wasser fischen. Es wäre schön, wenn du auch hier wärst.
M.: Wieso sagst du das?
G.: Weil es wahr ist.
M.: Bist schon ein Scheißkerl.
G.: Hast du meine Nachricht gelesen?
M.: Ja. Sind doch alles nur Worte. Sie stimmen nie mit dem überein, was wirklich ist.
G.: Und was ist wirklich?
M.: Ich versteh nicht, was du von mir willst, Giovanni.
G.: Ich auch nicht.
M.: Wieso sprichst du schon wieder in diesem Ton?
G.: Können wir das mit dem Ton nicht mal lassen? Oder vielleicht drüber reden, wenn ich nicht auf einer kurvigen Straße mitten durchs Sumpfgebiet fahre?
M.: Aber natürlich. Mach's gut.
G.: Bist du beleidigt?

M.: Überhaupt nicht. Aber ruf mich bitte nicht mehr an, und schick nicht mehr diese blödsinnigen Botschaften.
G.: Aber was ist denn?
M.: Ich hab es satt, meine Zeit zu vertrödeln. Ciao.
G.: Hallo?

Er schaut noch einen Augenblick auf das Display seines Telefons, steckt es in die Jackentasche zurück. Sein rechtes Ohr ist heiß, und die Schläfe tut ihm weh; er läßt das Seitenfenster ganz herunter und atmet tief ein.

Seine Tochter neben ihm schaut hinaus, sie ist nicht der Typ, der sich in solche Situationen einmischt.

Er sagt: »Am Telefon kann ich einfach über nichts reden. Höchstens Informationen austauschen. Was soll man am Telefon schon sagen?«

Sie sieht ihn auf ihre rätselhafte Weise an, ohne sich irgend etwas anmerken zu lassen.

»Ich hatte schon immer ein Problem mit dem Telefon. Schon mit sechzehn, als meine erste Freundin mich jeden Abend stundenlang am Telefon festgehalten hat, nachdem wir den ganzen Nachmittag zusammen waren und uns schon alles Erdenkliche gesagt hatten.«

»Ihr habt stundenlang telefoniert?« fragt sie lachend.

»Ja. Sie konnte einfach nicht genug kriegen. Mein Gott, es war ein Alptraum. Damals hab ich mir geschworen, nie wieder so eine Beziehung einzugehen.«

»Und wieso hast du dich trotzdem wieder drauf eingelassen?«

»Ach, das liegt zum Teil daran, daß M. und ich oft weit voneinander entfernt sind. Und sie hat eine ganz andere Beziehung zum Telefon als ich. Sie hat ja auch interessante Dinge zu sagen, sie will nicht über irgendwelchen Blödsinn reden. Trotzdem kann ich keine langen Telefongespräche führen. Und jedesmal, wenn ich versuche, es kurz zu machen, nimmt sie es als Ausdruck von Desinteresse oder meint, ich will kneifen.«

Aber ihm fällt auch ein, daß sein Mobiltelefon und das von M. lange Zeit die letzte Rettung bei ihren Auseinandersetzungen waren, wenn er schon mit seinem Rollenkoffer um die Ecke gebogen war oder sie mit dem Auto davonbrausen sah, als sei es das letzte Bild, das ihm von ihr im Leben bleiben sollte. Er denkt, daß ihnen beiden bewußt war, noch die letzte Möglichkeit zur Umkehr in der Jackentasche oder Handtasche mit sich herumzutragen.

Gleich darauf klingelt das Handy seiner Tochter mit dieser lustigen kleinen Melodie. Sie antwortet, eine Hand über dem freien Ohr, die rechte Schläfe ans Fenster gelehnt, um sich ein bißchen Privatsphäre zu schaffen. »Ja«, »nein«, »klar doch«, sagt sie leise.

Damit sie sich nicht gestört fühlt, sieht er auf seiner Seite zum Fenster hinaus: auf das Schilfrohr, die weißen und rosafarbenen und grauen Sumpfvögel, die Schilder mit den Kilometerzahlen. Er nimmt die Straßenkarte vom Rücksitz und legt sie aufs Lenkrad; aber er kann nicht erkennen, ob er auf der richtigen Straße ist.

Als seine Tochter fertig telefoniert hat, sagt er: »Eine Liebesgeschichte wie die von Romeo und Julia wäre heute freilich nicht mehr möglich, mit diesen Dingern da.«

»Wie meinst du das?«

»Eine Geschichte, die auf Informationslücken beruht? Auf schrecklichen Mißverständnissen, weil der eine nicht weiß, wo der andere ist und was er gerade macht, und beide sich das Schlimmste ausmalen?«

»Stimmt«, sagt sie und steckt das Handy weg.

Er denkt, daß sogar ihr Handy Zärtlichkeit in ihm weckt, wie alles, was mit ihr zu tun hat. Auch die leicht zerstreute Behutsamkeit, mit der sie es behandelt, und die Tatsache, daß sie ihn nie um eins gebeten hat und es zuerst gar nicht annehmen wollte, als er es ihr zum Geburtstag geschenkt hat. Diese Art von Zärtlichkeit, denkt er, hat er schon für sie empfunden, als er sie in den Händen der Hebamme sah. Müßte er dieses Gefühl genauer benennen, würde er es als eine Mischung aus Besorgtheit, Anteilnahme und Beschützerinstinkt bezeichnen.

Er sagt: »Denk mal, wie klein du noch vor wenigen Jahren warst.«

Sie lacht.

»Als du auf die Welt gekommen bist, hattest du ganz dunkle, unergründliche Augen. Du hast sie hin und her bewegt, als wolltest du erkennen, wo du bist, obwohl du wohl so gut wie nichts gesehen hast.«

»Wie hab ich sie bewegt?« Sie haben schon hundertmal darüber geredet, mit fast den gleichen Worten, aber das spielt keine Rolle, sie hätten es noch weitere hundert Male tun können. Und wahrscheinlich werden sie es auch tun.

»So.«

»Hör auf, ich war doch kein Marsmensch!«

»Doch, warst du. Beeindruckend, wenn man dich genauer ansah. Wirklich. Fast zum Fürchten.«

»Wieso?«

»Du hast *seltsam* ausgesehen. Irgendwie alt. Schrecklich alt. Jahrhunderte alt. Du hattest einen Blick wie ein völlig erschöpfter Weltraumreisender, der nicht recht weiß, wo er gelandet ist. Du hast Furcht und Mitgefühl geweckt. Mehr Furcht als Mitleid, am Anfang.«

Ihm kommt in den Sinn, daß Mitgefühl vielleicht der Schlüssel für seine affektiven Bindungen ist und daß eins seiner Probleme mit M. darin liegt, daß er für sie nicht immer Mitgefühl empfindet. Als er jetzt daran denkt, ist er sich beinah sicher, daß er immer dann, wenn M. Mitgefühl in ihm weckt, eindeutige und wahrscheinlich beruhigende Reaktionen zeigt. Erscheint sie ihm dagegen resolut und weltgewandt, bricht eine Kluft zwischen ihnen auf. Er muß sie verletzlich und hilflos sehen, um Beistand und Verständnis und Ermutigung aufzubringen. Es scheint ihm keine Empfindung zu sein, die mit Herablassung oder Überlegenheitsgefühlen verbunden ist, aber er wüßte keine andere Erklärung dafür.

»Und noch etwas ist ziemlich absurd, im Zusammenhang mit den Vorzügen und Schwächen der Menschen.«

»Was denn?«

»Manchmal verliebt man sich in eine Schwäche, und manchmal kommt man mit einer positiven Eigenschaft einfach nicht klar.«

»Zum Beispiel?«

»M. zum Beispiel läßt sich manchmal ganz plötzlich vom Lauf der Welt aus der Fassung bringen. Sie weiß zwar genau Bescheid und geht sogar ganz unbekümmert damit um, dann liest sie irgendeine Zeitungsmeldung und ist *am Boden zerstört*. Man mag das als Schwäche sehen, aber für mich ist es das, was ich an ihr mit am meisten mag. Die intensive Sensibilität, die mich an ihrem Blick so beeindruckt hat, als wir uns das erstemal begegnet sind.«

»Aber?«

»Aber sie hat auch eine sehr praktische und tüchtige und vernünftige Seite, die sie entwickelt hat, um in der Welt bestehen zu können. Ein Vorzug, der in bestimmten Situationen sehr beruhigend sein kann, und trotzdem ist es einer der Hauptgründe für die Distanz zwischen uns.«

»Warum?«

»Weiß nicht. Ich möchte ja auch nicht, daß sie immer so verletzlich ist, mit blankliegenden Nerven. Aber wenn sie mit der Selbstsicherheit und mit der ganzen positiven Energie, deren sie fähig ist, Worte und Gesten verteilt, steht sie mir sehr fern.«

»Fern in welchem Sinn?«

»Fern. Ich komme mir im Vergleich zu ihr wie ein hoffnungsloser Außenseiter vor, der nirgends heimisch ist und nirgends Fuß faßt.«

»Nenn mir ein Beispiel.«

»Wenn wir zusammen in den Supermarkt gehen, zum Beispiel.«

»Was passiert da?«

»Nichts Besonderes. Wir stehen meinetwegen an der Fischtheke, und sie verlangt in ihrer praktischen Art irgend etwas, und auf einmal flößt mir jeder Ton und jedes Lächeln und jede Körperbewegegung ein ungeheures Fremdheitsgefühl ein.«

»Wird sie plötzlich unsympathisch oder grob?«

»Nein. Nur praktisch. Eine praktische Frau, die viel zu tun hat und mit dem Gedanken, Lebensmittel einzukaufen, nichts Transzendentes verbindet.«

»Du dagegen schon?«

»Kann sein. Vielleicht möchte ich, daß der gemeinsame Einkauf immer so etwas ist wie ein faszinierendes Spiel, bei dem man die Farben und Gerüche des Lebens einfängt und schon gewisse Augenblicke vorwegnimmt. Die Vorstellung, daß eine Lebensmittelversorgungsaktion daraus wird, hat verheerende Wirkung auf mich.«

»Und M.?«

»M. hat zwei Kinder, die jeden Tag essen wollen, und eine Wohnung, die in Schuß gehalten werden will, und sie muß sich neben dem Einkauf um viele andere Dinge kümmern. Da ist es mehr als verständlich, daß sie nicht jedes Mal, wenn sie einen Supermarkt betritt, Lust auf einen euphorischen Trip hat.«

»Aber du bist trotzdem jedesmal enttäuscht?«

»Ja. Mir ist klar, daß es absurd ist, aber ich kann nichts dagegen tun.«

»Und sie merkt es?«

»Ich gebe mir keine große Mühe, es zu verbergen. Ich mache ein feindseliges Gesicht, rede kein Wort, sehe sie nicht mehr an. Und natürlich endet es immer mit einem Streit.«

»Und was sagt ihr euch?«

»Ich sage ihr, daß ich lieber verhungere, als zum Sklaven der Konsumgesellschaft zu werden und mit gleichgültigem Blick Müll in den Einkaufswagen zu laden. Daß ich lieber

Kräcker oder einen Rest Käse oder gar nichts esse. Oder meinen Hunger einfach vergesse.«

»Und sie?«

»Sie sagt, daß ich lächerlich und kindisch und verwöhnt bin und meine Zeit gern mit Blödsinn vergeude. Dann geht sie zu ernsteren Vorwürfen über und sagt, daß ich egoistisch und leichtsinnig und nie richtig da bin und keine wirkliche Verantwortung auf mich nehmen will und so weiter.«

»Und du?«

»Ich hole dann noch weiter aus, bis ich sie zuletzt für den ganzen Kram in den Regalen und die abgestumpften Leute mit ihren Einkaufswagen und den müden Blick des Kassierers und den verkommenen Parkplatz draußen und die Straße und die Autos und LKWs und sogar für die Hitze und das Licht verantwortlich mache. Und schließlich dafür, daß ich dort bin und nicht woanders auf der Welt.«

»Aber wieso?«

»Ich finde es einfach unerträglich, daß es Dinge gibt, die eben getan werden müssen, ohne Spielraum für Überraschungen oder die Möglichkeit, Spaß daran zu haben oder sie auch gar nicht zu machen.«

»Na, da übertreibst du aber. M. hat recht, wenn sie sich drüber aufregt.«

»Du hast gut reden, schließlich verbringst du deine ganze Zeit damit, Lebensmittel einzukaufen und organisatorischen Kram zu erledigen, was?«

»Ich bin auch erst sechzehn.«

»Na und? Findest du es richtig, daß jemand anders das für dich erledigt?«

»Wir reden von dir und M., was hab ich damit zu tun?«

»Du hast was damit zu tun. Ich jedenfalls halte meinen Standpunkt für gerechtfertigt, da ich nie von irgend jemandem verlangt habe, sich meine Pflichten aufzuhalsen. Da ich bereit bin, auf möglichst viel zu verzichten, nur um wenig Pflichten zu haben.»

»Streitet ihr im Ernst über diese Dinge, wenn ihr zusammen einkaufen geht?«

»Fast jedesmal.«

»Könntet ihr euch nicht abwechseln? Einmal gehst du in den Supermarkt und einmal sie?«

»Vielleicht. Aber ich fürchte, daß die Probleme, die dahinterstecken, die gleichen bleiben. Ich fürchte, wir finden dann einen anderen Vorwand, um aneinanderzugeraten.«

Sie fixiert ihn mit zur Seite geneigtem Kopf, als wolle sie noch etwas sagen oder ihm einen Rat geben, doch dann schaut sie zum Fenster hinaus. Auf einem Schild steht: »La Maison Blanche. Hausgemachte Spezialitäten, Reitausflüge«.

Als sie in der warmen Sonne aufgegessen haben

Als sie in der warmen Sonne aufgegessen haben, zeigt er auf die kleinen grauen Pferde auf der Wiese neben dem Haus und fragt die dicke Gastwirtin, ob sie einen Spazierritt machen können. Sie hebt die Arme und sagt: »Im Moment geht es nicht, die Saison hat noch nicht begonnen.« So zahlt er, und sie stehen auf, grüßen und schlendern auf dem Kiesweg zum Auto.

Dann fahren sie mit heruntergelassenen Fenstern, ohne Eile und ohne bestimmtes Ziel. Die kurvenreiche Straße verläuft zwischen flachen Wiesen und Röhricht, der Motor surrt auf niedrigsten Touren. Einmal glaubt er, einen Biber in einem Graben schwimmen zu sehen, aber als er zurücksetzt, ist er weg.

»Ein Biber, wirklich?« fragt sie.

»Vielleicht auch ein Nerz. Oder eine Riesenratte.«

Jetzt, wo sie gegessen haben, fühlt er sich unabhängig von Raum und Zeit. Weit und breit ist kein anderes Auto zu sehen, und die Luft, die durch die offenen Fenster hereinströmt, hat genau die Temperatur ihrer Haut; scheinbar mühelos überwinden sie die Entfernung. Er hält das Lenkrad mit zwei Fingern und genießt es, neben einem Menschen zu sitzen, den er gern hat, und Eindrücke aufzunehmen. Er denkt, daß es letztlich das ist, was er anstrebt: eine kleine, sich selbst genügende Gefühlsgemeinschaft mit viel Bewegungsfreiheit drumherum. Aber wie schwer es ist, eine so simple Situation zu erreichen; wie viele Teilchen vorher zusammengefügt werden müssen, sofern man überhaupt etwas zusammenzufügen hat. Zwei zivilisierte Menschen, die in einem japanischen Geländewagen außerhalb der Saison in einem Naturschutzgebiet ins Blaue fahren, oder zwei Wilde, die barfuß das vertraute Territorium durchstreifen. Alles, was dazwischen liegt, erscheint ihm wie ein Räderwerk, das Aufmerksamkeit und Gefühle und Energien verschleißt. Und doch scheint alles nur darauf ausgerichtet zu sein, sie in dieses Räderwerk hineinzuziehen. Er sieht zu seiner Tochter hinüber, die ebenso gedankenversunken scheint wie er, sieht wieder nach vorn auf die Straße, auf die Sümpfe zu beiden Seiten, und obwohl er nicht daran zu denken versucht, versetzt ihm das Gefühl von Vergänglichkeit immer wieder einen Stich ins Herz.

»Wird es dir langweilig?«

»Nein.« Sie schüttelt kaum merklich den Kopf. »Warum?«

»Einfach so. Bei dir weiß man ja nie genau.«

»Das ist nicht wahr.«

»Wärst du jetzt nicht tausendmal lieber bei deinen Freunden in der Stadt?«

»Nein. Ich hab dir doch gesagt, daß mir viel daran liegt, diese Reise zu machen.«

»Dann ist's gut. Mir auch.«

Sie haben auch einen gemeinsamen Erlebnishintergrund: frühere Reisen und zu zweit verbrachte Zeiten, Bücher, die sie gelesen, Mahlzeiten, die sie gekocht, Filme, die sie gesehen, Geschichten, die sie sich erzählt haben. Ein leichtes, über Augenblicke des Nichtverstehens hinwegzukommen. Sie sind sich ähnlich: mehr, als selbstverständlich wäre, und vielleicht auch mehr, als ihnen selbst klar ist. Ihre größten Ähnlichkeiten zeigen sich in Augenblicken wie diesem, oder wenn sie zusammen durch den Wald laufen wie zwei Kinder, die unterwegs genau die gleichen Dinge auf genau die gleiche Art und Weise wahrnehmen.

Sein Verantwortungsgefühl ihr gegenüber belastet ihn nicht, er muß nur ab und zu seine Position neu ausloten und das richtige Maß finden, um weder zu sehr der leichtsinnige Komplize noch der langweilige Vater zu sein. Ihm fällt ein, wie sie vor vielen Jahren wegen irgendeiner Kleinigkeit in Tränen ausbrach, und er zu ihr sagte: »Sei bitte nicht so kindisch!« Plötzlich hörte sie auf zu weinen und sagte: »Aber, Papa, ich bin vier Jahre alt.«

»Woran denkst du gerade?« fragt sie.

»Nichts Bestimmtes.«

Sie gleiten durch die Landschaft, ohne zu sprechen; man hört fast nur das Räderrollen auf dem Asphalt.

Er fragt: »Hast du schon eine Vorstellung, was du nach der Schule machen möchtest?«

»Nein.« Sie schüttelt den Kopf, sieht hinaus.

»Du weißt vor allem, was du *nicht* machen willst, stimmt's?«

»Ja.«

»Kannst du das nicht als Ausgangspunkt nehmen, um herauszufinden, was du willst?«

»Weiß nicht.«

»Kardiologin?«

»Nein.«

»Tierärztin?«

»Nein.«

»Architektin?«

»Nein.«

»Forscherin?«

»Nein.«

»Politikerin?«

»Nein.«

»Lehrerin?

»Nein.«

»Musikerin?«

»Nein.«

»Angestellte?«

»Nein.«

»Weißt du wenigstens, ob du was Kreatives machen willst?«
»Was Kreatives.«
»Als Selbständige oder in irgendeiner Organisation?«
»Selbständig.«
»Allein?«
»Nein.«
»Zusammen mit anderen?«
»Ja.«
»Also doch nicht ganz selbständig?«
»Nein.«
»Nicht so wie ich, zum Beispiel?«
»Nein. Ich glaube nicht.«
»Und gibt es etwas, was du besonders gut zu können glaubst?«
»Du meinst eine Begabung?«
»Oder wenigstens eine besondere Fähigkeit.« Sie scheint ihm voller besonderer Fähigkeiten und Begabungen zu stekken; er fragt sich, ob das nur seine durch die Zuneigung verzerrte väterliche Sicht ist.
»Weiß nicht.«
»Na ja, früher oder später wirst du's wissen.«
»Meinst du?«
»Früher oder später. Wenn du ein paar Versuche und Experimente gemacht hast.«
»Wie war es bei dir? Wann hast du es gewußt?«
»Hab ich vergessen. Aber ich erinnere mich gut an die Phase, in der ich wußte, was ich *nicht* wollte. Ich hatte eine ganze Reihe von Bildern im Kopf, von denen ich mich fernhalten wollte. Orte und Tätigkeiten und Personen.«
»Wie bist du zu diesen Bildern gekommen?«
»Ich brauchte mich nur umzusehen, ich hatte jede Menge Negativbeispiele vor Augen. Es gab Lehrer, Mitschüler, Eltern von Mitschülern, manche Leute auf der Straße und in der Straßenbahn und in den Autos. Ich wußte, daß ich anders werden wollte wie sie, um jeden Preis.«

»Wie wolltest du denn werden?«

»Nicht-normal und nicht-gewöhnlich und nicht-vernünftig, nicht-realistisch. Hauptsache *nicht*. Ich hätte alles getan, um dieses *nicht* zu behaupten und zu verstärken.«

»Was heißt das?«

»Ich wollte keine normale Frisur und keine normale Arbeit, ich wollte keine normale Wohnung, ich wollte keine normale Familie. Ich wollte nicht mal normale *Schuhe*.«

»Und was für Schuhe hast du getragen?«

»Stiefel. Das hielt ich schon für ziemlich außergewöhnlich. So ähnlich wie du mit deinen ausgefransten Schlaghosen, die am Boden schleifen. Oder wie das eiserne Hundehalsband, das dein Luca sich umhängt.«

»Das ist kein Hundehalsband.«

»Schon gut, es kommt auf die Idee an. Es kommt darauf an, aus dem Rahmen zu fallen und abenteuerlich zu sein. Held des eigenen Comics zu sein, oder? Diese Bilder haben zwar kaum eine konkrete Grundlage, aber man lebt davon.«

»Was für Bilder hast du dir gemacht?«

»Seeräuber und Abenteurer, Künstler. Der romantische Held, das unverstandene Genie, Guerillero, Rockgitarrist.«

»Hast du auch versucht, etwas in dieser Art zu werden?«

»Ich wußte nicht mal, was es heißt, etwas zu *werden*. Ich hatte keinen blassen Schimmer von der Kluft zwischen der Vorstellung von etwas und seiner Verwirklichung und davon, wie sich diese Kluft überbrücken läßt.«

»Und dann?«

»In der Phantasie habe ich mir alles mögliche ausgedacht. Immer detaillierter und immer unerreichbarer. Ich lebte in einer parallelen Welt, mit äußerst schwachen Kontakten zum wirklichen Leben.«

»Hattest du viele Freunde als Kind?«

»Viel weniger als du. Meistens nur einen, ganz selten mal mehr.«

»Wieso?«

»Weil ich auch von der Freundschaft eine vollkommen unrealistische Vorstellung hatte.«
»Inwiefern?«
»So, wie ich sie aus Büchern gewonnen hatte.«
»Aus welchen Büchern?«
»*Die drei Musketiere* von Dumas, du weißt schon. Einer für alle und alle für einen. Grenzenlose Loyalität und Kameradschaft gegenüber jedem Hindernis oder Feind. Bis hin zur Bereitschaft, für den anderen zu töten oder sich töten zu lassen.«
»Und deine realen Freunde?«
»Die waren viel weniger sagenhaft. Sie hatten andere Arten von Loyalität.«
»Nämlich?«
»Werteskalen, auf denen vor der Freundschaft der Gehorsam gegenüber Eltern und Lehrern und Autoritäten kam, Rollenpflichten, das Wissen um die Grenzen, Wahrscheinlichkeitskalkül. Sie waren Angsthasen, oder sie waren nicht richtig bei der Sache oder langweilten sich, oder sie hatten Vorlieben oder Charakterzüge oder Freunde, mit denen ich nichts zu tun hatte.«
»Immer?«
»Fast immer. Ich war von den Freunden, die ich als Kind und Jugendlicher gefunden habe, schrecklich enttäuscht. Das trieb mich natürlich erst recht in die Isolation.«
»Wirklich?«
»Aber ohne die Isolation wäre ich wahrscheinlich nie zu meinem jetzigen Beruf gekommen. Ich wäre in irgendeinem Allerweltsjob gelandet und wäre dort versauert.«
»Meinst du?«
»Wahrscheinlich.«
»Du bist zu deinem Beruf gekommen, weil du dich isoliert und als Außenseiter gefühlt hast?«
»Es war ein entscheidender Faktor. Wie eine Straße, die nur in eine Richtung führt. Entweder bleibst du für immer stehen, oder du folgst ihr bis ans Ende, verstehst du?«

»Ja.«

»Das einzige, was ich allein tun kann, ist übrigens meine Arbeit oder wie ein Eremit auf dem Land zu leben oder wie ein Verrückter herumzufahren, ohne anzuhalten. Für den Rest brauche ich die anderen.«

»In welchem Sinn?«

»Wenn ich mit anderen zusammen bin, entdecke ich an mir selbst Verhaltensweisen, von denen ich gar nicht weiß, daß ich sie habe. Es erstaunt mich immer wieder. Mir kommt ein guter Einfall nach dem andern, ich werde mutig oder herausfordernd, habe interessante Ideen und witzige Vorschläge. Ich werde mitteilsam und sogar *praktisch*. Aber dazu brauche ich den Rückhalt einer verschworenen Gemeinschaft. Auch wenn sie nur aus zwei Personen besteht.«

»Ja.«

»Das hat mir auch an der Idee mit der Rockgruppe so gut gefallen. Ein paar Freunde, die sich durch die Welt bewegen, die sie sich nicht ausgesucht haben und die sie nicht wollen, und sie fühlen sich stark, weil sie nicht allein sind.«

»Und als du größer warst, fandest du solche Freunde?«

»Ja, auch wenn sie nicht genau so waren, wie ich sie mir vorgestellt hatte.«

»Warum nicht?«

»Weil ich erkannt habe, daß es kaum möglich ist, das, wovon man träumt, haargenau so vorzufinden, wie man es haben wollte. Meistens ist es anders, wenigstens dem Anschein nach. Vielleicht sogar *sehr viel* anders. Und noch ein anderer, wesentlicher Punkt ist mir klargeworden, auch wenn es sich um keine große Entdeckung handelt.«

»Welcher?«

»Daß eine Freundschaft gepflegt werden muß. Man muß daran arbeiten. Sein Wesen hineinlegen und seine Antennen auf Empfang stellen und ständig dafür sorgen, daß sie keine falsche Richtung nimmt oder daß ihr die Energien ausgehen. Man darf nie damit aufhören.«

»Stimmt.«

»Solche Dinge weißt du zum Glück. Du pflegst deine Freundschaften viel besser, als ich es in deinem Alter getan habe.«

»Woher willst du das wissen?«

»Ich habe gesehen, wie du mit deinen Freunden umgehst, schon mit drei oder vier.«

Sie lacht, sieht hinaus, sieht ihn an, sagt: »Und wie warst du mit drei oder vier?«

»Ein richtiges Ekel«, sagt er.

Sie lassen den Geländewagen neben drei Salzhügeln stehen

Sie lassen den Geländewagen neben drei Salzhügeln stehen, die im jetzt schon kräftigeren Licht glitzern, und klettern auf eine mit einem Holzgeländer eingefaßte Aussichtsplattform aus festgestampfter Erde. Vom Meer her kommt ein Windhauch, er bringt den Geruch von salzigem Schlick und von Tang mit. Sie sehen sich mit zusammengekniffenen Augen um: Salzhügel und verdorrte Wiesen und brackiges Wasser, ruhig dahinsegelnde Vögel. Er läuft mit ausgebreiteten Armen im Kreis herum, als würde er fliegen. Sie lachen beide. Am Himmel hört man den Schrei einer Möwe. Unten kehrt ein Touristenpaar mit Fotoapparat und einem Labrador zu seinem am Straßenrand geparkten roten Auto zurück.

»Da, schau!« sagt sie.

»Nur ein Hund.«

»Stell dir mal vor, wir hätten jetzt auch einen.«

»Wir wären erledigt.«

»Wir wären glücklich.«

»Fang bitte nicht wieder an.«

Er packt sie an einer Hand und wirbelt sie über der festgestampften Erde der Aussichtsplattform im Kreis herum, immer schneller. »Hör auf!« schreit sie, aber sie lacht dabei. Der Wind steigt auf und legt sich wieder, alles dreht sich. Sie taumeln, keuchend und lachend, lehnen sich ans hölzerne Geländer an. Sie schaut zur Straße: Das Paar mit dem Hund ist nicht mehr da, das rote Auto ist verschwunden.

»Übrigens ist das nicht nur mein Problem«, sagt er nach einer Weile.

»Was denn?«
»Allein nicht viel anfangen zu können. Menschen sind so veranlagt, daß sie es allein nicht weit bringen. Sie verkümmern mit erstaunlicher Geschwindigkeit zum Nichts hin, wenn ihnen die Einflüsse und Anregungen durch ihresgleichen fehlen.«
»Zum Nichts in welchem Sinn?«
»Zum Nichts. Nicht nur zu einem primitiven Stadium. Eine einzige Generation genügt, und sie kehren zum absoluten Nichts zurück.«
»Wie das?«
»Ein Mensch lernt allein ja nicht mal den aufrechten Gang. Die Evolution hat Hunderttausende von Jahren gebraucht, und im Lauf einer Generation wird alles wieder ausgelöscht.«
»Woher willst du das wissen?«
»Es gab zum Beispiel Fälle von Kindern, die als Neugeborene im Wald ausgesetzt worden sind. Mit einem von ihnen hat sich im achtzehnten Jahrhundert Rousseau befaßt, ein Philosoph.«
»Weiß ich.«
»Was? Das mit dem Wolfsjungen?«
»Nein. Wer Rousseau war.«
»Ah. Man hat also diesen Jungen gefunden, der als Säugling in einem Wald ausgesetzt und von einem Wolfsrudel adoptiert worden war. Er hat überlebt und ist herangewachsen, aber er konnte nicht aufrecht gehen und nicht sprechen.«
»Kein Wort?«
»Kein Wort. Er krabbelte auf allen vieren, und die einzigen Laute, die er von sich gab, waren Jaulen, Knurren und Winseln. Seine Hände wußte er nicht zu gebrauchen. Er konnte nicht lächeln und zeigte auch sonst keine Gefühlsregung.«
»Er war vielleicht nur zurückgeblieben.«
»Nein. Ihm hat jeglicher Einfluß von anderen Menschen gefehlt. Das war der Beweis dafür, daß nichts von unserer großartigen Evolution auf Dauer erworben ist, zur großen

Bestürzung dessen, der sich damit befaßt hat. Der aufrechte Gang und die Fähigkeit Werkzeug zu benutzen und die Sprache und eine komplexe mentale und soziale Struktur, all das scheinen wesentliche Bestandteile unseres Seins zu sein. Aber eine Generation ohne Einflüsse genügt, und schon sind wir nur noch imstande zu knurren, zu winseln und zu jaulen.«

»Ist doch klar, daß einer Probleme hat, wenn er nur unter Wölfen aufwächst.«

»Nimmst du jedoch einen Wolf und läßt ihn allein unter Menschen aufwachsen, entwickelt er trotzdem fast alle seine wölfischen Verhaltensweisen.«

»Er wird auf jeden Fall zu einem verhaltensgestörten Wolf.«

»Das schon, aber nicht zu einem Wolf, der nicht auf allen vieren laufen und nicht heulen oder sein Fell sträuben kann. Es ist ihm angeboren und untrennbar mit ihm verbunden. Oder nimm einen Hirsch, ein Schaf, eine Ente, einen Fisch oder Frosch. Nimm ein x-beliebiges Tier und laß es aufwachsen, ohne daß es je einen Artgenossen sieht. Es hat vielleicht Verhaltensstörungen, aber es kann trotzdem laufen oder blöken oder fliegen oder schwimmen oder hüpfen. Was seine Spezies im Lauf der Evolution erworben hat, das bleibt ihm.«

»Und uns bleibt nichts?«

»Nein. Dazu müssen wir gar nicht unbedingt als Neugeborene im Wald ausgesetzt werden. Es reicht schon, daß unser Zustand künstlicher Normalität für eine Zeitlang unterbrochen wird.«

»Was heißt ›künstliche Normalität‹?«

»Die Welt, die wir uns konstruiert haben. Es genügt eine Kleinigkeit, und wir verkümmern zu einem Zustand der Unfähigkeit und Wildheit. Wir sind so hochmütig und nehmen alles, was wir haben, so gelangweilt hin, elektrisches Licht und Zeitungen, Religion, Musik, Bücher, Supermärkte, Schulen, Möbel, Rundfunk, Kunstgalerien, Waschpulver, Wochenendausflüge, Kinoabende. Kommt es aber zu einer Unterbrechung im Energiefluß oder gibt es ein Nachschubproblem oder eine Informationssperre, werden wir zu Barbaren, die brandschatzen und vergewaltigen und morden und Augen ausstechen und Zungen abschneiden.«

»Sag mir ein Beispiel.«

»Nimm die Geschichte, da siehst du es immer wieder. Ganz gleich, in welcher Epoche und an welchem Ort es war und wodurch es ausgelöst wurde. Bei meiner Arbeit habe ich ständig damit zu tun.«

»So wie im Mittelalter?«

»Mittelalterliche Zustände gibt es immer wieder. Immer wieder werden Äcker und Bücher und Statuen und Abwassersysteme und Wasserleitungen zerstört, die Sprache verkommt, die Nuancen werden eingeebnet, und die Verhaltensweisen fallen zurück in Finsternis und Kälte und Schmutz und Trümmer und Angst und absolute Unsicherheit.«

»Warum passiert das?«

»Weil unsere Evolution unvollständig und jederzeit umkehrbar ist. Weil wir unter der scheinbaren Komplexität immer noch die gleichen Impulse haben wie damals, als wir in Höhlen lebten.«

»Wieso sagst du ›wir‹?«

»Weil jeder Mensch betroffen ist. Ich auch. Ich spreche nicht von irgendeinem abgehobenen Standpunkt aus. Ich hatte sie schon als Drei- oder Vierjähriger, der voller Aggressivität gegen jeden war, in dem er einen möglichen Eindringling in sein Territorium oder einen Rivalen um Zuneigung oder einen Konkurrenten um die verfügbaren Ressourcen witterte.«

»Ach, geh.«

»Wir tun so, als seien wir ein für allemal auf einer hohen Evolutionsstufe, aber so ist es nicht. Deshalb brauchen wir auch Gesetze und eine Justiz und Gefängnisse. Alles Dinge, die uns aus unserer hochentwickelten Sicht vollkommen anachronistisch erscheinen, stimmt's? Aber wir kommen ohne

sie nicht aus, denn zwischen unseren geistigen Bestrebungen und unseren mit dem Überlebenstrieb zusammenhängenden Mechanismen besteht ein Widerspruch.«
»Das ist ja schrecklich.«
»Ja. Und was noch schlimmer ist, es ist nicht nur ein Widerspruch.«
»Sondern?«
»Die Kriterien für die Evolution der Art und die für die Evolution des Geistes stimmen nicht überein.«
»In welchem Sinn?«
»In dem Sinn, daß die Evolution der Art auf der Auslese beruht, und die Auslese beruht auf Prinzipien, die für den höchstentwickelten Teil unseres Gehirns unannehmbar sind.«
»Du meinst das Überleben des Stärkeren?«
»Des Aggressiven über den Sanftmütigen, des Schlauen über den Naiven, des Flinken über den Nachdenklichen, des Praktischen über den Kontemplativen. Was vom animalischen Standpunkt aus durchaus logisch ist, aus spiritueller Sicht jedoch abscheulich.«
»Müßte Intelligenz in der Evolution nicht ein ebensogroßer Vorteil sein wie physische Stärke?«
»Schon, aber die Art von Intelligenz, auf die es in der Evolution ankommt, ist nicht die, die uns gefällt, sondern rasches Kalkül, Schlauheit, Opportunismus, die Fähigkeit, wirkungsvolle Strategien zu entwickeln. Träumerische Intelligenz, die sich in schöpferischer Großzügigkeit und heiteren Phantasien äußert, ist im Überlebenskampf kein Vorteil. Sie ist ein Handicap.«
»Leute mit diesen Eigenschaften wurden also im Lauf der Geschichte systematisch weggefegt?«
»Das wäre vorstellbar. Es sei denn, sie haben eine Möglichkeit gefunden, sich aus Konflikten herauszuhalten. Was in der Regel aber nicht ihre Art ist.«
»Trotzdem konnten wir uns geistig weiterentwickeln, oder? Im Vergleich zum Höhlenmenschen.«

»Wir haben ständig Fortschritte und Rückschritte gemacht. Sieh dir mal an, was in der Geschichte alles passiert ist. Und versuch dir vorzustellen, was *außerhalb* der Geschichte passiert ist. Die Abermillionen Fälle von Gewalt, Mißbrauch und Ungerechtigkeit, all die moralischen und geistigen Verbrechen, die von keinem registriert worden sind oder die von denen, die sie begangen haben, totgeschwiegen wurden.«

»Und heute?«

»Guck doch mal in die Zeitungen. Noch heute sind List, Aggressionsbereitschaft und rasches Kalkül die Fähigkeiten, die am meisten zählen. Wir leben immer noch in der Welt der Jäger und Räuber.«

»Kann sich das nicht ändern?«

»Vielleicht schon. Es hängt auch davon ab, was sich in der Beziehung zwischen Mann und Frau tut.«

»Wieso?«

»Weil der Anstoß zu der unserer Spezies eigenen geistigen Evolution vermutlich von den Frauen kommt. Denn sie versuchen, sie in die Richtung der Konfliktvermeidung und der Harmonie und des Gleichgewichts zu treiben. Die Männer dagegen sind die ursprüngliche Form, die mit Klauen und Zähnen, Muskelkraft und Keulen angreifen.«

»Aber die Männer haben auch fast alles, was es gibt, gebaut und erfunden und entdeckt und geschrieben und gemalt.«

»Und es mit der gleichen Intensität auch zerstört und gestohlen und vernichtet und ausgerottet und in Schutt und Asche gelegt.«

»Warum?«

»Weil die Männer von einem unaufhaltsamen, obsessiven Tatendrang getrieben sind. Aufbauen und kaputtmachen, kultivieren und verwüsten, anfüllen und ausleeren, bewässern und niederbrennen. Wie herrische Kinder mit ihren Plastikeimerchen und Schaufeln am Strand.«

»Na hör mal.«

»So ist es doch. Auch in unserem von den Ursprüngen scheinbar himmelweit entfernten Leben basieren fast alle männlichen Aktivitäten auf Machthunger und Eroberungsdrang.«

»Zum Beispiel?«

»Politik, Finanzwirtschaft, Sport, Sex, was du willst. Lauter Machterwerbs- und Eroberungsaktivitäten. Verfolgungsjagden und Kampfaufforderungen und Sich-gegenseitig-Übertrumpfen und Drohungen und In-die-Flucht-Schlagen und gefeierte Triumphe, Zähneblecken und Sich-in-die-Brust-Werfen.«

»Und die Frauen?«

»Frauen haben viel weniger das Bedürfnis, ihre ganzen Energien in den Kampf gegen ihre Artgenossen und gegen Tiere und Sachen zu investieren.«

»Warum?«

»Weil sie es viel weniger nötig haben, Beweise dafür anzuhäufen, daß sie *existieren*.«

»Warum?«

»Weil sie zu leben verstehen, glaube ich. Sie empfinden das Leben. Und sie schaffen Leben. Sie hinterlassen weniger Spuren, weil ihnen weniger daran liegt.«

»Es gibt doch auch Frauen, die Spuren hinterlassen wollen, genau wie die Männer, oder?«

»Ja. Und sie schaffen es auch, denn sie sind äußerst anpassungsfähig. Es kostet sie anfangs etwas Mühe, aber dann schaffen sie es. Und jeder weibliche Einfluß treibt die Männergesellschaft in eine bessere Richtung.«

»Inwiefern?«

»Es macht sie weicher und offener. Die Crux ist, daß sie auf diese Weise auch verletzlicher wird.«

»Wieso verletzlicher?«

»Weil eine Gesellschaft, die sich in eine weniger aggressive, männlich geprägte Richtung entwickelt, leicht Opfer einer rohen, aggressiven, männlich geprägten Gesellschaft werden kann, die sie überfällt und vernichtet. Auch dafür gibt es in der Geschichte eine Unmenge Beispiele.«

»Welche?«

»Nimm zum Beispiel die Minoer, die auf Kreta lebten. Sie hatten nicht mal Stadtmauern und Befestigungsanlagen, es war eine stark von Frauen geprägte, hochentwickelte Gesellschaft. Die Minoer hatten einen komplexen Sinn für Ästhetik, sie liebten Architektur und Malerei und Musik, Gärten, schöne Kleider und Tänze. Dann kamen die aggressiven, männlich geprägten Ionier vom Meer her und zerstörten die minoische Kultur. Aber du kannst andere Punkte der Geschichte herausgreifen, wenn du Beispiele möchtest.«

»Möchte ich?«

»Nimm Marcus Antonius und Kleopatra.«

»Was haben die gemacht?«

»Antonius war ein sehr tüchtiger römischer Feldherr mit einem schlichten Soldatengemüt. Dann kam er nach Ägypten, und dort lernte er Kleopatra kennen.«

»Das haben wir in der Schule gelernt.«

»Die Geschichte, die sie euch in der Schule beibringen, ist nichts als eine Ansammlung von Gemeinplätzen und Verzerrungen und Betrug.«

»Weiß ich. Was war also mit Kleopatra?«

»Kleopatra war eine unglaublich gebildete, intelligente und vielseitig begabte Frau. Sie hat Antonius die Augen für eine Dimension des Lebens geöffnet, von der er nicht mal geträumt hatte: der Orient, Musik, Kunst, Astronomie und Astrologie, die Bibliothek von Alexandria. Antonius begann zu lesen, die Sterne zu beobachten, Gedichte zu schreiben, auf der Oud zu spielen und Haschisch zu rauchen, er veränderte sich. Er wurde ein aufgeklärter Geist, nach und nach. Und dann kam Oktavian mit seinem römischen Heer, dem jede Art von Erleuchtung und alles Weibliche vollkommen abging, und vernichtete binnen ein paar Minuten das Heer von Antonius und Kleopatra.«

»Und Kleopatra hat sich von der giftigen Natter beißen lassen?«

»Ja. Oktavian wurde dann Kaiser Augustus, unter dem das Römische Reich die größte Ausdehnung und Stabilität erlangte. Die Geschichte, wie ihr sie in der Schule lernt, hat er aus seiner Sicht diktiert.«

»Gibt es noch andere Beispiele?«

»Jede Menge. Nimm die Ureinwohner von Neuseeland. Sie waren so wenig angriffslustig und so wenig kämpferisch, daß sie, als die Maori kamen, von ihnen im Handumdrehen niedergemetzelt oder zu Sklaven gemacht wurden. Es gibt Millionen Beispiele, du mußt nur danach suchen.«

»Wie wäre deiner Meinung nach die Welt, wenn es nur Frauen gegeben hätte?«

»Und sie hätten trotzdem die Möglichkeit gehabt, sich zu reproduzieren?«

»Klar.«

»Was inzwischen übrigens möglich ist.«

»Wirklich?«

»Ein guter Vorrat an eingefrorenem Samen, und ihr könntet für immer auf die Männer verzichten. Und vielleicht braucht es nicht mal den Samen.«

»Wie traurig!«

»Hhm. Aber ist eine reine Männerwelt etwa nicht traurig? Wo Frauen unterjocht und versteckt gehalten werden und wo auf den Straßen und öffentlichen Plätzen überall nur Männer zu sehen sind?«

»Wo gibt's das?«

»Zum Beispiel in Afghanistan unter dem Taliban, diesen Schweinehunden, oder in jedem anderen von Fundamentalisten beherrschten Land. Wäre gut, wenn die Männer dort mit ihren kehligen Stimmen und ihren Demonstrationen von Männlichkeit auch wüßten, daß sie für den Fortbestand der Art nicht mehr gar so unverzichtbar sind.«

»Und hier?«

»Hier sollten es die Werbeleute und die Priester und die Chefredakteure der Zeitschriften, die Fernsehmacher und die Produzenten und Filmregisseure wissen und alle, die sich noch immer wie Zuhälter gebärden und Frauen tyrannisieren und kaufen und verkaufen und entwürdigen und deformieren.«

»Was meinst du, wie die Welt aussähe, wenn es nur Frauen gegeben hätte?«

»Nicht viel anders, als sie ursprünglich war, glaube ich. Mit ein paar kleinen Veränderungen, die nicht weiter ins Gewicht fallen.«

»Und wenn es nur Männer gegeben hätte und sie sich ohne Frauen hätten reproduzieren können?«

»Die hätten sich seit wer weiß wie langer Zeit gegenseitig ausgerottet.«

»Meinst du?«

»Unbedingt.«

Sie steigen von der Aussichtsplattform herunter, laufen auf die Salzhügel zu, an einem Schild mit der Aufschrift »Durchgang verboten« vorbei. Schienen sind zu sehen, für einen kleinen Zug, der dazu dient oder irgendwann dazu gedient hat, das Salz zum Verladeplatz zu transportieren.

»Wäre natürlich todtraurig, eine Welt nur mit Frauen oder nur mit Männern«, sagt er.

Sie lächelt.

Sie nähern sich einem der Salzhügel, nehmen sich jeder eine Handvoll, riechen daran mit nahezu spiegelbildlichen Gesten. Der Geruch ist vielfältiger als der von gewöhnlichem Salz: ein Anklang von mineralischen, pflanzlichen und tierischen Elementen, das olfaktorische Gedächtnis vorgeschichtlichen Lebens. Sie lassen es wie staubfeine Eindrücke durch die Finger rieseln, bleiben sekundenlang bewegungslos stehen und kehren dann ohne ein Wort zum Auto zurück.

Sie kommen an eine Kreuzung, und er biegt nach links ab

Sie kommen an eine Kreuzung, und er biegt nach links ab auf die Straße, die zum Meer führt.
»Aber auch wir sind anders, als wir in der Anfangszeit waren, oder?«
»Welcher Anfangszeit?«
»In der Anfangszeit unserer Spezies.«
»Ah, natürlich. Ganz anders. Nicht nur, weil wir kein Fell mehr haben und eine höhere Stirn und einen kleineren Unterkiefer. Unser Gehirnvolumen hat sich im Vergleich zu dem der Australopithecinae verdreifacht.«
»Verdreifacht?«
»Ihr Gehirn war vierhundert Kubikzentimeter groß. Und sie konnten damit bestens überleben. Es fehlte an nichts. Dann jedoch begann das Gehirn zu wachsen.«
»Und wuchs immer weiter?«
»Ja. Bis zu den tausendzweihundert Kubikzentimetern, die wir heute durchschnittlich haben. In manchen Fällen freilich auch noch viel mehr. Byrons Gehirn war zum Beispiel fast doppelt so groß. Es wog zwei Kilo und zweihundert Gramm.«
»Hat man es gewogen?«
»Ja. Solche Dinge hat man gemacht. Teils aus romantischem Fetischismus, teils aus wissenschaftlicher Neugier.«
»Nicht doch.«
»Unser Gehirn ist das unglaublichste und widersprüchlichste Resultat der Evolution.«
»Warum?«
»Weil es fürs Überleben keineswegs unabdingbar war, und

weil es uns eine Intuitions- und Denkfähigkeit gegeben hat, die wir bis heute nicht richtig zu nutzen wissen.«

»Worin ist unser Gehirn widersprüchlich?«

»Sein ältester und sein jüngster Teil bilden kein harmonisches Ganzes. Das Reptilienhirn, das die primitiven Reaktionen steuert, und die ultrahochentwickelten Stirnlappen, die abstraktes Denken möglich machen. Das ist ungefähr wie ein Tiger im Kofferraum eines High-Tech-Autos.«

»Und warum ist es so?«

»Gute Frage. Ich weiß es nicht.«

Sie schaut geradeaus, mit einem Ausdruck, der sich nicht entschlüsseln läßt.

»Findest du es seltsam, daß ich mich mit so was befasse?« fragt er. »Hältst du es für die Manie von jemandem, der sich in den verschiedensten Vergangenheiten bewegt, aber fast nie im Jetzt ist?«

»Du meinst, du wärst mehr da, wenn du einen anderen Beruf hättest?«

»Wieso, bin ich zu wenig da?«

»Du hast es doch gesagt.«

»Die anderen sagen es.«

»Wer?«

»M. zum Beispiel. Und ein bißchen hat sie damit recht. Es stimmt ja, daß meine Arbeit für mich ein Vorwand ist, mich nicht um die alltäglichen Dinge zu kümmern, stimmt's? Und alles andere verflüchtigt sich. Das praktische Leben, die Pflichten, die man im Alltag auf sich nehmen und erfüllen muß, all das.«

»Gelingt es dir nicht, sie zu erfüllen?«

»Wie siehst du es?«

»Weiß nicht.«

»Was dich betrifft, beispielsweise. Ist es mir da gelungen?«

»Ja.«

»Bist du sicher? Habe ich dir genug Zeit und genug Aufmerksamkeit gewidmet?«

»Ja, doch. Das weißt du selbst.«
»Ich weiß nur, daß ich es versucht habe. Ob es mir gelungen ist, weiß ich nicht. Vielleicht hättest du viel mehr gebraucht.«
»Ach was.«
»Wenn es mir gelungen ist, dann jedenfalls nur, weil du für mich immer eine ganz außergewöhnliche Verpflichtung warst. Die einzige Verpflichtung, die ich gern auf mich genommen habe.«
»Was meinst du mit außergewöhnlich?«
»Nicht gewöhnlich. Nicht selbstverständlich. Schon wieder dieses *nicht*, siehst du? Sobald mir eine Verpflichtung selbstverständlich erscheint, flüchte ich mich in meine extraterritoriale Zone.«
»Warum?«
»Ich bin eben so.«
Sie schweigen, schauen hinaus. Er fragt sich, ob er mit einem Beruf, der ihn im Hier und Jetzt festhalten würde, ein besserer Vater und ein besserer Mensch wäre. Bilder, die mit dieser Vorstellung zusammenhängen, gehen ihm durch den Kopf: Er, wie er in einer kleinen Schreinerwerkstatt ein Möbelstück baut; wie er in einem Gemüsegarten die Beete hackt, wie er Wein aus einem Glasballon abfüllt; er mit einem Hund. Es würde ihm gefallen, mit beiden Beinen fest auf der Erde zu stehen und sich nur in konkreten Gesten auszudrücken, statt immer in der Luft zu hängen, wie M. sagt. Aber er wäre nicht mehr der, der er ist, wenn es ihm zufällig oder durch ein Wunder gelingen würde, sich zu ändern.

Sie sagt: »Wann bist du eigentlich aus der Phase, in der du wußtest, was du nicht willst, in die gekommen, in der du wußtest, was du willst?«
»Nie, glaube ich.«
»Was? Nie? Hast du nicht gesagt, daß es eine Phase war?«
»Schon, aber wenn ich ganz ehrlich sein soll, bin ich nie von einer Phase in eine andere gekommen, sondern immer

nur von einer unrealistischen Vorstellung in die nächste, bis sich eine dieser unrealistischen Vorstellungen wundersamerweise verwirklicht hat.«

»Deine Arbeit, meinst du?«

»Ja. Damals hielt ich sie für ebenso undurchführbar wie all die anderen Ideen, die ich im Kopf hatte.«

»Als du noch in der Schule warst, hast du da überhaupt nicht daran gedacht?«

»In der Schule habe ich Geschichte zunächst gehaßt. Sie kam mir wie eine Aufzählung von Jahreszahlen und Namen und schematischen Fakten vor, die man sich ins Gedächtnis einhämmern muß.«

»Heute ist es auch noch so.«

»Ich weiß. ›394 n. Chr. verläßt Kaiser Theodosius Konstantinopel und marschiert gegen Eugenius, den er bei Aquileia besiegt‹, stimmt's? Vielleicht mit einer historisch-geografischen Karte daneben, mit bunten Pfeilen und Kurven, die die Heeresbewegungen angeben. Das einzige, was man sich merken muß, sind *394 n. Chr., Theodosius, Konstantinopel, Eugenius, Aquileia.* Wie eine völlig sterile Formel oder ein physikalisches Gesetz.«

»Ich hasse Geschichte auch. Manchmal fallen mir die Fakten ein, und ich vergesse die Daten, oder ich erinnere mich an die Daten und bringe die Fakten durcheinander.«

»Weil dir keiner sagt, was *dahintersteckt*. Du erfährst nichts über die Leute, die umgebracht wurden, nichts über die niedergebrannten Häuser und die zerstörten Schätze und die verwüsteten Ernten. Oder was für ein Gefühl es war, im Jahr 394 durch einen Wald zu laufen, oder wie eine Suppe damals geschmeckt hat, wie sich die Kleider anfühlten, wie die Straßen beschaffen waren. Es gibt keine Farben und keine Klänge und keine Gerüche in diesen bescheuerten Geschichtsbüchern, aus denen ihr lernen müßt.«

»Null.«

»Ihr könnt bestenfalls wie dressierte Papageien für kurze

Zeit die Namen und Daten nachplappern, wenn ihr abgefragt werdet. Hinterher löscht ihr alles wieder.«

»Und wie hast du entdeckt, daß dich Geschichte interessiert?«

»Ich habe gemerkt, daß ich mich *hineinversetzen* konnte. Daß ich die Wärme und die Kälte spüren konnte, das Gewicht der Rüstungen und die Gangart der Pferde. Ich konnte spüren, wie sich die Stoffe anfühlten, und wie beschwerlich es war, Entfernungen zu überwinden, alles.«

»Wie ging das?«

»Es kam von selbst.«

»Aber wie?«

»Orte haben auf mich immer schon eine seltsame Wirkung gehabt. Als wäre ich vor fünfzig oder tausend Jahren schon mal dort gewesen.«

»Wie meinst du das?«

»Ich habe Dinge wahrgenommen, die gar nicht da waren und die auch keine sichtbaren Spuren hinterlassen hatten, von denen ich nichts wissen konnte.«

»Du meinst, du hattest so was wie parapsychologische Fähigkeiten?«

»Nenn es, wie du willst. Ich denke eher, daß wir eine Art Rezeptoren sind, und daß sich mit der puren Ratio so gut wie nichts erklären läßt.«

»Und was hat deine Familie gesagt?«

»Wenn meine Mutter mich so gedankenversunken dasitzen sah, sagte sie immer: »Giovanni, bist du in Trance?« Und es war tatsächlich ein bißchen so.«

»Ging dir das nur mit einer bestimmten Epoche so?«

»Nein. Es konnte das Jahr Tausendzwei sein oder das neunzehnte Jahrhundert oder Neunzehnhundertdreißig. Wenn ich irgendwohin fuhr, spürte ich sofort die Vergangenheit des jeweiligen Ortes. Manche Orte waren so mit negativen Gefühlen aufgeladen, daß ich es nicht lange aushielt. Woanders dagegen konnte ich mich verlieren.«

»Und dann?«

»Dann habe ich angefangen, richtige Geschichtsbücher zu lesen. Keine Schulbücher. Ich hatte mit meiner Mutter ausgemacht, daß sie mir alles kaufen würde, was ich lesen wollte. Ich verschlang ein Buch nach dem andern, ungefähr so, wie du es machst. Nur war ich etwas langsamer.«

»Und dann?«

»Ich machte so weiter. Ich las soviel wie möglich über eine bestimmte Epoche, trug das Material zusammen und suchte die entsprechenden Orte auf.«

»Und dann?«

»Dann bin ich zur Universität gegangen. Alte Geschichte. Aber es war nicht viel besser als auf dem Gymnasium.«

»Wie war es?«

»Als würde man durch eine Landschaft aus gedruckten Seiten mit winzigen Buchstaben und unzähligen Zahlen und Namen wandern, während man viel lieber durch ein echtes Dorf laufen und sich Füße und Kleider schmutzig machen würde.«

»Warum?«

»Weil die Historiker auch fast alle in einem System von Codes befangen sind. In einer Welt aus Papier und Tinte und Namen, Gesichtern und Meinungen anderer Historiker. Den wenigsten gelingt es, dieses System zu durchbrechen. Am ehesten noch den Romanschriftstellern oder den Filmleuten. Am ehesten noch den *Comicschreibern*.«

»Was hast du also gemacht?«

»Ich habe angefangen, fächerübergreifend zu studieren, Anthropologie und Archäologie und Ethologie und alles, was mit dem Verhalten von Menschen und Tieren zu tun hat. Ich habe Informationen nur so in mich hineingefressen und sie dann zu den Orten mitgenommen, die mich interessiert haben, und auf einmal konnte ich viel mehr hören und sehen und spüren und verstehen.«

»Und wann hast du angefangen, das alles aufzuschreiben?«

»Nach ein paar Jahren. Nachdem ich von der Universität und aus Italien weggegangen war und immer weiter gelesen und studiert hatte und mich dabei mit den verschiedensten Jobs über Wasser gehalten hatte.«

»Und wie hast du damit angefangen?«

»Ich habe einfach angefangen. Ich war in London und wohnte mit einem Mädchen zusammen in einer Souterrainwohnung. Vormittags habe ich in einer Bar gearbeitet und nachmittags geschrieben. Wenn ich dann noch Zeit hatte, ging ich in den Zoo und ins Naturkundemuseum und in die Bibliothek, fotografierte und machte Notizen. Nach sieben, acht Monaten hatte ich *Die vier Zweige* fertig, eine Geschichte der Menschen und der Menschenaffen.

»Das habe ich gelesen.«

»Wirklich?«

»Ja.«

»*Die vier Zweige*?«

»Ja.«

»Wann denn?«

»Vor ein paar Monaten.«

»Du hast mir ja gar nichts davon gesagt.«

»Ich wollte es dir sagen, aber dann hab ich es vergessen.«

»Und hast du es interessant gefunden?«

»Ja.«

»Wirklich?«

»Ja, sehr.«

»Es ist mein erstes Buch.«

»Weiß ich.«

»Du meine Güte, wie groß du geworden bist. Hin und wieder habe ich mich gefragt, wann du meine Sachen lesen könntest, aber der Gedanke schien mir immer so fern.«

»Und wie war das, als *Die vier Zweige* herausgekommen ist?«

»Es ist von einem winzigen Verlag in Birmingham veröffentlicht worden und hat zuerst kaum Beachtung gefunden.

Sechs, sieben Monate später ist ein Exemplar auf wer weiß welchen Wegen bei einer katholischen Zeitschrift gelandet und die hat das Buch in einem Artikel heftig angegriffen. Dadurch wurde man drauf aufmerksam, und ich erhielt ein paar Anfragen wegen einer Übersetzung.«
»Und so bist du bekannt geworden?«
»Nein. Ein richtiges Publikum hatte ich erst nach drei weiteren Büchern. Erst nach *Der gesprengte Ring*. Sag bloß, das hast du auch gelesen?«
»Nein, aber ich hab es in Mamas Bücherschrank gesehen.«
»Ach ja?«
»Und was haben die Geschichtswissenschaftler dazu gesagt?«
»Die wußten nicht recht, was sie davon halten sollten, oder sie lehnten mich ab, weil ich in keine ihrer Schubladen paßte und außerhalb der akademischen Kreise Italiens stand.«
»Wie haben sie sich geäußert?«
»Lange Zeit haben sie mich als Populärwissenschaftler hingestellt, der eingängige, aber gewagte Darstellungen schreibt, bis irgend jemand die Formel von der ›perzeptiven Methode‹ aufgebracht hat. Auch in meinem Fall kam es also letztlich nur darauf an, eine Bezeichnung zu finden. Und als man die gefunden hatte, war alles einigermaßen in Ordnung.«
»Und wann konntest du von deiner Arbeit leben?«
»Seit *Der gesprengte Ring*, so etwa. Aber lange Zeit habe ich die Schreiberei gar nicht als Arbeit gesehen. Es war einfach etwas, was mich faszinierte. Was beweist, daß man keineswegs immer bewußt entscheidet, was man im Leben machen will.«
»Nicht?«
»Jedenfalls nicht immer. Manchmal kommt man zu seinem Beruf, ohne recht zu wissen wie. Eines Tages wacht man auf, und merkt, daß man ihn hat. Hauptsache, man beschränkt sich nicht darauf zu denken, daß man nur etwas ganz Realistisches machen kann, etwas, was den Marktanforderungen

oder den Ansichten der Experten entspricht. Hauptsache, man läßt sich nicht von Wahrscheinlichkeitsrechnungen einengen.«

»Genau.«

»Es kommt mir komisch vor, daß du *Die vier Zweige* gelesen hast. Hast gar nichts davon gesagt, du kleines Aas.«

Sie lacht. Zu beiden Seiten der Straße sind mit Abständen von einigen hundert Metern niedrige, strohgedeckte weiße Gebäude zu sehen, Schilder, auf denen »Hotel« steht oder »Reitausflüge«. Fast alle wirken geschlossen, nur zwei oder drei haben die Fenster geöffnet und ein paar graue Pferde laufen auf einer von niedrigen Mäuerchen eingefaßten Wiese am Haus.

»Wollen wir es hier versuchen?« fragt er.

»Hm.«

»Dort drüben?«

»Weiß nicht.«

»Sollen wir lieber noch ein Stück weiterfahren?«

»Ja.«

Sie folgen noch einige Kilometer der Straße, dann wendet er auf einem Platz kurz vor dem Dorf und fährt zurück. Er sieht zu ihr hin und sie nickt: Wieder so ein Fall, in dem sie sich ohne Worte verständigen.

Zwei SMS

VON: GIOVANNI
ZEIT: 17.55

KEINE ANTWORT VON DIR. SIND JETZT IN SAINTES MARIES. VERLASSENER LANDGASTHOF. WÜRDE DIR GEFALLEN. VIELLEICHT FÄNDEST DU IHN AUCH UNGEMÜTLICH.
KUSS. G.

VON: GIOVANNI
ZEIT: 19.30

WIR GEHEN ZUM ESSEN INS DORF. HAST DU ABSICHTLICH AUSGESCHALTET?
G.

Sie essen nach Formaldehyd schmeckende Garnelen im einzigen offenen Restaurant

Sie essen nach Formaldehyd schmeckende Garnelen im einzigen offenen Restaurant, er trinkt Bier und sie Mineralwasser. Außer ihrem sind nur zwei andere Tische besetzt: eine Familie mit drei Kindern in Seglerkluft und ein amerikanisches Pärchen um die Sechzig, beide ganz mit dem Rotwein in ihren Gläsern beschäftigt. Ein Gitarrist spielt zu einer Plattenaufnahme Flamenco im Popstil. Er nähert sich den Tischen, soweit es das Kabel seiner Elektrogitarre zuläßt, starrt ins Leere und macht rhythmische Beckenbewegungen, fährt mit den Fingern übers Griffbrett, um sehr rasche, wohlbekannte Tonkaskaden zu erzeugen.

»Warum hast du gesagt, daß du als Kind ein richtiges Ekel warst?« fragt sie.

»Weil es so war.«

»In welchem Sinn?«

»Ich hatte große Probleme mit der Welt.«

»Das heißt?«

»Mehr oder weniger mit allem, was um mich herum war.«

»Warum?«

»Weißt du eigentlich, daß du schon als Kind genau diese Art hattest, immerzu *warum?* zu fragen? Bei jeder Gelegenheit.«

»Nämlich?«

»Wenn ich dich zum Beispiel warnte, nicht zu nah an den Kamin zu gehen, hast du mich ganz ernst angeguckt und gefragt: ›*Warum?*‹«

»Aber nicht mit dieser furchtbaren Stimme.«

»Sie war nicht furchtbar. ›*Warum?*‹ hast du gesagt.«

»Hör auf!«

»Und ich habe gesagt ›Weil du dich sonst brennst‹, und du hast wieder gefragt: ›*Warum?*‹«

»Ich hatte nicht so eine Stimme!«

»Ich hab gesagt ›Weil Feuer heiß ist‹, und du hast gefragt: ›*Warum?*‹«, und so ging es weiter, bis du mich in die Enge getrieben hattest.«

»Und du?«

»Ich war gezwungen, zu Erklärungen zu greifen, die für dein Alter zu technisch waren, oder ich hatte keine Erklärung mehr und wußte nicht, was ich noch sagen sollte.«

»Dir fiel nichts mehr ein.«

»Ja.«

»Und was hast du dann gesagt?«

»Ich hab gesagt, es ist eben so, und basta!«

»Und ich?«

»Du hast wieder gefragt: ›*Warum?*‹«

»Hör auf, mich in diesem Ton reden zu lassen!«

»Du hattest diesen Ton. Und du hattest diesen durchdringenden Blick.

»Ach, komm!«

Sie boxt ihn mit der Faust in die Schulter. Sie lachen, und er pariert mit ein paar raschen Knüffen in die Rippen. Sie schnappt seine Hand, drückt das Handgelenk mit dünnen, aber kräftigen Fingern. Sie lachen. Er reißt sich los, schüttet dabei das halbe Glas Bier aufs Tischtuch. Sie lachen. Ein Kellner eilt herbei und tupft mit einer Serviette die Flüssigkeit und den Schaum auf; sie versuchen beide, ernst zu sein, lachen aber weiter.

Sie essen den Salat, aber er schmeckt auch nicht. Das in den Anblick des Rotweins vertiefte amerikanische Paar wechselt kein einziges Wort, der Familienvater in Seglerkluft gibt seinen Kindern Ratschläge fürs Leben, während die Mutter beipflichtend nickt.

»Warum warst du als Kind so aggressiv?«
»*Warum?*«
»Laß das bitte. Warum?«
»Weil ich ein kleiner Wilder war und voll natürlicher Feindseligkeiten steckte.«
»Feindseligkeiten gegen alle?«
»Fast alle.«
»Und warum?«
»*Warum?*«
»Hör auf. Antworte.«
»Weiß nicht. Vielleicht hatte ich in irgendeinem früheren Leben Gründe zum Groll angehäuft, vielleicht waren es auch nur Abwehrmechanismen.«
»Wogegen?«
»Gegen die Szenerie als Ganzes. Sie schien wirklich nicht dazu angetan, in irgend jemandem besonders positive Gefühle zu wecken. Die Wohnung, in der wir lebten, die Stadt und die ganze Umgebung, jedenfalls so, wie ich sie wahrnehmen konnte. Alles war so erschreckend monochrom, Grau in Grau. Die Luft und die Temperaturen, die Tätigkeiten und Beziehungen und Rollen und Geräusche, die Gesichter und die Kleidung, die Radiomusik der Nachbarn, alles. Man hätte schreiend davonlaufen und in jede Hand beißen mögen, die einen aufgehalten hätte.«
»Hast du nicht gesagt, daß sich jeder den Mängeln des Orts anpaßt, wo er geboren wird?«
»In meinem Fall nicht. Was beweist, daß sich für jede Theorie, die du dir zusammenbastelst, ein Gegenbeispiel findet, und nicht selten hast du es genau vor deinen Augen.«
»Wie hat sich deine Feindseligkeit denn gezeigt?«
»Ich war in jeder Hinsicht aufsässig.«
»Nämlich?«
»Ich war pampig zu den Freunden meiner Familie. Ich habe Sachen in fremden Wohnungen angezündet und beschädigt, Kinder verhauen, mit denen ich spielen sollte.«

»Wann war das?«

»So zwischen drei und fünf Jahren. Bevor ich in die Schule gekommen bin.«

»Hast du dich mit allen Kindern so angelegt?«

»Mit den Jungs. Mit Mädchen hab ich mich viel besser verstanden, gar kein Vergleich. Sie interessierten mich auch viel mehr. Mit den Jungs war ich wie ein rauflustiger Hund: Da brauchte einer nur in meine Nähe zu kommen, und schon ging ich auf ihn los. Oder ich setzte ihm so zu, daß er auf mich losging.«

»Warum?«

»Sie kamen mir alle blöd vor, ich fand sie einfach uninteressant.«

»Und die Mädchen?«

»Von denen war ich fasziniert.«

»Was hat dich an ihnen fasziniert?«

»Ihre Art zu denken, die Art, wie sie redeten und wie sie sich bewegten. Das Geheimnisvolle, das alles umgab, was sie taten. Mich faszinierten die körperlichen Berührungen, zu denen es immer wieder kam, die unterschiedliche Klangfarbe unserer Stimmen. Ich hätte ständig mit ihnen zusammensein und sie beobachten und hofieren können.«

»Aber?«

»Als wir in die zweite Klasse kamen, hat uns der Schulleiter zusammengerufen und uns in einer langen Rede erklärt, daß aus Jungen allmählich kleine Männer und aus Mädchen kleine Frauen werden, daß sich ihre Interessen und Verhaltensweisen immer mehr auseinanderentwickeln und daß wir deshalb ab sofort in getrennte Klassen kommen würden.«

»Einfach so?«

»Ja. Er war ein Scheißtyp, groß, hager und stur. Vermutlich hat er sich für eine Art Verkörperung der Obrigkeit gehalten. Jeden Morgen mußten sich alle Schüler im Schulhof versammeln, und er erzählte irgendeine Schauergeschichte, die abschreckend wirken sollte.«

»Zum Beispiel?«

»Zum Beispiel von einem, der von der Straßenbahn überfahren worden ist, weil er nicht nach rechts und nach links geschaut hatte, bevor er die Straße überquerte. Einmal hat er uns von einem Radiologen erzählt, der so viel Röntgenstrahlen abgekriegt hatte, daß sein Arm amputiert werden mußte. Zum Schluß ließ er über Lautsprecher die Nationalhymne abspielen, und wir mußten die Mützen abnehmen und strammstehen.«

»Und du?«

»Einmal hab ich die Mütze nicht abgenommen, aus purem Haß auf das ganze Brimborium, und der Schulleiter ist zu mir gekommen, um mich abzukanzeln. Ich sehe ihn noch vor mir, wie er in seinem grauen Anzug vor mir aufragt und mit seinem langen Zeigefinger herumfuchtelt und mich fürchterlich anschnauzt: »Wenn die Nationalhymne gespielt wird, nimmt man die Kopfbedeckung ab!«

»Und du?«

»Ich tue, als höre ich nicht, bleibe stumm und ohne eine Miene zu verziehen stehen, bis er mir die Mütze vom Kopf reißt.«

»Ha!«

»Aber wenn ich eine Pistole gehabt hätte, hätte ich auf ihn geschossen.«

»Vom zweiten Grundschuljahr an warst du also in einer reinen Jungenklasse?«

»Ja. Im ersten Moment war mir gar nicht richtig klar, was das hieß. Aber dann war es, als säße ich plötzlich im Gefängnis, ohne daß ich etwas verbrochen hätte, jedenfalls nichts, woran ich mich hätte erinnern können.«

»Wie war es?«

»Trostlos. Ich haßte meine Mitschüler, ihre Gesichter, ihre Stimmen, ihren Geruch, alles, was sie taten und von sich gaben. Die Mädchen bekamen wir nur noch zu Gesicht, wenn wir in Zweierreihen und im Gleichschritt über den Korridor marschierten und eine ihrer Kolonnen kreuzten. Die Distanz zwischen uns wurde immer größer und wuchs Monat um Monat und Jahr um Jahr.«

»Und mit deinen Kameraden hast du weiterhin gestritten?«

»Nein. Ich wollte möglichst wenig mit ihnen zu tun haben. Ich beobachtete sie aus der Ferne, wenn sie auf einem der betonierten Schulhöfe Ball spielten oder ihre Fußballerfigurensammlungen verglichen oder über irgend etwas redeten, was sie im Fernsehen gesehen hatten. Was sie auch machten, es war nicht überraschend oder reizvoll oder wenigstens komisch.«

»Zum Beispiel?«

»Vor allem ging es darum, eine Hierarchie herzustellen, um herauszufinden, welche Rangstufe jedem zukam. Ansonsten waren sie mit ihren Spielen beschäftigt. Beim Fußball trat ihre Wesensart am besten in Erscheinung, in der Art, wie sie darüber redeten, wie sie die Namen der Fußballspieler und die Mannschaftsaufstellung und die Punktezahl der Begegnungen auswendig lernten, auch Jahre zurück. Ich verabscheute sie.«

»Und nach der Grundschule?«

»In der Mittelschule gab es noch weitere drei Jahre getrennte Klassen. Als ich dreizehn war und wieder Mädchen sah, hatte ich jede Vertrautheit mit ihnen verloren. Plötzlich waren schreckliche Widerstände zu überwinden. Eine bloße Geste, ein Wort, um die Kluft zu überbrücken, kosteten ungeheure Mühe.«

»Auf dem Gymnasium wart ihr dann aber wieder in gemischten Klassen, oder?«

»Ja. Ich weiß noch, daß mir am ersten Tag, als ich das Klassenzimmer betrat, meine Mitschülerinnen alle wunderschön vorkamen. In Wirklichkeit waren nur zwei von ihnen einigermaßen hübsch, aber ich habe ein paar Wochen gebraucht, um das zu erkennen.«

»Und der Leiter der Grundschule?«

»Der wird längst gestorben sein. Aber mein Groll auf den alten Schweinehund ist noch sehr lebendig.«

Sie lachen erneut, lassen die Blicke über die Papierwimpel und Lampions und falschen Langusten und echten Krebsschalen an den Wänden und an der Decke wandern. Der Gitarrist klimpert zu der schlechten Tonaufnahme weiter seine Popflamencomelodien herunter; er scheint es zu einem Drittel wegen des Geldes, zu einem Drittel aus unterdrücktem Ehrgeiz und zu einem Drittel aus einem manischen Drang heraus zu tun. Die beiden Amerikaner starren, kaum merklich die Lippen bewegend, auf ihre Gläser. Die Familie in Seglerklamotten klaubt Jacken und Taschen zusammen und begibt sich in geordneter Formation zum Ausgang, der kleinste schlurft mit den Füßen, die beiden größeren ahmen den Gang des Vaters nach.

Er sagt: »Den ersten Teil des Lebens verbringt man praktisch im Zustand der Verblüffung. Man versucht herauszufinden, wohin es einen verschlagen hat und welches die Spielregeln sind.«

»Und wie war ich?«

»Verblüfft. Teils aufmerksam und teils belustigt.«

»Worüber?«

»Über das, was du gesehen hast. Über die Menschen, die Dinge und Orte. Manchmal habe ich lange deine Blicke und Gebärden beobachtet, und mir war, als könnte ich mich dabei genau auf deine Wellenlänge einstellen. Die totale *Deeehnuung*, weißt du? Eine Minute, die sich maßlos weitet wie ein sich immer mehr aufblähender Luftballon.«

»Wobei denn?«

»Egal, wobei. Beim Spielen mit Glasmurmeln. Oder wenn du dich auf einer Wiese umgesehen hast.«

»Ich hab mich in den Anblick einer Wiese verloren?«

»Ja. Und ich mich in deinen Anblick. Ich weiß noch, wie wir einmal vom Land in die Stadt zurückgefahren sind, und ich war ganz auf die Straße und den Verkehr und die Geschwindigkeit konzentriert. Irgendwann haben wir angehalten, weil du Pipi machen mußtest, und da hast du auf einer Anhöhe ein Stück weiter ein paar Schafe gesehen und hast gesagt: ›Shaumal‹«.

»Was hab ich gesagt?«

»›Shaumal.‹ Du wolltest sagen ›Schau mal‹, du konntest noch kein Sch sprechen.«

»Haha!«

»Aber du warst hingerissen von den Schafen, hingerissen. Das Abendlicht ließ sie auf dem Grün der Wiese extrem weiß aussehen. Ich sah dich an, während du sie ansahst, und *klick* sah ich sie plötzlich genauso, wie du sie gesehen hast. Von einem Augenblick auf den andern hatte auch ich mich aus dem Mechanismus von Handlungen und Überlegungen gelöst und stand außerhalb der Zeit, außerhalb von allem.«

»Und Mama?«

»Sie auch. Wir waren ins Licht und in die Farben und Formen versunken. Die vorüberfahrenden Autos schienen vom äußersten Rand des Universums zu kommen.«

»Wie wenn man starkes Gras raucht.«

»Ja, aber ohne was geraucht zu haben.«

»Und was kommt dann, nach der Phase der Verblüffung?«

»Man versucht zu begreifen, wer man sein könnte.«

»Das heißt?«

»Man versucht herauszufinden, welche Neigungen und Fähigkeiten einem mitgegeben worden sind und wie man sie gegenüber der Welt einsetzen kann. Man versucht herauszufinden, was für eine Grundausstattung man hat.«

»Und wie findet man das heraus?«

»Man probiert alles mögliche aus, vor dem Spiegel und vor den Leuten. Man singt in der Badewanne, hüpft herum, streckt die Hände aus, denkt sich Reden aus, rennt die Gehsteige entlang. Man probiert Kleider und Haarschnitte aus, Schuhe, Gesichtsausdrücke, Tonfälle. Man prüft seine Möglichkeiten, erkundet seine Grenzen, versucht zu erkennen, ob man sie irgendwie überschreiten kann oder ob es sich um unverrückbare Barrieren handelt.«

»Und kann man sie überschreiten?«

»Um das herauszufinden, reichen die Versuche in deinen eigenen vier Wänden nicht aus. Du mußt also auch in der Außenwelt Versuche machen, zuerst mit Leuten, die dich gut kennen, dann mit anderen, die dich nicht so gut kennen, und zum Schluß mit solchen, die dich überhaupt nicht kennen.«

»Und du richtest dich nach ihren Reaktionen?«

»Du übst weiter, machst immer neue Versuche.«

»Aber der Charakter spielt doch auch eine Rolle, oder?«

»Sicher. Manche machen vielleicht ein paar Versuche, und wenn es schiefgeht, geben sie auf. Andere dagegen machen weiter, bis sie es schaffen.«

»Meinst du, man sollte immer weitermachen?«

»Kommt drauf an. Manche machen weiter und kommen am Ende doch zu keinem Ergebnis.«

»Und nach dieser zweiten Phase?«

»Dann hat sich dein Verhältnis zur Welt gefestigt. Auch das Verhältnis zu dir selbst. Du hast eine bestimmte Wesensart und bestimmte Qualitäten, ein bestimmtes Verhältnis zu den anderen. Von da an änderst du dich eigentlich nicht mehr. Du machst etwas. Die anderen kennen dich und wissen, was du kannst, und basta. Du arbeitest nicht mehr an dir.«

»Könnte man nicht trotzdem weitermachen?«

»Doch, natürlich. Aber das ist nicht so einfach, und es verunsichert die anderen. Es macht es ihnen schwer, dich einzuordnen, dich in eine Schublade zu stecken. Und auch du selbst findest, daß es Nützlicheres und Wichtigeres zu tun gibt. Du glaubst, am Ende deiner Forschungsreise auf der Suche nach dir selbst angekommen zu sein. Du hast jetzt alle Landkarten und Luftaufnahmen von dir in der Hand. Du mußt keine Grenzen mehr suchen.«

»Und du?«
»Manchmal glaube ich mich ganz gut zu kennen. Manchmal, wenn ich an den Nachmittag denke, als wir die Schafe gesehen haben, glaube ich so gut wie nichts zu wissen. Weder über mich selbst noch sonst irgend etwas.«

Der Gitarrist hört auf, seine Notenkaskaden zu produzieren, schaltet Tonband und Verstärker aus, kratzt sich am Hals und geht zum Tresen und läßt sich ein Bier geben, redet im Halbdunkel mit dem Wirt und dem Kellner.

»Gehen wir?« fragt er.

Eine SMS

VON: GIOVANNI
ZEIT: 23.45

KANN DICH IMMER NOCH NICHT ERREICHEN, AUCH ZU HAUSE NICHT.
NA DANN, CIAO, G.

Er geht auf die Terrasse, weil er nicht müde ist

Er geht auf die Terrasse, weil er nicht müde ist und keine Lust zum Lesen hat. Die Nacht ist feucht, Mond und Sterne sind nicht zu sehen, nur die kleinen Scheinwerfer rings um den leeren Swimmingpool leuchten, und warmes Licht sickert durch die Vorhänge ihres Fensters. Er klopft an ihre Tür; sie sagt: »Komm herein.«

Sie liegt im Bett, auf ihren südamerikanischen Roman konzentriert, den sie erst nach ein paar Sekunden sinken läßt.

Er registriert die kleinen Unterschiede zwischen den beiden Zimmern: die Anordnung der wenigen Möbelstücke, die Ecke mit der Badezimmertür. »Schön, dein Buch?« fragt er.

»Geht so.«

»Ein bißchen in Richtung Genreroman?«

»Ein bißchen.«

»Familiensagen und lateinamerikanische Folklore und exotische Landschaften, Populismus und Magie?«

»Ja, aber nicht schlecht, eigentlich.«

»Bist du nicht müde?«

»So mittel. Du?«

»Mittel.«

»Hast du mit M. gestritten?«

»Ich hab nicht mal mit ihr gesprochen. Zu Hause nimmt sie nicht ab, und das Handy ist ausgeschaltet.«

»Sie wird dich noch anrufen.«

»Ja, bestimmt.«

Er schaut auf das Fliegengitter am Fenster, für die Zeit, in der es richtig heiß wird und das Sumpfleben blüht. Er schaut auf ihren leeren Koffer: die wie nach einer Explosion in alle Ecken des Zimmers verstreuten Strümpfe und T-Shirts und CDs und Pullover. »Du hast da heute was übers Grasrauchen gesagt.«

»Was denn?«

»Daß die Wahrnehmungen, die wir damals bei den Schafen hatten, dich an die Wirkung von starkem Gras erinnern.«

»Mhm. Es hörte sich so an.«

»Was ich dich fragen wollte, ihr kifft doch wohl nicht die ganze Zeit wie verrückt, wenn ihr nicht in der Schule seid.«

»Wer, wir?«

»Du und Luca und deine Freunde. Verbringt ihr eure Nachmittage auf weltfernen Trips?«

»Quatsch. Wie kommst du darauf?«

»Ich frag ja nur.«

»Ach was.«

»Na ja, ich hab so was gerochen, als ich dich mal bei dir zu Hause abgeholt habe und Marco oder Mario, oder wie er heißt, bei dir war.«

»Wird Tabak gewesen sein.«

»Das war kein Tabak. Er hatte auch so einen dösigen Blick und ganz rote Augen und eine schwere Zunge.«

»Tu jetzt bloß nicht so besorgt.«

»Ist doch klar, daß ich mir Sorgen mache.«

»Warum?«

»Darum.«

»Hör mal, ich hab in deinem Buch das Kapitel gelesen, in dem du über dionysische Erfahrungen schreibst, daß sie Teil der spirituellen Suche sind und so weiter. Und das, was du über Antonius und Kleopatra gesagt hast?«

»Ja, ja, aber ich bin dein Vater. Du kannst nicht erwarten, daß ich dich in solchen Dingen ermuntere.«

»Wer verlangt das denn?«

»Du kannst aber auch nicht verlangen, daß ich nichts sage.«

»Wäre es dir lieber, wir würden die braven Musterkinder

spielen, mit Designerklamotten und blitzblanken Mopeds und Sonnenstudiobräune, die sich dann samstagsabends in der Disko mit Pillen vollstopfen?«

»Nein. Aber Haschischrauchen kann gefährlich sein, wenn man in einer Phase ist, wo der Sinn der Dinge ohnehin schon sehr flüchtig ist.«

»Was soll daran gefährlich sein?«

»Daß dir der Sinn ganz abhanden kommt und du dich in der Welt nicht mehr zurechtfindest.«

»Wieso?«

»Weil die Welt um uns herum wirklich ziemlich beschissen ist. Durchsetzt mit höchst unnatürlichen Aktivitäten und Beziehungen und Rhythmen und Materialen und Codes. Da genügt eine Kleinigkeit, und schon erkennst du überhaupt keinen Sinn mehr und brichst die Kontakte ab, in einer Phase, in der du sowieso nicht viele hast.«

»Und wenn man älter ist, ist es nicht mehr gefährlich?«

»Wenn man älter ist, driftet man vielleicht nicht so schnell ab.«

»Vielleicht?«

»Man weiß besser über die Welt und über sich selbst Bescheid. Wenn man abdriftet, dann deshalb, weil man es bewußt so will.«

»Und wenn Kiffen einem hilft, mehr über sich selbst zu erfahren?«

»Kiffen ist nicht an sich schon etwas Kreatives.«

»Besten Dank, du Klugscheißer.«

»In den marokkanischen Bergen rauchen die alten Männer das Zeug, und ihr Bewußtsein ist sowenig erweitert wie das eines oberitalienischen Bauern, der in der Dorfkneipe seine Grappa trinkt. Haschisch verleiht dir keine Fähigkeiten, die du sowieso nicht hast.«

»Aber du kannst dann Dinge sehen.«

»Das kannst du auch ohne. Mit zwei Jahren warst du in dieser Hinsicht viel weiter, ohne daß du was rauchen mußtest.«

»Schon gut, und wieso kiffst du?«
»Nur ab und zu ein bißchen reines Gras, ohne Tabak. Wenn es gerade da ist und wenn ich in einer Situation bin, die mir gefällt.«
»Aber du tust es.«
»Na ja, ich kann die Kontakte zur Welt auch mal kappen. Ich kann es mir sogar leisten, überhaupt nicht mehr dran zu glauben und die ganze atemlose Jagd nach einem Ziel und nach Erfolg als das lächerliche Spiel von dressierten Mäusen zu sehen.«
»Und wir?«
»Ihr müßt noch jahrelang zur Schule gehen und Tausende von Daten speichern und eure Fähigkeiten und Interessen und einen Beruf entdecken und ein Leben aufbauen und vielleicht noch mehr.«
»Und wenn wir dazu keine Lust haben? Wenn wir das alles auch als ein lächerliches Spiel von dressierten Mäusen sehen?«
»Eben. Das ist ja die Gefahr dabei.«
»Du bist inkonsequent.«
»Nicht ich. Mein Standpunkt ist inkonsequent.«
»Ach ja?«
»Ja. Und dann ist auch gar nicht gesagt, daß Cannabisrauchen unbedingt schön sein muß. Das ist wie mit dem Sex. Damit es schön ist, müssen viele Faktoren zusammenkommen, und die sind nicht auf Kommando wiederholbar. Es kann Spaß machen und angenehm oder unangenehm sein, und es kann eine Offenbarung sein und es kann *nichts* sein. Hauptsache, du läßt dir nicht vormachen, daß etwas automatisch schön ist, ganz gleich, was es ist.«
»Das weiß ich doch.«
»Jeder reagiert anders, auch wenn man noch so beharrlich versucht, alles zu standardisieren. Die einen sind mental so dickhäutig wie ein Rhinozeros und können noch so vielen Reizen ausgesetzt sein, ohne auch nur einen Millimeter ins

Wanken zu geraten, andere brauchen nur Teeblätter zu rauchen, und schon verlieren sie das Gleichgewicht. Und das sind meistens die mit der ausgeprägtesten Sensibilität.«

»Weiß ich.«

»Vor Jahren habe ich mal ultrastarkes Gras geraucht, das ein Freund von mir aus Hawaii mitgebracht hatte, und da hab ich plötzlich eine regelrechte Persönlichkeitsspaltung erlebt. Ich war bei Bekannten in einem großen Haus auf dem Land, ein ehemaliges Kloster, kahl und kalt. Auf einmal hatte ich das Gefühl, nichts mehr unmittelbar wahrzunehmen, ich sah und hörte mich von *außen*. Und die Dinge hatten ihren Sinn verloren. Alle Codes waren weg. Ich starrte einen Stuhl an und wußte nicht, was das bekloppte Ding bedeuten sollte.«

»Im Ernst?«

»Ja. Mich hat eine schreckliche Panik erfaßt, auch weil die anderen um mich herum lachten und rauchten und tranken, als wäre nichts geschehen, auch meine Freundin.«

»Was hast du gemacht?«

»Es ging den ganzen Tag und die ganze Nacht so weiter, bis zum nächsten Morgen, ich fühlte mich hundeelend. Ich schaute in den Spiegel und erkannte mich nicht, ich schlug mir ins Gesicht und spürte nichts, ich redete, und meine Stimme schien unendlich weit entfernt. Dann habe ich mir gesagt, was soll's, jetzt weiß ich eben, daß ich sowieso in einem Traum lebe. Daß nichts, was wirklich erscheint, auch wirklich ist.«

»Und dann wurde es besser?«

»Ja, ganz allmählich kehrten mein Empfindungsvermögen und auch der Sinn der Dinge zurück. Aber es war wirklich kein schönes Erlebnis.«

»Aber immerhin eine interessante Erfahrung, oder?«

»Ja, aber nicht schön. Kiffen setzt nur Wahrnehmungs- und Denkfähigkeiten in Gang, die wir in uns haben, ohne daß wir es wissen.«

»Klar.«

»Deshalb sollte man es als eine komplexe Erfahrung behandeln. Tut man es, als würde man sich eine Zigarette nach der andern anzünden oder in der Bar sitzen und Schnaps trinken, ist es zwecklos, man entdeckt überhaupt nichts.«
»Was hast du entdeckt?«
»Bestimmte Dinge über den Raum und über die Zeit. Oder wie Empfindungen ins Denken eingehen und umgekehrt.«
»Ah.«
»Das Lächerliche ist, daß Haschisch- oder Grasrauchen immer noch verboten ist. Ein anachronistischer Blödsinn.«
»Stimmt.«
»Und diejenigen, die sich am verbissensten für das Verbot einsetzen, tun es hauptsächlich deshalb, weil sie nicht wollen, daß ihre Kontroll- und Manipulationsmethoden durchkreuzt werden. Sie wollen keine Wahrnehmungsschwankungen und keine Verfremdungen auf dem Markt der Zombies, die malochen und zur Wahl gehen und alles kaufen, womit die Werbung sie überschüttet.«
»Du hast also keinen Grund, dir um mich Sorgen zu machen.«
»Ich hab *tausend* Gründe, mir Sorgen zu machen.«
»Du bist blöd.«
»*Du* bist blöd.«
»Ich bin müde.«
»Schon?«
»Es ist halb eins, und wir waren den ganzen Tag unterwegs.«
»Deshalb wollte ich ja nach dir schauen. Ich hab gesehen, daß du noch Licht hattest.«
»Ich lese noch ein paar Seiten, dann schlafe ich.«
»Ich wollte dich nicht ärgern, vorhin. Ich wollte nur ein bißchen reden.«
»Schon gut.«
»Ich stelle mich immer ein bißchen dumm an, bei solchen Gesprächen.«

»Ja.«
»Wie vor ein paar Jahren, als ich mit dir über Verhütung reden wollte und du gesagt hast: »Papa, für wie ahnungslos hältst du mich eigentlich?«
»Haha!«
»Gott, bin ich mir blöd vorgekommen.«
»Oder wenn du mir klarmachen willst, daß ich mich in der Schule anstrengen soll.«
»Ich weiß. Aber es wäre doch schlimmer, wenn ich gar nicht erst versuchen würde, mit dir zu reden, oder?«
»Ja.«
»Auch wenn gute Ratschläge nie etwas nützen.«
»Warum nicht?«
»Mir haben sie jedenfalls nie genützt. Höchstens *hinterher*. Wenn es schon passiert war.«
»Und vorher?«
»Vorher hab ich in jedem Ratschlag nur den Versuch gesehen, meine Unvoreingenommenheit und Begeisterung zu dämpfen, von Langweilern und Mißgünstigen, denen es selbst an Begeisterung fehlte.«
»Meinst du nicht, daß Ratschläge in manchen Fällen auch nützlich sein können?«
»Vielleicht, wenn sie ganz speziell sind.«
»Nämlich?«
»Wenn dir jemand zum Beispiel genau erklärt, wie du dich verhalten mußt, wenn du von einem Hai angefallen wirst, anstatt dich mit allgemeinen Erläuterungen über Haie und über Schutzmaßnahmen vollzuquatschen.«
»Hast du solche Ratschläge bekommen?«
»Nicht viele.«
»Und du hast sie nie beachtet?«
»Hinterher, wie ich schon gesagt habe.«
»Wenn sie dir nichts mehr genützt haben?«
»Sie haben mir geholfen, das, was geschehen war, besser zu verstehen.«

»War das oft so?«

»Manchmal waren es auch die falschen Ratschläge. Jedenfalls für mich.«

»Wieviel Prozent waren richtig und wieviel Prozent falsch? Ungefähr?«

»Fünfzig zu fünfzig.«

»Welches war zum Beispiel ein richtiger Ratschlag?«

»Das, was du vorhast, sofort zu tun, denn es ist nicht gesagt, daß dir eine zweite Chance geboten wird. Einer der am schwierigsten zu befolgenden Ratschläge.«

»Und ein falscher?«

»Der, den mir ein Agent gegeben hat, als ich ihm das Manuskript meines zweiten Buchs gebracht habe.«

»*Hoch auf den Zinnen*?«

»Ja. Das übers Mittelalter.«

»Das hab ich auch in Mamas Bücherregal gesehen.«

»Es war jedenfalls einer der bedeutendsten englischen Literaturagenten. Ein alter Pirat, der von seinem Beobachtungsturm aus verfolgte, was sich im Verlagswesen so tat, und sich dann die entsprechenden Strategien überlegte.«

»Und was hat er zu dir gesagt?«

»›Suchen Sie sich einen Posten an der Universität oder bei einer Zeitung, mein Junge, der Markt für Geschichte ist total gesättigt, und für einen Italiener ist da sowieso kein Platz.‹«

»Warst du sehr enttäuscht?«

»Ein bißchen schon. Aber als ich sein Büro verließ, war ich fest entschlossen, ihm zu beweisen, daß er unrecht hatte.«

»Und was hat er gesagt, als du es ihm dann bewiesen hast?«

»Nichts. Da war er schon gestorben.«

»Ein Beispiel für einen ganz speziellen Rat, der dir nützlich gewesen ist?«

»Als mir jemand die wichtigsten Dur- und Mollakkorde auf der Gitarre gezeigt hat.«

»Das ist doch kein Rat, das sind Instruktionen.«

»Stimmt. Aber die Grenze zwischen sehr speziellen Ratschlägen und Instruktionen ist sehr schmal.«

»Und an Instruktionen soll man sich auf jeden Fall halten?«

»Kommt drauf an, wer sie dir gibt. Und wer du bist. Ich neige eher dazu, auf jeden Fall einen anderen Weg auszuprobieren, wenn es einen gibt.«

»Zum Beispiel?«

»In der ersten Grundschulklasse konnte ich meine Schuhe noch nicht zubinden, und eine Lehrerin hat mir mit Engelsgeduld immer wieder gezeigt, wie man eine Schleife macht. Aber ich hab's einfach nicht kapiert. Ich war immer etwas schwer von Begriff. Ich hab's also immer wieder probiert und dabei eine neue Schleifenart entdeckt, die mir besser lag und die auch funktionierte.«

»Die Doppelschleife, die du mir dann auch beigebracht hast?«

»Ja. Aber ich hab gesehen, daß du sie jetzt nicht mehr machst.«

»Weil ich gemerkt habe, daß die normale schneller geht. Nenn mir noch den besten Ratschlag, den du für deinen Beruf bekommen hast.«

»Das ist eigentlich kein Ratschlag, und er betrifft auch nicht nur meine Arbeit. Es ist ein Gedanke eines alten Regisseurs, für den ich vor vielen Jahren als Berater für einen Film über das achtzehnte Jahrhundert gearbeitet habe. Er sagte: ›Ich lasse mir die jeweils abgedrehten Passagen nicht vorführen, sonst riskiere ich, den Film zu drehen, den ich drehe.‹«

»Was soll das heißen?«

»Daß du dir etwas ganz anders vorstellst, als es dann ist, wenn du es verwirklichst.«

»Warum?«

»Weil die Vorstellung fast immer schöner ist als die Wirklichkeit. Sie beflügelt einen. Sie ist leichter, mitreißender, schneller und unverfälschter, einfach besser.«

»Und die Wirklichkeit?«
»Genau betrachtet, ist sie jämmerlich unzulänglich.«
»Hast du nicht gesagt, man kann sich auch in eine Unzulänglichkeit verlieben?«
»Ja. Man muß nur genug Phantasie haben.«
»Hast du noch einen guten Rat?«
»Licht ausmachen und schlafen. Es ist spät.«
»Wir haben doch Ferien.«
»Wir sind unterwegs.«
»Nur einen noch.«
»Mir fällt keiner mehr ein.«
»Denk nach.«
»Also gut, trotz meiner schlechten Meinung über Ratschläge hatte ich eine Phase, da wollte ich unbedingt Rat haben. Du weißt schon, man hat das Gefühl, man braucht ein paar Weisheiten, um das Leben besser zu meistern. Dir ist das vielleicht noch nicht passiert.«
»Und was hast du gemacht?«
»Ich habe angefangen, Bücher über fernöstliche Religionen und Philosophien zu lesen und Vorträge zu besuchen.«
»Was hat dich besonders interessiert?«
»Der Zen-Buddhismus. Und da es für einen Abendländer schwer ist, ihn wirklich zu verstehen, habe ich mich zu einem Kung-Fu-Kurs angemeldet. Er fand in einer Halle statt, die vorher eine Autowerkstatt war. Der Lehrer war ein alter Knabe, der in einem echten Shaolin-Kloster bei echten Mönchen gelernt hatte.«
»Und was hat er dir beigebracht?«
»Als erstes hat er mich und die anderen Anfänger aufgefordert, den Fußboden zu fegen und zu schrubben.«
»Und ihr?«
»Wir haben den Fußboden gefegt und geschrubbt. Am zweiten Abend hat er das gleiche wieder verlangt und ebenso am dritten. Wir kamen in die Halle und zogen uns um, und der Lehrer gab uns Besen, Putzlappen und Eimer. Wir fegten

und wischten mit aller Sorgfalt, dann unterrichtete er ein paar Typen aus einem Fortgeschrittenenkurs.«

»Und worin lag der Sinn?«

»Das habe ich erst hinterher verstanden, glaube ich jedenfalls. Er wollte, daß wir etwas tun, was Mühe und Sorgfalt kostet und zugleich total vergänglich ist.«

»Das war alles?«

»Nein, ich hab noch etwas anderes gelernt: Wenn du dir von jemandem einen Rat erwartest, gibst du ihm Macht über dich.«

»Was für eine?«

»Deine Erwartungen schmeicheln seinem Ego, und er kann sich sogar zum Nulltarif den Fußboden putzen lassen.«

»Das war allerdings weder ein Rat noch eine Instruktion.«

»Stimmt. Die interessantesten Ratschläge sind vielleicht die, die man nicht in Worten geben kann.«

»In welchem Sinn?«

»In dem Sinn, daß sie wie Keimzellen von Feststellungen mit Verzögerungseffekt sind.«

»Was soll das heißen?«

»Versuch darüber nachzudenken, ich gehe schlafen. Gute Nacht.«

»Warte.«

»Schluß, es ist spät.«

»Was für Ratschläge hast du mir gegeben?«

»Weiß ich nicht, du solltest dich selbst daran erinnern.«

»Mir gründlich die Zähne zu putzen und dabei von oben nach unten zu bürsten und auch die Innenseiten nicht zu vergessen.«

»Dafür sind sie jetzt auch weiß und schön. Aber ich habe dir noch andere Ratschläge gegeben, hoffe ich.«

»Wieso? Wenn du sagst, daß sie nichts nützen.«

»Das heißt ja nicht, daß man keine geben soll, wenn man welche zu haben glaubt. Gute Nacht.«

»Nacht.«

»Bis morgen.«
»Ja.«
»Lies nicht bis um vier.«
»Nein.«
»Nacht.«

Zwei SMS

VON: GIOVANNI
ZEIT: 1.15

WOLLTE DIR NUR SAGEN, DASS MIR NIE JEMAND BESSERE RAT-
SCHLÄGE GEGEBEN HAT ALS DU. WIRKLICH.

VON: GIOVANNI
ZEIT: 1.29

BIST IMMER NOCH NICHT ERREICHBAR. WAS SOLL'S. GUTE NACHT.

Ein Telefongespräch

M.: Hallo? Hast du geschlafen?
G.: Ja, macht aber nichts.
M.: Ich rufe nur an, weil ich deine Nachrichten bekommen habe.
G.: Hättest du sonst nicht angerufen?
M.: Hatten wir nicht gesagt, daß wir nicht mehr telefonieren?
G.: Wann denn?
M.: Du löschst immer alles, was wir reden.
G.: Ich lösche nichts. Ich erinnere mich bloß nicht, daß wir es gesagt haben.
M.: Wieso hast du das von den guten Ratschlägen geschrieben?
G.: Weil es stimmt. Niemand hat mir je bessere Ratschläge gegeben als du.
M.: In bezug auf was?
G.: Auf alles.
M.: Du hast sie aber nie berücksichtigt. Jedenfalls nicht, wenn es um unsere Beziehung ging.
G.: Ich *habe* sie berücksichtigt. Nur konnte ich sie vielleicht nicht befolgen.
M.: Du hast es bei mentalen Experimenten bewenden lassen, wie du immer sagst. Stimmt's?
G.: Nein. Ich hab's wirklich probiert.
M.: Aber?
G.: Ich bin immer auf zu großen Widerstand gestoßen.
M.: Was für einen Widerstand?
G.: Meine Wesensart.

M.: Wolltest du mir noch irgendwas Neues sagen?
G.: Ich wollte nur deine Stimme hören und dir gute Nacht wünschen. Mich einfach bei dir melden und dir sagen, daß wir hier sind.
M.: Meine Güte, Giovanni. Du wirst dich nie ändern.
G.: He, sagen wir uns wenigstens in freundlichem Ton gute Nacht.
M.: Gute Nacht.
G.: Das klang nicht sehr freundlich.
M.: Aaaaargh.
G.: Schon gut, schon gut, also gute Nacht.
M.: Gute Nacht.

Drei SMS

VON: GIOVANNI
ZEIT: 1.45

IST MIR HEUTE SO EINGEFALLEN: DU KANNST NICHT EIN ZEBRA WOLLEN, OHNE SEINE STREIFEN IN KAUF ZU NEHMEN. GUTE NACHT. G

VON: M.
ZEIT: 1.51

ABER ICH KANN DAS ZEBRA NICHT WOLLEN, ODER? GUTE NACHT.

VON: GIOVANNI
ZEIT: 1.59

GUTE NACHT.

Er öffnet die Terrassentür im Licht des späten Vormittags

Er öffnet die Terrassentür im Licht des späten Vormittags. Sie sitzt auf dem weißen Plastikstuhl vor ihrer Tür und ist schon wieder in ihren südamerikanischen Roman vertieft. Zum Glück steht sie, genau wie er, nicht früh auf, es sei denn, sie muß zur Schule. Trotzdem würde es ihm gefallen, der Typ Vater zu sein, der schon fleißig bei der Arbeit ist, wenn seine Tochter die Augen aufschlägt: Ein Mann der Tat, der schon anfängt, Dinge für sich und die anderen zu erledigen, während noch alles schläft. Er schafft es höchstens an manchen Wintersonntagen, wenn sie in der Stadt sind und draußen so wenig Licht ist, daß es morgens um zehn Uhr noch Nacht zu sein scheint. Er fragt sich, welche Art von Morgenmodell er ihr bieten kann: ob sein Verhältnis zu Zeitplänen auf sie beruhigend wirkt oder sie ärgert oder ihr ganz normal erscheint.

Er beugt sich über das Mäuerchen und berührt ihr Haar, sagt: »Guten Morgen!«

»Guten Morgen«, sagt sie. Sie lächelt, aber sie ist bei den letzten Seiten ihres Buchs und will sich jetzt offensichtlich nicht ablenken lassen.

»Schon fast fertig?«

»Noch fünfzehn Seiten.«

»Wie viele sind es insgesamt?«

»Fünfhundertvierzig.«

»Du liebes bißchen.«

»Mhm.«

»Erinnerst du dich an die Sommerferien in Griechenland, als ich für dich einen ganzen Rucksack voller Bücher mitgeschleppt habe und du schon nach zehn Tagen alle verschlungen hattest?«

»Ja.«

»Ich sagte immer: ›Lies langsam, lies doch *langsam*‹, aber es half alles nichts.«

»Mhm.«

Jedesmal bevor wir in Urlaub gefahren sind, habe ich dich gefragt, ob du nicht mitkommen willst, um Bücher für die Ferien auszusuchen, und du hast immer gesagt, du hättest schon genug, oder du hast mich wegen deiner erblich bedingten legendären mentalen Trägheit immer auf den nächsten Tag vertröstet.«

»Das ist nicht wahr.«

»Doch. Wenn wir dann auf unserer einsamen Insel waren und du alles, was da war, gelesen hattest, vielleicht sogar zweimal, bist du schier verrückt geworden. Dann hast du alles gelesen, was dir unter die Finger gekommen ist.«

»Nämlich?«

»In einem Sommer hast du aus purer Verzweiflung meine *Traumdeutung* von Freud gelesen.«

»Das hat mich interessiert.«

»Ja, aber du warst erst zwölf.«

»Es hat mich trotzdem interessiert.«

»Hast du Lust zu frühstücken?«

»Ich lese die fünfzehn Seiten, dann komme ich.«

»Willst du sie nicht nachher lesen?«

»Nein.«

»Dann wird es spät fürs Frühstück, glaube ich. Bis zehn Uhr, steht dort.«

»Ich habe sowieso keinen Hunger.«

»Schon klar. Du bist bereit, alles zurückzustellen, nur um die mühsamen Gedanken zu verdrängen.«

»Das ist nicht wahr.«

»Manchmal stellt deine mentale Trägheit sogar meine in den Schatten.«

»Wann zum Beispiel?«

»Wenn du eine Schranktür oder eine Schublade aufmachst und sie einfach offenstehen läßt. Um dich nicht mit dem unerträglichen Gedanken zu belasten, sie wieder *zumachen* zu müssen.«

»Das ist nicht wahr.«

»Oder wenn dir etwas runterfällt und du es einfach liegenläßt, manchmal tagelang.«

»Das ist keine mentale Trägheit.«

»Doch.«

»Woher willst du das wissen?«

»Ich erkenne es wieder. Wie wenn man ein Gesicht sieht, das einem total vertraut ist.«

»Mhm.«

»Ich mache auch ständig solche Dinge.«

»Nämlich?«

»Ich lasse zum Beispiel Briefe tagelang ungeöffnet liegen, wenn sie mir schon vom Umschlag her unangenehm oder mit Arbeit verbunden vorkommen.«

»Was noch?«

»Ich sammle Strafzettel und fällige Überweisungen auf meinem Schreibtisch an oder Schmutzwäsche in einem Korb, bis er fast überläuft, oder E-Mails, die ich beantworten müßte.«

»Tja.«

»Das ist aber wenigstens eine Schwäche, die man korrigieren kann, wenn man es wirklich versucht. Denn wenn man sich dann aufrafft und etwas endlich erledigt, fühlt man sich hinterher ungeheuer erleichtert, stimmt's?«

»Ja.«

»Gut, alles klar, ich lasse dich dein Buch auslesen. Ich komme später wieder, wir können dann ja auch in der Stadt etwas essen.«

»Ok.«

Ein Telefongespräch

G.: Hallo.
M.: Ja?
G.: Ich wollte nur hallo sagen. Gestern nacht haben wir uns so unschön verabschiedet.
M.: Hör mal, ich glaube wirklich, wir sollten Schluß machen mit diesem Hallosagen.
G.: Warum?
M.: Weil es wie eine Art Ersatzdroge ist. Wir verabreichen uns gegenseitig unsere Dosis, wenn eine Entzugskrise droht, und so können wir ewig weitermachen.
G.: Es ist ja keine schädliche Droge, oder?
M.: Wenn sie verhindert, daß wir uns aus der Abhängigkeit befreien, ist sie schädlich.
G.: Aber wenn ich dich nicht anrufe, dann rufst du mich an.
M.: Ich sag dir doch, es ist eine Sucht. Bei uns beiden.
G.: Meinst du das wirklich?
M.: Was denkst du?
G.: Hhm.
M.: Was bedeutet hhm?
G.: Daß ich es nicht weiß.
M.: Warum erwartest du immer, daß *ich* die Dinge auf den Punkt bringe?
G.: Ich erwarte es nicht.
M.: Du machst aber immer den Eindruck, als wärst du gerade vom Mond gefallen und wüßtest nicht recht, was Sache ist.
G.: Ich *bin* gerade vom Mond gefallen.
M.: Du machst es dir leicht.

G.: So leicht auch wieder nicht. Es wäre leichter, wenn ich ein ordentliches Zugehörigkeitsgefühl zur Erde hätte.

M.: Gott, Giovanni.

G.: Schon gut, ich wollte dir nur schnell guten Morgen sagen.

M.: Das ist es ja. Du willst den Gedanken an mich loswerden, um dich dann unbeschwert dem zuzuwenden, was dich in der nächsten Sekunde interessiert.

G.: Das ist nicht wahr.

M.: Du weißt, daß es so ist. Du rufst mich an, damit du nicht mehr daran zu denken brauchst und frei in deinen Empfindungen schweben kannst.

G.: Das ist nicht wahr.

M.: Wenn du mit mir zusammen bist, machst du es mit den anderen Menschen in deinem Leben genauso. Du rufst sie an, weil du es hinter dir haben willst.

G.: Warum mußt du so ein Bild von mir malen?

M.: Weil du eine Art mentalen Schalter hast und deine Zuwendung und dein Interesse und deine Gefühle nach Belieben an- und ausknipsen kannst.

G.: Das ist doch Wahnsinn.

M.: Genau.

G.: Wie du meinst. Ich muß jetzt gehen.

M.: Siehst du?

G.: Ich muß wirklich los. Wir haben noch nicht mal gefrühstückt. Ich ruf dich später wieder an.

M.: Ich hab dir doch gesagt, daß ich keine Lust mehr auf diese Anrufe habe.

G.: Also mach's gut.

M.: Giovanni.

G.: Ciao.

M.: Ciao.

G.: Ciao?

Dann geht er im emotionalen Sog von M.s Tonfall im Zimmer auf und ab und denkt, daß sie in dem Punkt mit dem Nicht-mehr-dran-denken-Wollen teilweise recht hat. Er denkt, daß er diese Neigung schon als Kind hatte, wenn er abends ins Bett kroch und es gar nicht erwarten konnte, sich im Traum auf eine von Pflanzen und Vögeln und wunderschönen Eingeborenenmädchen bevölkerte tropische Insel zu flüchten, zuvor aber mußte er sich vorstellen, daß seine Familie gesund und munter irgendeine große Reise antrat und das Feld seiner Phantasie räumte. Er denkt, daß er sich darin seither überhaupt nicht geändert hat: daß solche Eigenheiten der vergehenden Zeit und dem Druck des Lebens unwahrscheinlich gut standhalten.

Er denkt an die Stimmungsschwankungen zwischen ihm und M., die sie im Verlauf eines Telefongesprächs oder eines Austauschs von SMS oder E-Mails von verzweifelter Abhängigkeit zu vorübergehender Gelassenheit zu Gereiztheit zu Überdruß und wieder zu verzweifelter Abhängigkeit wechseln lassen. Er denkt daran, wie ihr Verhältnis in rascher Folge unglaublich dramatisch und unglaublich leicht sein kann: wenige Worte vermögen ganze Szenarien auszulösen. Er kommt sich vor wie eins von zwei Kindern, die versuchen, miteinander klarzukommen und einen Ausweg zu finden, aber zu nichts dergleichen imstande sind und doch nicht anders können, als zusammenzubleiben, verbunden durch einen Strom von Angst und Bedauern und Ähnlichkeit und Verschiedenheit.

Er klappt den Laptop auf dem Bett auf, beginnt zu tippen. Wenn er darüber nachdenkt, erscheint ihm die ganze Kommunikationsausrüstung eher als Hindernis. Allenfalls eine sehr schwache Sicherheitsgarantie, ähnlich den Maßnahmen, die schwere Kollateralschäden zur Folge haben können. Er fragt sich, ob er ohne Mobiltelefon und tragbaren Computer eher gezwungen wäre, sich einer Entscheidung mit M. zu stellen. Er fragt sich, ob er das ganze Zeug besser wegwerfen und nur noch im direkten Kontakt entscheiden sollte, anstatt in diesem Schwebezustand zwischen Da-Sein und Nicht-da-Sein zu verharren.

Er schreibt den Satz fertig, dann stellt er über Infrarot die Verbindung zum Mobiltelefon her. Der Brief an M. löst sich vom Bildschirm, mit einer raschen Sequenz heller Töne, die bestätigen, daß er abgeschickt wurde und fast gleichzeitig angekommen ist.

Eine E-Mail

Von: giovannibata@teltel.it
Uhrzeit: 1.45

Liebe M.,
nur noch ein kleiner Nachtrag zu unseren Telefongesprächen, nach denen wir uns immer so schlecht fühlen, weil wir nie dazu kommen zu sagen, was wir sagen möchten.
 Es stimmt, daß jedesmal, wenn wir miteinander reden, mein Hang ins Spiel kommt, unbequeme Gedanken zu verdrängen. Deshalb habe ich auch immer diesen lässigen Ton, der dich so ärgert, und deshalb sage ich gerade dann »Machen wir kein Drama draus«, wenn wir dabei sind, im Drama zweier Menschen zu versinken, die miteinander nicht auskommen und ohneeinander erst recht nicht. Es stimmt auch, daß meine Fähigkeit, mich mit unbequemen Gedanken auseinanderzusetzen, noch geringer wird, wenn es mehrere Dinge gleichzeitig zu tun gibt. Es ist, als hätte ich nicht genug Platz in meinem Gehirn und dann sage ich: »Aber jetzt muß ich wirklich los.«
 Noch etwas: Erinnerst du dich, wie ich dir ein ganzes Jahr lang abends *Anna Karenina* vorgelesen habe? Du wirst vielleicht sagen, das habe zu wenig Gewicht angesichts von allem, was ich nicht getan habe. Ich wollte dir damit auf ganz andere Weise eine Freude machen. Das hatte ich noch nie versucht. Aber es wird spät, und wir müssen los, wir haben ja nur diese paar Tage, die schon fast wieder um sind.
Ciao, G.

Sie gehen über die Esplanade vor dem Rathaus im spanischen Stil

Sie gehen über die Esplanade vor dem Rathaus im spanischen Stil und von dort aus in die Innenstadt. Die Sonne ist wärmer als am Vortag, die Luft klarer. Die Läden in den Gassen sind vollgestopft mit Lederstiefeln und provenzalischen Tüchern und Hemden und Kleidern und Hütchen und Püppchen und Pferdchen und Tassen und Trockenblumensträußen und Likörflaschen und Gläsern mit Honig, dazu überall Ansichtskarten auf Drehständern. Aber es ist niemand da, der etwas kauft oder sich die Sachen wenigstens ansieht, die Geschäftsleute haben sich in ihre Läden verkrochen oder tauchen nur kurz in der Helligkeit hinter den Schaufenstern auf. Die Restaurants und Eisdielen sind fast alle geschlossen; es ist, als sei der Ort in eine merkwürdige zeitweilige Leere getaucht, während sie herumlaufen und sich umsehen.

»Hast du Hunger?« fragt er.

Sie nickt. Immer wenn sie im Freien sind, findet eine Art Metamorphose in ihrem Verhältnis statt, die im Augenblick zwar dadurch gemildert wird, daß weit und breit kaum jemand zu sehen ist. Trotzdem ist sie auf einmal zurückhaltender, Augen und Ohren sind bereit, auf eventuelle Blicke oder Stimmen zu reagieren, die Gesichtsmuskeln angespannt, um sich dem Druck der Welt anzupassen. Obwohl er weiß, daß er keinen Grund dazu hat, fühlt er sich jedesmal gekränkt, wie in einer Liebesbeziehung, wenn sich das Interesse plötzlich verschiebt und die vertrauten Signale nicht mehr die alten Reaktionen auslösen und alles erst Punkt für Punkt mühsam erklärt werden muß.

Wenn es passiert, weiß er nie, ob er sich ärgern oder lächeln oder so tun soll, als ob nichts wäre; im Augenblick geht er einen halben Meter vor ihr, als würde er nichts bemerken. Auf dem kleinen Platz vor der Wehrkirche dreht er sich zu ihr um, läßt ihr Zeit zum Schauen. »Gefällt sie dir?« fragt er.

»Ja«, sagt sie. Dann piepst ihr Handy und meldet eine eingegangene Nachricht: Mit fahrigen Fingern zieht sie es aus ihrem Handtäschchen, drückt auf die Tasten, um zu lesen und gleich die Antwort zu senden.

Er denkt, daß ihre Beziehung eigentlich auf einem Widerspruch beruht, denn das Resultat all der Gefühle, die er investiert, soll ja nicht unbegrenzt fortdauernde Nähe, sondern die Loslösung sein.

Er setzt sich an einen der Tische vor dem einzigen offenen Café, ohne sie noch weiter zu beachten. Das amerikanische Paar vom Abend zuvor ist mit einem aus Cappuccino und Spaghetti mit Fleischklößchen bestehenden Imbiß beschäftigt.

Sie setzt sich zu ihm; beide kneifen in dem intensiv werdenden Licht die Augen zusammen. Der Inhaber kommt an ihren Tisch, sie bestellen zwei Käseomeletts, zwei Milchkaffee und frischgepreßten Orangensaft.

»In deinem Alter war ich auch überzeugt, daß alle Augen der Welt unentwegt auf mich gerichtet sind«, sagt er nach einer Weile.

»Bin ich nicht.«

»Du hättest dich sehen sollen, vor drei Minuten. Als stünde hinter jeder Ecke jemand, der ein Urteil über dich abgibt und dem nichts entgeht.«

»Das ist nicht wahr.«

»Ich war genauso in deinem Alter. Ich ging durch die Straßen, als befände ich mich bei laufender Kamera im Rampenlicht.«

»Wirklich?«

»Es ist eine Phase, die wir fast alle durchmachen. Und es ist auf jeden Fall besser, wachsam zu sein, als Allüren anzunehmen.«

»Wer nimmt denn Allüren an?«

»Viele.«

»Wer zum Beispiel?«

»Na, dein Luca zum Beispiel.«

»Was hat Luca damit zu tun?«

»Du wolltest ein Beispiel.«

»Luca hat keine Allüren.«

»Denk doch mal an letzten Sommer, als wir ihn im Hafen abgeholt haben und er wie ein existentialistischer Vagabund mit einer Bierflasche in der Hand neben der Telefonzelle hockte. Eine perfekt einstudierte Pose. Er hat wahrscheinlich ganz schön geübt, um das so hinzubekommen.«

»Das ist nicht wahr.«

»Und als wir dann zu unserem kleinen Strand hinuntergegangen sind und er sich in voller Montur in die pralle Sonne gesetzt hat und seine Miene Distanz und Teilnahmslosigkeit ausgedrückt hat?«

»Jetzt reicht's, das ist nicht wahr!«

»Oder an dem Abend, als wir im Freilichtkino diesen schwachsinnigen amerikanischen Science-fiction-Film angeschaut haben? Irgendwann habe ich gesehen, daß er zusammengekrümmt auf seinem Sessel saß, als würden wir ihn einer unerträglichen Tortur aussetzen.«

»Das hat mich selbst geärgert, ich hab es ihm dann auch gesagt.«

»Gott sei Dank.«

»Darin ist er übrigens genau wie du!«

»Inwiefern?«

»Ihr habt eine Menge gemeinsame Seiten.«

»Schlechte Seiten, meinst du?«

»Auch.«

»Nämlich?«

»Daß ihr immer aus der Reihe tanzen müßt und auf jede Kleinigkeit überzogen reagiert.«

»Im Ernst?«

»Ich schwör's dir.«

»Tja, schon möglich. Wir suchen uns ja oft einen Partner aus, der die Eigenschaften des gegengeschlechtlichen Elternteils reproduziert, einschließlich der negativen.«

»Wirklich?«

»Manchmal geraten wir auch an einen, der *nur* die negativen Seiten reproduziert.«

»Luca nicht.«

»Ich spreche ganz allgemein. Es gibt Leute, die geraten an einen alkoholsüchtigen oder gewalttätigen oder total launischen Partner, weil er dem ersten Männer- oder Frauenbild entspricht, das sie vor Augen hatten.«

»Ist dir das auch passiert?«

»Was?«

»Daß du dir eine Partnerin mit den Vorzügen und Schwächen deiner Mutter ausgesucht hast?«

»Ich glaube schon.«

»Nämlich?«

»Intelligente, charakterstarke, aber eben ziemlich launische Frauen.«

»War Großmutter denn launisch, als du klein warst?«

»Sie hatte starke Stimmungsschwankungen. Sie wechselte übergangslos von der größten Sanftheit zu Kaltherzigkeit und sogar Feindseligkeit. Sie konnte dich mit liebevoller Aufmerksamkeit überschütten und im nächsten Augenblick plötzlich schreien: ›Laß mich in Ruhe! Geh mir nicht auf die Nerven! Sieh zu, wie du zurechtkommst‹, bloß weil du sie vielleicht um irgend etwas gebeten hattest.«

»Wirklich?«

»Ja. Mir war nie klar, wo die Gründe für diese Umschwünge lagen. Durch sie habe ich zum erstenmal eine Vorstellung von der Unberechenbarkeit der weiblichen Seele bekommen.«

»Und jetzt kennst du die Gründe dafür?«
»Sie hatte eben auch einen starken Widerwillen gegen Verpflichtungen. Für eine so intelligente und begabte Frau muß es unerträglich gewesen sein, Vollzeithausfrau und Familienmutter zu sein. Aber das war für Frauen damals das Übliche.«
»Wirklich?«
»Versuch dir das mal vorzustellen. Du würdest es keine zehn Minuten aushalten.«
»Mhm.«
»Keine deiner Altersgenossinnen würde es aushalten und keine Zwanzigjährige und keine Dreißigjährige.«
»Und eine Vierzigjährige?«
»Die vielleicht. Sie müßte aber einen sehr aufmerksamen und liebevollen Mann haben, um diese Rolle zu ertragen und nicht zu verbittern. Er müßte das Urbild des Nahrungsbeschaffers und Holzfällers und Beschützers von Haus und Hof sein und zugleich der Kavalier, der ihr Blumen mitbringt und sie mit immer neuen Artigkeiten umschmeichelt, und das alles gewandt und amüsant.«
»Meinst du?«
»Diese Kombination gibt es aber nicht, und so ist es nur recht und billig, daß die Frauen keine Lust haben, zu Hause zu sitzen und sich um das Leben anderer zu kümmern. Aber durch den Wandel, der sich vollzogen hat, sind Frauen und Männer zu Konkurrenten auf ein und demselben Gebiet geworden, mit den gleichen Ansprüchen und Bedürfnissen und mit dem Ergebnis, daß das Zusammenleben immer schwieriger, wenn nicht unmöglich geworden ist.«
»Warum?«
»Weil nun beide einen Ehemann und eine Ehefrau dringend nötig hätten.«
»In welchem Sinn?«
»Einen Menschen, der das Umsorgen und Zuhören und Bewahren übernimmt, und einen, der für die Versorgung und den Schutz zuständig ist.«

»Das wären die Rollen?«

»In etwa. Oder so hätten sie sein sollen. Es wäre natürlich eine Arbeitsteilung, die auf der systematischen Unterdrükkung der Frauen basiert. Doch inzwischen haben die Frauen das Modell der Männer übernommen, weil es der einzige Ausweg aus ihrer alten Rolle war. Und jetzt sind Männer und Frauen dort draußen und stürmen auf der Suche nach genau der gleichen Art von Erfolgen und Ersatzbefriedigungen gegen die Welt an, und wenn sie nach Hause kommen, ist niemand da, der sie umsorgt und ihnen zuhört und der irgend etwas bewahrt oder fördert oder beschützt.«

»Niemand?«

»Wenn es unerläßlich ist, tun es die Frauen, aber nur schnell nebenbei und mit immer weniger Überzeugung.«

»Aha.«

»So ist es.«

»Schwierig, was?«

»Sehr schwierig.«

»Und du hast dir immer Frauen mit dem Charakter deiner Mutter ausgesucht?«

»Nicht immer. Manchmal habe ich auch welche gefunden, die ruhiger und sanfter waren.«

»Und ging es dir dabei nicht gut?«

»Doch. Das ist ja das Absurde, daß es mir in Wirklichkeit besserging, aber kaum bin ich einer begegnet, die eigenwilliger und launischer war, habe ich mich für sie entschieden.«

»Obwohl es dir dabei schlechterging?«

»Ja. Mit einer Ruhigen und Sanftmütigen war ich möglicherweise heiter und hatte keinen Streß, dann lief mir eine von der anderen Sorte über den Weg, und ich hatte keinen Zweifel, für wen ich mich entscheiden sollte. Die Art Dinge, die man einfach tut, ohne zu überlegen, verstehst du? Ich halte die Theorie von der zwanghaften Wiederholung für ziemlich plausibel.«

»Aber was paßte dir nicht an den Ruhigen und Sanften?«

»Ich fühlte mich *allein*. Es kam mir so vor, als fehle es ihnen an Intensität oder Entschiedenheit oder an Leidenschaft, was weiß ich.«

»Meinst du, man kann sich von diesem Wiederholungsmechanismus befreien?«

»Vielleicht. Aber dazu muß einem erstmal klar sein, wie er funktioniert, man muß also wenigstens ein-, zweimal darauf reingefallen sein. Es kommt aber auch vor, daß man sich nie davon befreit und sich einen falschen Partner nach dem anderen aussucht.«

»Ist M. auch so eine falsche Wahl?«

»Ich glaube schon. Auch wenn sie in vielen Punkten ganz anders ist als meine Mutter. Lichtjahre von ihr entfernt, findest du nicht? Wenn du jedoch alles zusammennimmst, ist sie eine hochintelligente, sehr eigenwillige und sehr launische Frau. Sogar die Augenfarbe ist bei beiden ähnlich.«

»Nicht zu glauben!«

»Und eine Konsequenz einer solchen Partnerwahl ist natürlich, daß früher oder später auch all das wiederkehrt, was dir an deiner Mutter oder deinem Vater Unbehagen bereitet hat.«

»In deinem Fall?«

»Die intellektuelle Gewalttätigkeit und die heftigen Stimmungsschwankungen, die Unausgeglichenheit.«

»Meinst du nicht, daß du für M. auch die falsche Wahl bist?«

»Wahrscheinlich schon. Was noch verheerendere Wirkungen erzeugt, weil sich die intellektuelle Gewalttätigkeit und die Launenhaftigkeit summieren oder multiplizieren.«

»Also auch hier Vorzüge und ihre Schattenseiten oder Fehler und ihre Schattenseiten?«

»Ja. Aber jetzt haben wir genug über mich geredet. Wir waren bei Lucas Allüren.«

»Ich sag dir doch, er hat keine Allüren.«

»Es ist ja völlig normal, daß er welche hat, in seiner Rolle als halberwachsener Mann. Jeder hat sie, in seinem Alter.«

»Ach ja?«

»Mit siebzehn? Wenn ich daran denke, wie ich in dem Alter war, schäme ich mich wie ein Dieb. Irgendwann bestand ich vielleicht zu *neunzig* Prozent aus Allüren und zu zehn Prozent aus Substanz.«

»Wirklich?«

»Ja. Und die zehn Prozent Substanz waren auch nicht garantiert waschecht. Über lächerliche Experimente im engen Kreis meiner Schulklasse ging es nicht hinaus.«

»Was für Allüren hattest du?«

»So ähnliche wie Luca; Bescheidwissen über den Lauf der Welt, Distanzierung vom Lauf der Welt, Überempfindlichkeit, Weltschmerz, beißender Spott, Enttäuschung, Langeweile. Dazu die Haltung des verkannten Genies nach dem Motto: Wenn-man-mich-nur-lassen-würde, Wenn-ich-nur-bessere-Gesprächspartner-hätte, Wenn-ich-nur-an-einem-interessanteren-Ort-leben-würde, Wenn-ich-wollte-würde-ich-es-euch-schon-zeigen.«

»Hör doch auf. Luca ist überhaupt nicht so.«

»Man hat es nicht leicht als Heranwachsender. Alle erwarten etwas, haben aber noch nicht erkannt, welche Karten du wirklich gezogen hast, und du selbst weißt es erst recht nicht. Mal vertraut man dir und läßt dir Freiraum, dann entzieht man ihn dir wieder, und dazu der ständige Druck der Männergesellschaft. Du versuchst, deinen Platz auf der Stufenleiter zu finden, und die anderen bewerten dich automatisch danach, wie entschieden oder nachgiebig oder zerstreut du dabei vorgehst.«

»Und?«

»Es ist eine merkwürdige Zeit, ich erinnere mich gut daran. Ich lungerte stundenlang vor dem Badezimmerspiegel herum und probierte Gesichtsausdrücke und Gebärden aus und wollte herausfinden, welches Potential in mir steckte. Ich verwandte große Sorgfalt auf meine Kleidung, obwohl es nur ein paar zusammengewürfelte Klamotten waren, so wie eure jetzt. Auf der Straße war ich so auf meine Bewegungen konzentriert, daß ich ständig riskierte, gegen einen Laternenpfahl zu rennen. Ich war sicher, die ganze Welt würde mich beobachten und von dem, was ich tat, fasziniert oder enttäuscht sein.«

»Warum ist das bloß so?«

»Nun ja, anfangs bewegt man sich innerhalb der Familie, auf der kleinen Privatbühne, wo jedes Wort und jede winzige Geste enorm wichtig genommen werden. Man braucht nur mal ein bißchen weniger zu essen oder ein bißchen strahlender zu lächeln, schon wird daraus ein bedeutsames Ereignis, von dem alle betroffen sind.«

»Und dann?«

»Dann kommt man in ein etwas größeres Theater, und plötzlich bemerkt einen keiner mehr. Man kann anstellen, was man will, es verpufft. Man redet und redet, und keiner hört zu. Um wenigstens ein Minimum an Aufmerksamkeit zu erhalten, beginnt man sich auffällig und affektiert zu verhalten und sich aufzuspielen. Wie eine Fliege, die lauter summt, wenn sie in ein anderes Zimmer hinüberfliegt.«

»Und vor der Zeit als Heranwachsender hattest du keine Allüren?«

»Doch, aber das waren Geisel-Allüren.«

»Was heißt das?«

»Die pure Hilflosigkeit. Ich war zu allen unfreundlich und tat nie das, was ich sollte.«

»Und wie viele Allüren hast du jetzt?«

»Je nachdem. Am liebsten hätte ich natürlich gar keine.«

»Und das gelingt dir?«

»Manchmal.«

»Und manchmal nicht?«

»Ja.«

»Und im Durchschnitt?«

»Na ja, da sind schon noch so zwanzig Prozent Allüren. Aber die brauche ich als Schutz. Damit ich einen Laden oder ein Kino betreten oder mit jemandem telefonieren kann, den ich kaum kenne. Das Verhältnis kann sich aber schlagartig ändern, beim geringsten Anlaß.«

»Zum Beispiel?«

»Ich brauche mich nur sehr im Unrecht oder auch sehr im Recht zu fühlen, und schon vervielfältigen sich meine Allüren. Bevor ich es bemerke, bin ich bis in die Haarspitzen voll davon.«

»Und wie hast du es angestellt, deine Allüren zu reduzieren?«

»Irgendwann habe ich eingesehen, wie albern sie sind. Es war eigentlich keine richtige Entscheidung, sondern eher so, daß ich mich plötzlich von außen sah und mich peinlich fand. Und so habe ich versucht, sie zu reduzieren. Da konnte ich es mir freilich auch schon leisten.«

»Was soll das heißen?«

»Ich hatte inzwischen ein paar Antworten aus der Welt erhalten. Ich hatte ein paar Codes entschlüsselt und erkannt, welche Karten ich in der Hand hatte. Ich war inzwischen einigermaßen stabil.«

»Ach ja?«

»Für die meisten Leute ist es viel schwieriger, denke ich.«

»Warum?«

»Weil der Druck der Welt so stark ist und dich zermalmen kann, ohne schützende Allüren.«

»Und dann?«

»Um mit möglichst wenigen Allüren auszukommen, muß man in der Lage sein, dem Druck zu widerstehen oder sich aus der Welt herauszuhalten.«

»Was meinst du mit ›sich aus der Welt heraushalten‹?«

»Sich aus dem ständigen Konkurrenzkampf und dem ständigen Kräftemessen und dem Neid und allem heraushalten.«

»Schafft man das überhaupt?«

»Nach und nach schon.«

»Aber nicht auf einmal?«

»Das ist schwierig.«
»Aber möglich.«
»Es gibt bestimmt Leute, die können es sogar von Natur aus, aber sie sind sehr selten. Sie brauchen nicht danach zu streben, und es kostet sie nicht die geringste Mühe. Sie haben einfach keine Allüren. Auch das ist eine Gabe.«
»Und dann gibt es Leute, die haben mehr Allüren als andere.«
»Ja. Sie sammeln sie geradezu, so, wie sie Möbel oder Ziergegenstände sammeln könnten.«
»Und damit kommen sie durch?«
»Je nachdem. Wenn es Allüren sind, die zu ihrer Umgebung und zu der Gruppe passen, der sie angehören. Wenn sie zu ihrem Land passen.«
»Wie soll das gehen?«
»In unserem Land beispielsweise zählen Worte mehr als Taten, die Karosserie mehr als die Mechanik. Es ist ein Land, in dem viel Theater gespielt wird. In so einem Land ist es schwierig, ohne Allüren zu überleben.«
»Meinst du?«
»Ja. Aber jedes Land erzeugt Allüren bei den Menschen, die dort leben, wenn auch unterschiedlicher Art.«

Sie haben ihr Omelett gegessen und ihre Tassen und Gläser beinahe leer getrunken und blicken auf den freien Streifen zwischen den Tischen und der hellen Steinmauer der Wehrkirche. Auch die amerikanischen Touristen sind mit ihrem Mittagessen fertig; sie haben ihre Stühle zur Sonne gedreht und sitzen mit halbgeschlossenen Augen zurückgelehnt da.

Er streckt die Beine aus, da klingelt sein Mobiltelefon.

Ein Telefongespräch

M.: Entschuldige bitte, aber jetzt rufe ich wirklich zum letztenmal an.
G.: Warum? Was ist passiert?
M.: Es ist mir jetzt ganz klar, daß ich keinen Tag länger so weitermachen will.
G.: Könnten wir das nicht ein andermal besprechen?
M.: Ich will aber jetzt darüber reden.
G.: Warte, laß mich wenigstens ein bißchen zur Seite gehen. Also, was ist los?
M.: Ich habe dir ein Leben vorgeschlagen. Ich habe daran geglaubt.
G.: Ich auch.
M.: Das ist nicht wahr. Jedenfalls nicht wahr genug. Fünf Jahre sind vergangen, und du tust, als wären es fünf Tage.
G.: Was soll das heißen?
M.: In fünf Jahren hätten wir gemeinsam Pläne machen und verwirklichen können. In meinen früheren Beziehungen gab es wenigstens Versuche in der Art.
G.: Was für Pläne?
M.: Ein Haus bauen, zusammen Schallplatten aufzeichnen, einen Garten anlegen, sogar ein Kind haben. Sich für ein gemeinsames Leben entscheiden und es zu leben versuchen.
G.: Wir dagegen?
M.: Du bist wie ein Räuber in mein Leben eingefallen. Du hast dir genommen, was dich interessiert hat, und verworfen, was dir nicht gepaßt hat. Dann hast du dich wieder in dein Leben zurückgezogen.

G.: Welches Leben?

M.: Das, zu dem ich nicht gehöre. Ist mir doch schnurz, wenn du ein krankhaft Heimatloser bist und es auch schon vor meiner Zeit warst.

G.: Es stimmt nicht, daß ich nur genommen habe. Du bist ungerecht. Ich habe dir auch eine Menge gegeben.

M.: Was denn?

G.: Aufmerksamkeit, Neugier, Zeit, Zuwendung. Auch Liebe; und ich hab dich zum Lachen gebracht. Wir haben doch über tausenderlei Dinge geredet. Ich hab dir Bücher vorgelesen. Wir haben deine Vergangenheit durchgesprochen, bis zurück zu deiner Geburt.

M.: Solange es dir Spaß gemacht hat.

G.: Ich habe Hunderttausende von Kilometern zurückgelegt, um bei dir zu sein. Ich hätte zum Mond fliegen können und wieder zurück, all die Male zusammengerechnet, die ich zu dir nach Triest gefahren bin.

M.: Ich spreche von Dingen, die man *zusammen* macht.

G.: Wir haben tausend Dinge zusammen gemacht. Wir sind gelaufen und geschwommen und geritten, wir haben Filme und Theaterstücke gesehen. Wir sind in Buchhandlungen und in Restaurants gegangen, und wir sind verreist. Wir haben Musik gemacht und Lieder zusammen gesungen. Ich glaube, ich habe noch nie jemandem mit so viel Aufmerksamkeit und Neugier und Überraschung zugehört.

M.: Aber immer in der Schwebe, in der fiebrigen Erregtheit des Augenblicks. Nie mit einem konkreten Plan oder wenigstens der Absicht, etwas Bleibendes aufzubauen. Es waren alles nur Momente der Begeisterung.

G.: Ist das so schlimm?

M.: Es ist kindisch. Es erscheint wie ein wunderschönes Geschenk, aber es löst sich jedesmal in Luft auf.

G.: Kann das nicht auch schön sein? Ein wundervolles Geschenk, das sich in Luft auflöst und immer wieder neu gemacht werden muß?

M.: Man kann doch nicht jede Minute, die man zusammen ist, in diesem aufgedrehten Zustand verbringen und immer wieder von neuem staunen und Freudensprünge machen.

G.: Warum nicht?

M.: Weil man auf der Stelle tritt. Man kommt nie weiter.

G.: Wohin weiter?

M.: Zum wirklichen Leben.

G.: Und woraus soll es bestehen, das wirkliche Leben?

M.: Aus konkreten Plänen und aus Taten, aus dem *Da-sein*.

G.: Aber in konkreten Fakten ersticke ich. Das *Da-sein* läßt mich erlöschen wie eine kaputte Glühbirne.

M.: Du bist bloß unreif, Giovanni.

G.: Dann bin ich eben unreif.

M.: Ich aber nicht. Unreife strengt mich furchtbar an und zermürbt mich. Sie ist schön, wenn man sechzehn ist, oder mal für fünf Minuten.

G.: Du bist doch genauso unreif wie ich. Und ich finde dich wunderbar, wenn du unreif bist. Das ist doch eine deiner Stärken.

M.: Das ist nicht wahr. Auf jeden Fall ist es etwas, was man sich ab und zu mal erlauben kann, aber doch kein Dauerzustand.

G.: Warum nicht? Wer sagt das?

M.: Du wärst bestimmt schrecklich bestürzt, wenn ich immer unreif wäre.

G.: Vielleicht wäre ich dann im Gegenzug gezwungen, selbst reifer zu werden.

M.: Und wenn nicht?

G.: Dann wären wir alle beide unreif und glücklich.

M.: Wir würden eher in ein Meer der Unreife stürzen und darin untergehen. Du siehst Unreife immer in wer weiß welch kreativem Licht, aber da liegst du falsch. Unreife ist Inkonsequenz, sie schränkt dich ein und hindert dich daran, den Wert der Dinge zu schätzen oder auch nur zu begreifen.

G.: Ist es das, was du mir vorwirfst?

M.: Ich werfe dir nichts vor. Ich sage nur, daß ich es satt habe, immer in der Luft zu hängen, lieber mache ich Schluß und versuche, mir ein neues Leben aufzubauen. Es ist nicht das erste Mal, ich werde es auch diesmal schaffen.

G.: Aber mir würde es wirklich leid tun. Ich hab dich lieb. Ich will dich nicht verlieren.

M.: Du willst nie etwas verlieren, das ist das Problem. Andererseits willst du dich auch nie endgültig für etwas entscheiden.

G.: Ja, und?

M.: Irgendwann mußt du dich entscheiden, wenn du etwas haben willst.

G.: Vielleicht ist es einfach so, daß man sowieso nichts *haben* kann. Schon gar nicht Menschen.

M.: Gut so, mach jetzt nur auf Zen-Mönch. Ein guter Trick, um keine Wahl und keine Entscheidung treffen zu müssen und sich auch noch toll vorzukommen.

G.: Tu ich wirklich nicht.

M.: Es geht mich nichts mehr an. Sieh zu, wie du klarkommst. Ich will nichts mehr wissen. Mach's gut.

G.: Warte doch einen Moment, bitte, sei nicht so.

M.: Schluß, aus. Mach's gut.

G.: Warte. Hallo?

M.: Ich hab's satt, so satt. Ich kann das Geschwätz nicht mehr hören, es ändert sowieso nichts.

G.: Hallo, was ist los? Weinst du? Fang jetzt bitte nicht an zu weinen.

M.: Geh zum Teufel!

G.: Hör auf, bitte, sprich mit mir. Beruhige dich.

M.: Ich weine aus Wut, keine Angst. Weil ich immer noch wie eine Idiotin mit dir rede, obwohl ich weiß, daß absolut nichts zu machen ist.

G.: Das stimmt nicht. Versuch, dich zu beruhigen, bitte.

M.: Ich beruhige mich nur, wenn ich daran denke, daß ich dich nicht mehr sehe!

G.: Laß uns versuchen, das Ganze etwas gelassener zu sehen.
M.: Fang bloß nicht wieder mit diesem bescheuerten Ton an!
G.: Laß uns versuchen, uns von außen zu sehen, als wären wir zwei, die sich gar nicht kennen.
M.: Tu du das, wenn du aus meinem Leben draußen bist.
G.: Könnten wir nicht etwas ruhiger miteinander reden?
M.: Geh zum Teufel, Giovanni, ich hasse dich, basta!
G.: Hallo?

Er sieht zu ihr und versucht dabei, eine heitere Miene zu machen

Er sieht zu ihr und versucht dabei, eine heitere Miene zu machen, obwohl ihm auf dem Weg zum Tisch klargeworden ist, daß es ein lächerlicher Versuch ist. Er setzt sich und dreht sich wieder zur Sonne und streckt die Beine aus, aber er kann nicht stillsitzen.

Er sagt: »Als ich zum erstenmal hierhergekommen bin, war alles unglaublich überfüllt.«

»Kann man sich gar nicht vorstellen.«

»Leute aus der ganzen Welt.«

Es würde ihm gefallen, wenn es jetzt auch so wäre: Menschen in Bewegung, Fotoapparate, Musik, Hunde, Kinder, fliegende Händler, Käufer, ein Gewirr von Stimmen. »Hast du Lust, ein bißchen herumzulaufen?«

»Ja.«

Sie trinkt einen letzten Schluck Orangensaft, läßt wie immer einen Fingerbreit stehen.

Sie gehen über den kleinen Platz vor der Wehrkirche und weiter in Richtung zum Meer. Eine Touristin dreht einen Ansichtskartenständer, anscheinend findet sie nicht, was sie sucht.

»Wie kam dir der Orangensaft vor?« fragt er.

»Gut.«

»Gut in welchem Sinn?«

»Wieso?«

»Weil ich wissen will, was du meinst, wenn du ›gut‹ sagst. Hat dieser Orangensaft deiner Orangensafterfahrung entsprochen?«

»Ich verstehe nicht, was du meinst.«

»Der Punkt ist, daß wir über ein Archiv einmal gemachter Erfahrungen verfügen. Wenn du etwas zum zweiten- oder hundertsten- oder tausendstenmal machst, dann vergleichst du innerhalb von einem Sekundenbruchteil die Empfindungen, die du dabei hast, mit denen in deinem Archiv.«

»Wirklich?«

»Du sagst ›gut‹, wenn er dem entspricht, was du erwartet hast, oder ›geht so‹, wenn er etwas schlechter war. Man reduziert seine Erfahrung auf ein paar Sekunden Wohlbehagen, wenn es hoch kommt.«

»Ach, laß doch.«

»Gleich. Aber es ist doch was dran, oder?«

»Wir kämen doch zu gar nichts mehr, wenn wir uns in jede Kleinigkeit hineinversenken würden.«

»Die Zeit existiert doch gar nicht. Sie ist eine Erfindung der Menschen, um Aktivitäten zu koordinieren, die fast alle negativ sind.«

»Nämlich?«

»Kriege oder Industrieunternehmen, Massentourismus oder kommerzielle Shows oder Geschäfte im großen Stil. Alles muß sich rentieren, und es dürfen nicht zu viele Energien vergeudet werden.«

»So siehst du das?«

»Ja. Die Erfindung der Zeit hat nur den Zweck, ein künstliches Gefühl von Objektivität zu schaffen, das außerhalb der individuellen Empfindungen verläuft, die Leute mit einem beweglichen Raster umschließt und sie gegen ihren Willen vorwärtstreibt.«

»So daß ich morgens um sieben aus dem Bett springen und in die Schule gehen muß?«

»Ja. Und Millionen Menschen sind gezwungen, im selben Augenblick das gleiche zu tun, und sie glauben, einem höheren Gesetz zu folgen. Einem Gesetz, das Millionen Menschen aus dem Bett scheucht und sie dazu bringt, sich an den Tisch zu setzen und zu essen und zu arbeiten oder Urlaub zu machen.«

»Wie sollten wir denn leben, wenn es keine Vereinbarung über die Zeit gäbe?«

»Wir würden so leben, wie man vor der Erfindung der Zeit gelebt hat. Wie man in den wenigen Gegenden, in denen die Zeit nicht existiert, heute noch lebt.«

»Das heißt?«

»Wir würden in die Situation hineingehen, darin verweilen oder durch sie hindurchgehen, wie es uns gefällt. Wir würden nicht bedrängt werden und niemanden bedrängen, wir wären nicht gezwungen, Erfahrungen so platt und nichtig werden zu lassen, daß sie in Kästchen von vorherbestimmter Größe hineinpassen. Es wäre nicht mehr nötig, aus Gründen, die außerhalb von uns selbst liegen, irgend etwas zu unterbrechen oder zu beenden oder fortzusetzen.«

»Schön und gut, aber wie würden wir uns zum Beispiel verabreden?«

»Wir würden das schon hinkriegen.«

»Aber die Zeit *gibt* es doch, auch ohne Uhren und ohne Stundenpläne.«

»Eben nicht. Die Zeit ist eine Erfindung und ein Betrug.«

»Wieso ein Betrug?«

»Die Zeit vergeht gar nicht. Sie ist nicht wie ein Fluß oder wie ein Tonband. Wir sind es, die vergehen. Und die Zeitmesser und Uhren und Kalender sorgen dafür, daß wir mit koordinierter und von unseren Wahrnehmungen ganz unabhängiger Geschwindigkeit vergehen. Sie ziehen uns in ihrem Räderwerk mit, bis es ihnen irgendwann gelingt, uns aus unserem Leben hinauszustoßen.«

»Wie kannst du das sagen? Eine Stunde ist eine Stunde.«

»Nimm deine Uhr ab, und halte dich von allen anderen künstlichen Zeitmeßinstrumenten fern. Dann sag mir, was eine Stunde ist.«

»Sechzig Minuten.«

»Und was ist eine Minute?«
»Sechzig Sekunden.«
»Und was zum Teufel ist eine Sekunde?«
»In welchem Sinn?«
»Wenn du aufhörst, an einen kleinen Zeiger zu denken, der sich, von einem Uhrwerk oder einem elektronischen Schaltkreis angetrieben, ruckweise um ein Zifferblatt bewegt.«
»Hhm.«
»Sag mir mal, wie lang eine Sekunde dauert. Wodurch sie abgegrenzt ist.«
»Sie dauert so lange, bis man ein-und-zwanzig gesagt hat. Die Abgrenzungen sind das *ein* und das *zig*.«
»Das ist die Zeit, die ein Sekundenzeiger braucht, um auf dem Zifferblatt einer Uhr um einen Strich vorzurücken. Vergiß den Zeiger und die Striche und das Zifferblatt. Was bleibt dann übrig?«
»Weiß nicht.«
»Nichts bleibt übrig. Oder alles. Der Raum ist wieder offen, frei von den Sklavengesetzen einer nicht vorhandenen Objektivität.«
»Aber der Tag- und Nachtzyklus existiert doch. Und der Zyklus der Jahreszeiten.«
»Die Zyklen sind frei. Grenzenlos. Sie haben nichts mit der einengenden Kleinlichkeit von Millimeterskalen zu tun. Du kannst sie ausdehnen, wie du willst, darin verweilen, solange du willst. Zwischen einem zyklischen Raum und einem chronometrischen Raum besteht ein Unterschied wie zwischen einem frei über die Wiesen galoppierenden Zebra und einem Zebra, das in einem winzigen Pferch eingesperrt ist.«

Sie folgen der Straße, die am Strand entlangführt, sehen sich das Städtchen von außen an, sehen aufs Meer.

»Hast du mit M. gestritten?« fragt sie.

»Gestritten eigentlich nicht. Wir haben wieder einmal unsere Positionen ausgetauscht. Nur kommen wir dabei dem endgültigen Bruch jedesmal ein Stück näher.«

»Und welches sind eure Positionen?«
»Ihre und meine.«
»Besten Dank. Und wer hat recht?«
»Alle beide, jeder von seinem Standpunkt aus.«
»Und jetzt?«
»Weiß nicht.«
»Wie wollt ihr da rauskommen?«
»Weiß nicht.«

Sie haben das Ortsende erreicht, rechts liegen Rohbauten von Hotels und Restaurants und Wohnhäusern. Ohne sich abzusprechen, machen sie kehrt und gehen zurück. Ihr Handy piepst und meldet eine eingegangene Nachricht. Sie liest sie sofort, tippt mit flinken Fingern die Antwort ein. Er hat eine Bemerkung über die ständigen Störungen auf den Lippen, sagt dann aber nichts.

Ein vage an einen Neufundländer erinnernder großer schwarzer Hund kommt auf sie zu, nähert sich mit erwartungsvoller Miene.

»Ist der süß!« ruft sie.
»Wenn du es so nennen willst.«
»Er hat Hunger.«
»Tja, wir haben aber nichts.«
»Können wir ihn nicht adoptieren?«
»Bist du verrückt?«
»Warum?«
»Er sieht gräßlich aus und wiegt einen Zentner.«
»Er sieht nicht gräßlich aus!«
»Außerdem hat er nicht den Wunsch, sich adoptieren zu lassen. Er ist glücklich, seine Freiheit zu haben.«
»Woher willst du das wissen?«
»Ich weiß es. Wenn ich ein streunender Hund in einer kleinen Stadt am Meer wäre, hätte ich nicht die geringste Lust, mich in eine Großstadtwohnung sperren zu lassen.«
»Es ist vielleicht kein streunender Hund. Vielleicht ist er ausgesetzt worden.«

»Er hat sich jedenfalls an das Leben hier gewöhnt, und es geht ihm ausgezeichnet. Siehst du nicht, wie fett er ist?«
»Er ist nicht fett.«
»Noch dazu sabbert er. Er hat mir den Ärmel vollgesabbert.«
»Behalten wir ihn, bitte!«
»Fang nicht an zu spinnen, bitte!«
»Ach, bitte!«
»Kommt gar nicht in Frage.«
»Ich will einen Hund.«
»Das ist ja ein richtiger Fimmel bei dir. Nicht zu glauben.«
»Laß mich ihn doch behalten.«
»Ich sag dir doch, er will gar nicht behalten werden, abgesehen von allem anderen.«
»Versuchen wir es!«
»Da, siehst du?«
Tatsächlich macht sich der große schwarze Hund davon und trottet in die entgegengesetzte Richtung. Sie schaut ihm mit enttäuschtem Gesicht hinterher.
»Ich würde ihn so gern behalten.«
»Hör zu, warum machen wir nicht einen Spazierritt durch die Sümpfe?«
Erst als er zum zweitenmal fragt, nickt sie zustimmend; sie gehen schnell zurück zum Platz vor dem Rathaus im spanischen Stil.

Auf einer Koppel steht ein uralter grauer Gaul

Auf einer Koppel steht ein uralter grauer Gaul mit langer Mähne. Er ist in keiner schlechten Verfassung und sieht recht zufrieden aus, ungestört widmet er sich dem sprießenden Gras. An den Zaun gelehnt, beobachten sie ihn, während sie darauf warten, daß der Stalljunge sie ruft.
»Wieso sprichst du immer von Urgründen?«
»Wann denn?«
»Andauernd. Du sagst, daß hinter allem ein mit dem Überleben der Arten zusammenhängender Urgrund steckt.«
»Madonna, bin ich so obsessiv? So fixiert?«
»Das nicht, aber du sagst es wirklich dauernd.«
»Es ist ja auch so. Wir haben diese Gründe in uns, bei allem, was wir tun.«
»Ganz gleich, was?«
»Ja. Auch wenn wir überzeugt sind, einer auserwählten Spezies anzugehören, die im Unterschied zu allen anderen die Verbindung zu ihren Ursprüngen gekappt hat. Fast alles, was wir tun, hängt mit dem Überlebenskampf und mit dem Fortbestand der Art zusammen.«
»Zum Beispiel?«
»Alle unsere Impulse und Reaktionen, unter der Oberfläche der kodifizierten Verhaltensweisen.«
»Nämlich?«
»Nimm doch mal die Partnerwahl. Du glaubst, du folgst dabei einzig und allein deinem Geschmack und deinem Charakter und deinen Empfindungen. Da ist einer, der dir gefällt, und du bist überzeugt, Herrin deiner Entscheidung zu sein.«

»Und statt dessen?«

»Statt dessen kommen bei deiner Wahl Kriterien zum Zuge, die mit dem Überleben der Art zusammenhängen. Ganz praktische Gründe, die dich veranlassen, einen von vielen als Partner auszuwählen.«

»Aber nicht immer.«

»Doch, immer. Es sind so feste Mechanismen, daß sie sogar von der Werbung kaltblütig genutzt werden, um den Leuten allen möglichen Kram anzudrehen.«

»Das glaube ich nicht. Heutzutage sucht sich keiner jemanden nur im Hinblick auf das Überleben der Art aus.«

»Ich habe nicht gesagt *nur*. Aber es ist ein entscheidender Faktor bei der Partnerwahl.«

»Früher vielleicht.«

»Wann, früher? Als wir in Höhlen oder Pfahlbauten lebten?«

»Genau.«

»Es ist heute noch so.«

»Das glaube ich nicht.«

»Überleg doch mal. Hat dir schon mal einer mit niedriger Stirn gefallen? Oder einer, der unverständlich nuschelt? Einer, der von nichts eine Ahnung hat? Einer, der dauernd Angst hat und wegrennt? Einer, der stinkt oder dir nie in die Augen schaut?«

»Nein. Aber was hat das damit zu tun? Es ist eine Frage des Geschmacks. Ob du jemanden schön oder häßlich oder sympathisch oder unsympathisch findest, hängt davon ab, wie du selbst bist.«

»Und was, glaubst du, steckt hinter schön und häßlich und sympathisch und unsympathisch? Die Eigenschaften eines begehrenswerten oder nicht begehrenswerten Fortpflanzungspartners. Mit dem du Kinder mit guten oder weniger guten Überlebenschancen machen könntest.«

»Das ist doch traurig.«

»Ja. Es gibt gräßliche Menschen, die auf eine Menge Fortpflanzungspartner anziehend wirken, weil sie hohe Überlebenschancen zu bieten scheinen.«

»Nämlich?«

»Jeder reiche oder mächtige Mann, und wenn er noch so gräßlich ist. Wenn du so einen siehst, denkst du, er müßte auf jede Frau abstoßend wirken. Ist aber nicht so, denn die Merkmale seiner Überlegenheit sind so stark ausgeprägt, daß sie ihn begehrenswert machen. Sie stellen alles Negative in den Schatten, er kann sogar eine niedrige Stirn haben und stinken und dir nie in die Augen sehen oder fett oder alt sein oder sabbern. Was zählt, sind die Eigenschaften, die ihm zu seiner Überlegenheit verholfen haben.«

»Mir ekelt vor so einem.«

»Dir vielleicht. Aber wir sprechen von allgemeinen Gesetzen.«

»Und was sucht ein Mann bei einer Frau unter dem puren Aspekt des Überlebens der Arten?«

»Auch er sucht eine gute Fortpflanzungspartnerin, die imstande ist, den Kindern hohe Überlebenschancen zu bieten und gute genetische Merkmale weiterzugeben.«

»Wie gräßlich.«

»Hört sich wirklich nicht sehr schön an. Aber es ist eine Tatsache. Denk doch an die Frauen, die Jahrhunderte hindurch als Statuen und auf Gemälden abgebildet worden sind.«

»Mhm.«

»Sie sind Idealfiguren, aus der Sicht der Fortpflanzung. Gutentwickelte Beine und Arme, üppige Hüften, breites Becken, Busen nicht zu groß und nicht zu klein, hohe Stirn, große Augen, gerade Nase, dichtes Haar, gesunde Zähne, ansehnliche Fettpolster für Notzeiten, wohlgeformte Hände und standfeste Füße. Als hätte der jeweilige Maler oder Bildhauer das Bedürfnis gehabt, die Eigenschaften des idealen Weibs festzuhalten, um sich selbst und den anderen in Erinnerung zu rufen, welches die begehrenswerten Merkmale sind.«

»Genauso, wie man das Bild einer idealen Kuh an die Wand hängen könnte?«

»Ja. Aber die Bilder und Statuen, die Männer darstellen, folgen den gleichen Kriterien. Auch hier werden vorteilhafte Eigenschaften in idealisierter Form festgehalten.«

»Wie erklärst du dann die Tatsache, daß mir zum Beispiel jemand gefällt, der mich zum Lachen bringt? Wozu ist das gut, aus der Sicht des Überlebens?«

»Ach, ich glaube nicht, daß dir jemand gefällt, der dich *nur* zum Lachen bringt, oder? Ein Hanswurst.«

»Einen, der witzig ist, meine ich.«

»Wenn er witzig ist, dann muß er auch ein gutes Wahrnehmungsvermögen haben. Er muß intelligent sein und gute Reaktionen haben. Folglich jemand, der dir gute Überlebenschancen bietet, siehst du?«

»Uff, das allein kann es doch nicht sein.«

»Das steckt *dahinter*. An der Oberfläche spielen natürlich viele andere Dinge mit.«

»Was zum Beispiel?«

»Der kulturelle Wandel, die Einflüsse von Klima und Umwelt, Botschaften, die das Ganze überlagern.«

»Was für Botschaften?«

»Die Werbung und die Mode und die Oberflächenkultur, die anstelle der in der Kunstgeschichte in tausend Varianten dargestellten idealen Paarungspartnerin tausend Varianten von zu hoch aufgeschossenen und zu dünnen Magersüchtigen verkaufen, die unter dem Aspekt des Fortbestands der Arten katastrophale Partnerinnen wären.«

»Meinst du?«

»Und dieses Frauenbild wird so wirkungsvoll verbreitet, daß es den Männern als begehrenswertes Modell aufgezwungen wird, obwohl es ihnen gar nicht entspricht.«

»Und die Frauen?«

»Die Frauen sind unzufrieden und haben Komplexe wegen ihres Aussehens und merken gar nicht, daß die Bilder, mit denen sie sich ständig vergleichen müssen, von Männern erschaffen und in Umlauf gebracht worden sind, denen an den Frauen gar nichts liegt.«

»Ha!«

»Im Gegenzug wird den Frauen ein Männertyp verkauft, der so schmächtig und narzißtisch ist, daß er sie in der ersten wahrhaft schwierigen Situation umkommen lassen würde.«

»Du meinst diese Laffen in den Zeitschriften?«

»Oder die Diskjockeys oder Popsänger oder Schauspieler, die Tag für Tag als Männertyp verkauft werden.«

»Manche gefallen mir.«

»Zum Glück gibt es trotz dieser vielfach überlagerten Signale auch noch Menschen, die sich dem Einfluß der Werbung entziehen und sich in andere Bereiche vorwagen.«

»Was für Bereiche?«

»Die Räume des Nicht-Greifbaren. Des Nicht-Wägbaren und Nicht-Meßbaren. Auch des Nicht-Sagbaren.«

»Wo es nicht mehr auf das Überleben der Art ankommt?«

»Wo es nicht mehr auf das Überleben und auch nicht mehr auf die Art ankommt. Deshalb ist das, was sie anziehend macht, sehr vielfältig und kompliziert.«

»Wieso kompliziert?«

»Weil selbst bei ihnen ab und zu die mit dem Überleben der Art zusammenhängenden Gründe wieder durchbrechen. Sie haben sich nicht für immer und ewig davon befreit.«

»Kann man das überhaupt?«

»Ich glaube nicht vollständig.«

»Der Hintergrund von dem, was zwischen Mann und Frau geschieht, ist also nach wie vor derselbe?«

»Ja. Wie bei allen Tieren auch.«

»Aber das ist doch sinnlos.«

»Und doch ist es auch der einzige einleuchtende Sinn. Alle anderen Gründe und Bedeutungen haben wir erfunden.«

»Warum?«

»Weil es uns nicht genügt, so vernünftig oder triebhaft wir

auch sein mögen. Wir können nicht hinnehmen, daß es kein höheres Ziel im Leben geben soll als den Fortbestand der Art. Sobald wir einen Teil unseres hochentwickelten Hirns benutzen, brauchen wir noch was anderes.«

»Was denn?«

»Schwer zu findende Antworten oder tausenderlei begehrenswerte Dinge, die wir erobern und kaufen und verkaufen und aufbauen und verlangen und besitzen und vorzeigen und verschenken und verteidigen wollen.«

»Künstliche Ziele, meinst du?«

»Ja. Von Geburt an haben wir eine ganze Reihe von erfundenen Zielen vor Augen, die es anzustreben gilt. Es herrscht ein Klima der Erwartung und Ermunterung.«

»Inwiefern?«

»Man muß zur Schule gehen, und die ganze Schule gründet sich auf lauter künstliche Ziele. Dinge, die man verstehen und sich ins Gedächtnis einprägen muß, Namen, die gelernt werden müssen. Belohnungen und Strafen sollen uns anspornen und uns den Eindruck vermitteln, daß wir ein Ziel erreicht haben oder es eben ein zweites Mal anstreben müssen.«

»Und nach der Schule?«

»Lohnerhöhungen, Leistungsprämien, Beförderungen, Titel, Erfolgserlebnisse und dazu Zeitpläne und Uhren, um die Schnelligkeit oder Langsamkeit zu messen, mit der wir das alles erreichen.«

»Und außerhalb der Arbeit?«

»Auch da gibt es ein ganzes Netz von Zielen. Wir müssen ein Haus zum Wohnen finden, ein Auto zum Fahren, Möbel, um den Raum zu füllen, Kleider und Schmuck und Spielsachen, um das Geld auszugeben, das wir verdienen, Urlaubsreisen zur Bestätigung der Bilder, die man uns verkauft hat. Und sobald du eins dieser Dinge hast, mußt du dir schnell das nächste, ein bißchen größere oder schwerer zu bekommende wünschen, wenn du nicht das nächste Ziel und damit den ganzen Sinn des Lebens aus den Augen verlieren willst.«

»Und wenn einem an all diesen Zielen nichts liegt?«
»Dann muß man andere Daseinsgründe entdecken.«
»Was für Daseinsgründe?«
»Es sind eher Nicht-Gründe.«
»Was heißt das?«
»Aufnehmen und nachdenken. Das Wesen der belebten und der unbelebten Dinge erfassen. Den inneren Gleichgewichtszustand erreichen. Es wenigstens versuchen. Was nicht heißt, daß du nicht trotzdem immer wieder mal in eine plötzliche Sinnkrise stürzt.«
»Und was geschieht, wenn man in eine Sinnkrise stürzt?«
»Es ist wie die höchste Steigerung der Langeweile. Du weißt doch, was Langeweile ist?«
»Ja.«
»Und das millionenfach.«
»Woher kommt die Langeweile?«
»Sie kommt nicht. Sie ist da. In der Ziellosigkeit und in der Unfähigkeit, nach Höherem zu streben. Wir sind überzeugt, daß sie sich in die Leerräume einschleicht und daß man sich nur eifrig beschäftigen muß, um sie zu vertreiben. Wahr ist das Gegenteil, die Langeweile ist im Zentrum des Raums, und um sie nicht zu sehen, verstecken wir sie hinter Schutzwänden aus Aktivitäten.«
»Was sollten wir statt dessen tun?«
»Wir sollten wissen, daß die Langeweile da ist. Und daß sie uns dazu treiben kann, lauter törichte Dinge zu tun, oder dazu, nach dem Sinn der Dinge zu suchen. Wenn einer sich der Langeweile systematisch entzieht, kann er noch so rennen, er gelangt nirgendwohin.«
»Warum?«
»Weil alles aus der Langeweile geboren wird. Wahrnehmungen und Feststellungen und Gedankengebäude, Ideen aller Art.«
»Na, weißt du, in der Schule langweilen wir uns zu Tode, aber große Ideen kommen uns dabei nicht.«

»Das glaubst du.«
»Ich glaube es nicht, ich *weiß* es.«
»Dann langweilt ihr euch noch nicht genug.«
»Würden wir uns auch nur ein bißchen mehr langweilen, würden wir mausetot aus den Bänken fallen.«
»Oder ihr würdet etwas entdecken.«
»Das sagst du so leicht.«
»Na hör mal, ich hab das auch alles durchgemacht.«
»Du weißt nicht mehr, wie es war.«
»Doch, ich weiß es noch ganz genau. Wenn ich mich nicht so schrecklich gelangweilt hätte, wäre mir nie etwas eingefallen.«
»Was ist dir eingefallen?«
»Daß es andere Ebenen gibt, auf die ich mich flüchten könnte.«
»Denn die Langeweile ist ja nicht mit der Schule zu Ende. Du kannst ihr gar nicht entgehen, wenn du nicht ganz beschränkt bist.«
»Wo denn?«
»Du bemerkst sie, wenn du eins deiner Ziele erreicht hast. Eins deiner künstlichen kleinen Ziele. Du hast eine Prüfung bestanden oder dir wer weiß welchen Erfolg in deinem Beruf oder im Privatleben erkämpft und bist erleichtert und zufrieden, da hörst du plötzlich diese innere Stimme, die dich fragt: ›Und was jetzt?‹ Sag nicht, daß dir das noch nie passiert ist.«
»Doch, kenn ich.«
»Aber wir wenden uns sofort dem nächsten kleinen künstlichen Ziel zu, das auf unserem Weg liegt.«
»Was sollten wir sonst tun?«
»Ich glaube, wir können nichts anderes tun, als uns klarzumachen, daß unsere kleinen Ziele künstlich sind. Im übrigen ist es schon richtig, daß wir dem nachgehen, was uns interessiert oder was uns Spaß macht, wenn es den anderen oder der Welt als Ganzem nicht schadet.«

»Wie soll man aber noch daran glauben, wenn einem erst mal klar ist, daß alle Ziele künstlich sind?«

»Es ist kein so vernichtender Gedanke. Er kann dir sogar Lust machen, Wände zu streichen oder Bäume im Garten zu pflanzen, interessante Spuren für diejenigen zu hinterlassen, die nach dir kommen. Er kann dich dazu bringen, Uhren und Kalender wegzuwerfen. Hauptsache, man denkt nicht, daß irgend etwas von dem, was wir tun, so außerordentlich wichtig ist.«

»Aber wozu ist dann alles gut?«

»Fürs bloße Leben.«

»Und was ist das bloße Leben?«

»Dieses.«

Der Pferdejunge winkt hinter einem weißen Mäuerchen, um zu bedeuten, daß die Pferde bereit sind. Sie lächeln und antworten mit der gleichen Handbewegung und gehen auf ihn zu.

Er spricht mit dem Pferdejungen

Er spricht mit dem Pferdejungen; sein Französisch ist nicht besonders, aber es reicht für diese Art von Unterhaltung in kurzen, abgehackten Sätzen. Hintereinander reiten sie auf einem durch Gebüsch und hohes Gras und Schilfrohr führenden Pfad an kleinen Weiden und Gitterzäunen und Wassergräben und Tümpeln vorbei. So behutsam, daß das Pferd die Last überhaupt nicht zu spüren scheint, steigt der Junge auf den ungesattelten grauen Wallach, den sie auf der Weide neben den Bungalows beobachtet haben. Nach dem Alter des Pferds befragt, sagt der Junge: »Achtundzwanzig Jahre. Wir haben zusammen angefangen!« Dann erzählt er davon, wie anders es hier in der Hauptsaison ist, wenn die Hotels ausgebucht sind und Scharen von Touristen, die von Pferden keine Ahnung haben, Reitausflüge machen wollen, nur weil sie die Fotos in den Prospekten gesehen haben. Er übersetzt für seine Tochter, die zwischen ihnen reitet. Sie nickt, ist ganz auf die Zügel und die Gangart des Pferdes und das Gelände konzentriert. Er ist sich nicht sicher, ob diese Informationen sie interessieren, aber er übersetzt sie ihr trotzdem, denn es gefällt ihm, die Vermittlerrolle zu spielen. Dabei kann er die Signale filtern und ihr eine freundlichere Welt präsentieren, in der alles ohne Mühe und ohne Ungewißheit zu bewältigen ist.

Aber selbst hier sind sie nicht völlig geschützt, denn die Sonne verblaßt bereits, es wird kühler, und der Pfad zum Meer ist wilder, als er es sich vorgestellt hatte. Er versucht, sich locker zu halten, während sie an einem Zigeunerlager mit

Wohnwagen und großen parkenden Mercedes-Limousinen vorbei und über eine Brücke reiten, von der Zigeunerkinder ihre Angeln ausgeworfen haben. Die Pferde reagieren kaum auf die Berührung mit den Fersen, es sind friedliche Gäule, daran gewöhnt, Touristen durchs Sumpfgebiet zu tragen, die ungeübt im Sattel sitzen.

Als sie am Strand ankommen, steigt der Junge vom Pferd, bricht ein Schilfrohr ab und schwingt sich wieder hinauf, sagt: »Hier können wir galoppieren, wenn ihr wollt.« Doch das alte Pferd ist zu alt, und der Junge berührt es allzu sanft mit dem Schilfrohr: Es deutet ein paar Galoppschritte an und gibt gleich wieder auf.

Er aber drückt seinem Gaul kräftig die Fersen in die Flanken, und so gelingt es ihm, auf dem festeren Uferstreifen schneller voranzukommen. Sie folgt ihm. Die Pferde galoppieren schwerfällig, sie haben keine Lust, sich weit vom Stall zu entfernen. Immerhin galoppieren sie, und der Raum vor ihnen ist offen, so weit das Auge reicht, die einzigen Geräusche sind die des Meeres und des Windes und der Hufe auf dem Sand.

Er sieht sich nach seiner Tochter ein paar Meter hinter ihm um. Sie wirkt gelöster und scheint mehr Spaß zu haben.

»Ist das nicht schön?« schreit er ihr zu.

»Jaaa!« schreit sie.

»Hui!« schreit er, hingegeben an die Bewegungen des großen Grauen und das Versprechen der Weite.

Die Pferde verlieren schnell den Schwung, werden langsamer und bleiben dann einfach stehen. Das Meer ist grau, mit mäßigen Wellen, die sich an der Strandlinie brechen. In einiger Entfernung zieht ein Kutter vorüber, er meint, einige Fischer zu erkennen.

Sein Pferd wendet den Kopf, und er läßt es kehrtmachen, auf den alten Wallach zu, von dem der Junge abgestiegen ist, um ihn nicht allzusehr zu strapazieren. Er braucht nur die Zügel locker zu lassen, und schon galoppiert es wieder los, um nach Hause zurückzukehren, viel rascher, als es sich von dort entfernt hat. Seine Tochter macht auch kehrt und reitet wieder dicht hinter ihm; sie galoppieren über den Sand wie zwei Reise- und Abenteuergefährten.

Vier E-Mails

Von: Giovannibata@teltel.it
Uhrzeit: 17.30

Liebe M.,
eben bin ich über den menschenleeren Strand galoppiert und habe dabei gedacht, wie unsinnig unser Hang ist, uns auf praktische Details zu versteifen, die wir schon tausendmal aus allen Blickwinkeln durchgesprochen haben. Wir sollten unsere Wahrnehmungskraft lieber auf neue und überraschende Dinge konzentrieren. Wir sollten die Anforderungen der sogenannten realen Welt nicht angstvoll, sondern ironisch sehen, denn letzten Endes zählen sie doch gar nicht. Es wäre schön, wenn es zwischen uns beiden wieder solche wortlosen Empfindungen geben könnte. Das wollte ich dir nur sagen.
Giovanni

Von: M@mailcom.it
Uhrzeit: 17.42

Lieber G.,
kannst du mir erklären, wie du so frei und unbeschwert mit deiner Tochter über einen Strand in der Provence hättest reiten können, wenn du nicht einen Job hättest, in dem es gut läuft und in dem du es dir erlauben kannst, außerhalb der Saison einfach für ein paar Tage wegzufahren, mit einer durch ein Bankkonto gedeckten

Kreditkarte und einem bequemen Auto für all die Fahrten, für Benzin, mit dem du den Tank füllen kannst? Ganz abgesehen von zehntausend praktischen Handgriffen, ohne die du jetzt gar nicht dort sein könntest. Du schwindelst dir was vor mit dem, was du über die praktischen Details sagst, denn es sind keine Details und sie sind nicht unwichtig. Außerdem brauchst du gar nicht so mystisch und erleuchtet zu tun, denn du bist einer der triebhaftesten und irdischsten Menschen, die ich kenne.
M.

Von: giovannibata@teltel.it
Uhrzeit: 17.58

Liebe M.,
wenn ich bedenke, daß wir uns noch vor ein paar Jahren nicht einmal kannten und daß wir, als wir uns kennenlernten, bei der Erkundung unserer gegenseitigen Standpunkte eine Mischung aus Neugier und Vorsicht an den Tag gelegt haben! Keine praktischen Details hemmten damals den Fluß unserer geistigen (und, jawohl, auch triebhaften und irdischen) Kommunikation. Wir wollen uns jetzt eine befestigte Stadt hier in der Nähe ansehen, bevor die Sonne untergeht.
Ciao, G.

Von: M@mailcom.it
Uhrzeit: 18.09

Was mich an dir mit am wütendsten macht, ist deine Selbstgenügsamkeit. Der Gedanke, daß du in Wirklichkeit niemanden brauchst, damit es dir gutgeht, außer vielleicht in ganz seltenen Momenten, wenn du in Rührseligkeit oder Depression verfällst.
M.

Sie gehen auf der Ringmauer um die befestigte Altstadt

Sie gehen auf der Ringmauer um die befestigte Altstadt. Er begutachtet Form und Dicke der Steinquader, die Anordnung der Befestigungsanlagen, die Schwachstellen, die sich bei einem Angriff zeigen würden. Hin und wieder gibt er ihr eine technische Information, sagt: »Das hier nennt man Kragstein«, oder: »Das ist ein Mauerturm.«

Sie nickt, blickt an ihm vorbei ins sinkende Licht, sagt: »Du bist schon seltsam, wenn du solche Anlagen besichtigst.«

»Inwiefern seltsam?«

»Seltsam.«

»Ich glaube, das liegt an dem, was dort auf mich einstürmt.«

»Was stürmt denn auf dich ein?«

»Manchmal spüre ich so eine Art kalten Hauch an den Schläfen. Manchmal habe ich auch das Gefühl, mit den Füßen klebenzubleiben. Aber in Anlagen wie dieser sind es meistens Angst und Bedrängnis.«

»Warum?«

»Es ist der Grund, warum man sie gebaut hat. Heute sehen die Leute diese Mauern als malerische Umrahmung der Stadt, stimmt's? Aber der einzige Grund, warum sie gebaut worden sind, war Angst. All diese Türme und Türmchen und Schießscharten und Kurtinen und Mauern und Schlupfpforten und Wehrgänge und Zugbrücken sind lauter verzweifelte Versuche, sich zu schützen.«

»Vor wem?«

»Vor denen, die vom Norden her eingefallen sind, oder vor

denen, die von Osten kamen. Vor denen, die vom Meer her vorrückten. Vor denen, die vielleicht dreißig Kilometer entfernt wohnten und sich in den Kopf gesetzt hatten, daß es ihnen hier bessergehen würde.«

»Warum gibt es in der Geschichte bloß diese Ansammlung von Schrecklichkeiten?«

»Sie sind in uns, die Schrecklichkeiten. Die Geschichte ist nur die Spur dessen, was wir sind.«

»Und warum sind wir so?«

»Weil wir geniale und höchst anpassungsfähige und streitlustige Ratten im chronischen Zustand der Unzufriedenheit sind.«

»Wieso haben die anderen Spezies ein harmonischeres Verhältnis zur Welt als wir?«

»Bei den anderen Spezies gibt es eine Art Selbstregulierung durch natürliche Beschränkungen. Sie hängen vom Verhältnis zwischen Räubern und Beutetieren ab, von den verfügbaren Ressourcen, von den Klimazonen und der Höhenlage. All das setzt ihnen Grenzen, die sie über einen bestimmten Punkt hinaus nicht überwinden können.«

»Nicht?«

»Nein. Sie sind nicht etwa deshalb mehr im Einklang mit der Welt, weil sie einer Idee von Harmonie folgen, auch wenn das ein hübscher Gedanke wäre. Was sie im Gleichgewicht hält, ist ein Automatismus. Der Harmoniegedanke stammt von uns Menschen.«

»Wir haben ihn uns ausgedacht?«

»Oder ihn erahnt, mit Hilfe unseres unnötig großen Gehirns.«

»Wie war das doch mit den Jägern und Sammlern und Hirten und Bauern?«

»Das ist eine lange Geschichte.«

»Versuch doch, sie kurz zusammenzufassen.«

»Also, ursprünglich lebten wir auf Bäumen im dichten tropischen Wald. Wir aßen, was es gab, und schliefen, wo wir gerade waren. Wir hätten immer so weiterleben können, in Kleingruppen und in Einklang mit unserer Umgebung, wie die anderen Spezies auch.«

»Aber?«

»Dann hat sich das Klima verändert, die Tropenwälder sind geschrumpft, und um etwas zu essen zu finden, mußten wir hinaus auf die Savannen. Die Vertreibung aus dem irdischen Paradies, nicht wahr?«

»Wirklich?«

»So ziemlich. Um zu überleben, mußten wir etwas Neues lernen und uns anpassen, und das haben wir von da an unaufhörlich getan. Wir haben uns immer wieder und immer besser angepaßt.«

»Wie angepaßt?«

»Zunächst mal mußten wir lernen, auf zwei Beinen zu gehen, was gar nicht so leicht war.«

»Warum haben wir das gemacht?«

»Um den Überblick zu haben.«

»War es denn nötig, auf zwei Beinen zu gehen, um den Überblick zu haben?«

»Versuch mal, auf allen vieren durchs hohe Gras der Savanne zu krabbeln, den Kopf vierzig Zentimeter über dem Erdboden, und dann sag mir, wieviel du siehst. Auf zwei Beinen bist du auf einen Schlag viermal so groß. Du kannst ein ganzes Stück Gelände ringsum überblicken und hast mehr Chancen, rechtzeitig abzuhauen, wenn sich jemand anschleicht, um dich zu fressen.«

»Und wir waren Jäger und Sammler?«

»Ja, wir aßen Früchte und Knollen und Kräuter, Honig und Vogeleier und kleine Tiere, die wir unterwegs fanden, und zogen dann weiter. Es war zwar nicht so wie das Leben vorher, im Wald, aber wir kamen ganz gut zurecht. Wir hatten keine Verantwortung und keine Verpflichtungen, außer am Leben zu bleiben und uns zu reproduzieren.«

»Und dann?«

»Dann paßten wir uns noch besser an, und dabei wurde unser Gehirn größer und größer. Nach und nach gestattete es uns, Feuer zu machen und die Felle anderer Tiere zuzuschneiden und als Kleider zu verwenden. Auf diese Weise konnten wir uns noch weiter von unserer ursprünglichen Umwelt und dem ursprünglichen Klima entfernen und uns in alle Weltgegenden ausbreiten, während die Erde ihr Aussehen immer mehr veränderte.«

»Und dann?«

»Wir lernten, Blockhütten zu bauen, um geschützt zu sein, und Zäune drum herum. Damit sind wir bereits am Ende der ersten Eiszeit vor Zehntausenden von Jahren. Die großen Grasfresser, die einst in riesigen Herden über die Kontinente zogen, wurden damals immer weniger. Deshalb versuchten wir, einige in Pferchen zu halten, um sie jederzeit zur Verfügung zu haben und nicht nur, wenn sie uns zufällig über den Weg liefen.«

»Und wir begannen auch, Ackerbau zu treiben?«

»Ja, Früchte und Knollen und Kräuter, alles, was wir bisher unterwegs gesammelt hatten. Wir wurden seßhaft und begannen, unser Territorium zu verteidigen. Wir wurden kleiner und magerer, denn das Hirten- und Bauernleben war schwieriger und anstrengender als das Leben der Jäger und Sammler.«

»Wir haben praktisch die Arbeit erfunden?«

»Und die mittel- und langfristigen Termine, die Pflichten. Wir mußten jetzt Gelände roden und urbar machen und pflügen und von Unkraut freihalten, mußten den Acker bestellen, Tiere füttern und melken und vor Raubtieren schützen und dafür sorgen, daß sie sich fortpflanzten, Häuser befestigen und verteidigen und reparieren und instand halten. Wir saßen plötzlich an einem Ort fest und waren ständig im Arbeitsdruck.«

»Warum haben wir gewechselt, wenn das Leben vorher leichter war?«

»Weil unsere unglaubliche Anpassungsfähigkeit uns zu weit vom Gleichgewichtszustand entfernt hatte. Weil das Verhältnis zwischen den natürlichen Ressourcen und unseren Ansprüchen aus dem Lot geraten war. Weil unser chronisches Unbefriedigtsein uns immer weitertrieb. Und weil das neue Leben als Hirten und Ackerbauern viel vorhersehbarer war als das frühere. Und unsere Spezies war schon immer auf Vorhersehbarkeit versessen.«

»In welchem Sinn?«

»In dem Sinn, daß wir immer hin und her gerissen waren zwischen dem Drang nach Veränderung und der Sehnsucht nach festen Horizonten, und die hatten wir jetzt wieder. Die Tiere, die wir aßen, tauchten nicht mehr aus dem undurchdringlichen Dickicht auf, sondern waren die ganze Zeit vor unseren Augen. Ob wir Früchte und Körner und Wurzeln fanden, hing nicht mehr davon ab, ob wir zufällig die richtige Route gewählt hatten, sondern von den Anbaumethoden. Natürlich konnte auch mal eine schreckliche Dürre oder eine Frostperiode oder eine Epidemie kommen und alles zerstören, aber das wurde jetzt schon eher als Einmischung der Natur in einen menschlichen Plan gesehen.«

»Und dann?«

»Ackerbau und Viehzucht entwickelten sich weiter, die Ansiedlungen wurden immer größer, und die einzelnen seßhaften Gruppen versuchten, in die Gebiete ihrer Nachbarn einzudringen, um zu rauben und zu zerstören, was diese anpflanzten und züchteten und bauten, und so ging es weiter, bis zu diesen Befestigungsmauern hier.«

»Schon verrückt.«

»Und das Absurdeste ist, daß wir nie zu einem Zustand wahrer, dauerhafter Harmonie gelangt sind, immer war die Illusion von Harmonie und Dauer in unseren Köpfen.«

»Warum?«

»Weil es Ideen sind, die uns gefallen. So wie die Idee, alles zu beherrschen.«

»Tun wir das nicht?«

»Nein. Wir beherrschen ja nicht einmal das, was wir erfunden haben. Über die langfristigen und auch über die mittelfristigen Auswirkungen haben wir keine Kontrolle.«

»Und was beherrschten die Jäger und Sammler der Anfangszeit?«

»Nichts, aber sie kamen auch gar nicht auf die Idee, daß sie es könnten. Ihre Aufmerksamkeit galt dem geheimnisvollen Gleichgewicht dessen, was da war. Den Gerüchen und leisen Geräuschen, den Klimaveränderungen, kleinen Schwankungen des Lichts und der Feuchtigkeit und der Temperatur. Einer plötzlichen Bewegung, die dank ausdauernder Beobachtungen erahnt oder um ein weniges vorhergesehen werden konnte. Dem Überraschenden und Erschreckenden, dem Hunger und dem Durst, der Kraft und der Müdigkeit und dem Schlaf, den kleinen und ungeheuren Kräften, die die Welt in ständiger Schwingung hielten.«

»Und jetzt?«

»Jetzt machen wir Pläne über Pläne an gutausgestatteten Arbeitstischen. Wir haben unsere Wahrnehmungsfähigkeit darauf ausgerichtet, alles beharrlich zu klassifizieren und zu verändern und auszubeuten. Ansonsten sind wir nur imstande, die Codes weiterzuentwickeln, die wir erfunden haben, und sie nach neuen Mustern abzuwandeln. Oder Ersatzspielzeug zu kaufen und zu verkaufen, wie Tiere im Zoo, die ihren Bewegungsdrang und ihre Phantasie an alten Autoreifen austoben, die man ihnen in den Käfig wirft.«

»Du meine Güte.«

»So ist es.«

»Schön war es sicher auch nicht, als Affe durch die Savanne zu streifen und ständig in alle Richtungen zu spähen, aus Angst, von irgendeinem Tier gefressen zu werden, oder?«

»Nein.«

»Es hat also auch gewisse Vorteile, daß wir uns weiterentwickelt haben?«

»Ja, klar. Wir müßten sie nur besser nutzen.«

»Tun wir das nicht?«

»Nicht besonders gut. Wir sind wie unvollendete Brücken, von denen niemand weiß, wohin sie führen. Die komplizierten Strukturen in uns erzeugen fast nur Unausgewogenheit und Widerstände und haben zur Folge, daß es uns viel schlechter geht, als wenn wir etwas einfacher strukturiert wären.«

»Ja und?«

»Allerdings haben wir zeitweise auch die großartige Gabe, zu erahnen, was unter der Oberfläche dessen steckt, was wir sehen und greifen können. Aber wir begnügen uns damit, stur auf dem einmal Gewonnenen und Registrierten zu beharren, inzwischen geht unsere Intuitionsfähigkeit verloren, und am Ende sind wir wieder da, wo unsere Vorfahren waren, die angsterfüllt auf allen vieren durch die Savanne liefen und keinen Überblick hatten.«

»Glaubst du wirklich?«

»Ja. Dafür ist es uns gelungen, unsere Umweltbedingungen erheblich zu verschlechtern. Jedes Jahr sterben tausend Tierarten aus, eine mittel- und langfristige Folge der Erfindungen, die wir gemacht haben und über die wir keine Kontrolle mehr haben. Man denkt, das betreffe ein paar Schmetterlingsarten im brasilianischen Regenwald, stimmt's? Inzwischen aber sind auch Tierarten vom Aussterben bedroht, die uns viel näherstehen.«

»Welche denn?«

»Sogar der Kabeljau. Oder der Thunfisch.«

»Der Thunfisch?«

»Ja. Und jedes Jahr werden Urwaldflächen von der Größe *Frankreichs* zerstört. Die Menschheit verdoppelt sich inzwischen in weniger als fünfunddreißig Jahren. Nicht mehr lange, und wir werden *zwölf Milliarden* sein. Und diese Milliarden Menschen tun die ganze Zeit nichts anderes, als die ursprünglich auf der Erde vorhandenen Ressourcen zu verbrauchen und zu zerstören und zu verschleißen, bis nichts mehr übrig ist.«

»Und was für eine Lösung gibt es?«

»Die erschreckende Zunahme der Erdbevölkerung stoppen und die Prozesse stoppen, die wir in Gang gesetzt haben und nicht mehr unter Kontrolle haben. Die Kurzsichtigkeit ablegen, mit der wir das, was vor unserer Haustür geschieht, als Ereignis sehen, das sich irgendwo in weiter Ferne zwischen der Vorhölle der puren Panikmache und des Fernsehens abspielt.«

»Tut denn niemand was dagegen?«

»Nicht mit der verzweifelten Dringlichkeit und dem Nachdruck, die erforderlich wären. Allenfalls widmet man besonders unerfreulichen Nebeneffekten, wie den Millionen Menschen, die jedes Jahr verhungern, mal ein paar Minuten Aufmerksamkeit. Aber an den Kern der Sache rührt kaum jemand.«

»Wie entsetzlich.«

»Ja, und weder die Kirche noch die Tabak- und Waffen- und Milchpulverproduzenten, noch die Manipulatoren von Wählerstimmen lassen sich ihre Jagdreviere um ein paar Millionen potentieller Hühner schmälern. Auch wenn ihnen am Ende vielleicht kein einziges bleibt.«

»Und deshalb wird nichts getan?«

»Auch aus purer Oberflächlichkeit, denn wir ultrahochentwickelten Affen drehen und wenden überlebenswichtige Fragen gern in den Händen und lassen sie fallen, sobald sie nicht mehr ganz so einfach oder amüsant oder *in* zu sein scheinen. Das Gleichgewicht der Welt verschlechtert sich mit erschreckender Geschwindigkeit, aber es ist schon ein bißchen zuviel darüber geredet worden, als daß das Thema noch wirklich interessant wäre. Leider. Da wendet man sich lieber anderen Dingen zu.«

»Madonna, in was für eine beschissene Situation haben wir uns gebracht.«

»Ja, kann man so sagen.«

Er blickt immer wieder zu ihr hinüber und fragt sich, ob seine Auskünfte präzise genug sind für einen sechzehnjährigen Menschen, der noch Illusionen hat.

Sie essen allein zu Abend

Sie essen allein zu Abend, im strohgedeckten großen Speisesaal. Aus der Küche dringt metallisches Scheppern, das durch kein Gemurmel und kein Besteckklappern der Gäste gedämpft wird. Der Kellner ist auf eine angesichts der Situation lächerliche Weise förmlich: Steif steht er vor ihnen und leiert die Tageskarte herunter.

Bevor er angefangen hat zu übersetzen, hat sie schon begriffen, daß der Hauptgang Kaninchen ist, sagt: »Das Kaninchen nicht.«

Er fragt den Kellner, ob es noch etwas anderes gibt, der Kellner schüttelt den Kopf und hebt bedauernd die Hände.

»Kaninchen esse ich nicht«, sagt sie mit der unbeugsamen Miene, die sie bei solchen Gelegenheiten aufsetzt.

»Es schmeckt sicher sehr gut.«

»Ich esse es nicht.«

»Na schön, dann esse ich deine Portion auch noch.« Zum Kellner sagt er: »Keine Sorge, bringen Sie's ruhig.« So leicht, wie es scheint, fällt ihm das nicht: Es kostet ihn Mühe, den richtigen Ton und die richtige Lautstärke zu treffen, aber wenn sie ihm gegenübersitzt, sucht er nach einer Mischung zwischen Mitteilsamkeit und Förmlichkeit.

Als der Kellner gegangen ist, sagt sie: »Ich kann schließlich nicht alle meine Prinzipien über Bord werfen.«

Er denkt an das Zwergkaninchen, das sie als Kind vor vielen Jahren als Hundeersatz zu Weihnachten bekommen hat und das dann so groß geworden ist, daß es nichts Zwergenhaftes mehr hatte. Er denkt daran, wie sie es bei ihr zu Hause auf der Terrasse beobachtet haben: Wie sie ihm mit der Beobachtungsgabe und Genauigkeit einer echten Verhaltensforscherin die Besonderheiten des Tiers beschrieben hatte.

»Hast du mit M. gesprochen?« fragt sie.

»Wir haben ein paar E-Mails ausgetauscht.«

»Und?«

»Nichts.«

»In welchem Sinn?«

»In dem Sinn, daß inzwischen jeder Schritt, den wir machen, so ist, als würde man über ein Minenfeld gehen.«

»Und was ist der genaue Grund, im Moment?«

»Es gibt keinen genauen Grund. Jeder Grund ist der genaue Grund.«

»Warum?«

»Weil wir uns in eine wütende Wiederholung von Behauptungen und Forderungen hineingesteigert haben.«

»Und was sagt sie?«

»Sie habe es satt, darauf zu warten, daß ich mich ändere, während sie inzwischen wisse, daß es nie passieren werde.«

»Wie solltest du dich ändern?«

»Jemand werden, der ihr ein Leben bietet.«

»Und das willst du nicht?«

»Ich weiß nicht, was es genau bedeutet, aber wenn ich es zu verstehen glaube, packt mich hoffnungslose Angst.«

»Warum?«

»Wegen der damit verbundenen Enge des Lebens, auf das ich mich dann einlassen müßte.«

»Wie hättest du es denn gern, das Leben?«

»Alles soll offen und leicht und flexibel bleiben. Ich möchte immer wieder neu entscheiden und neu erfinden.«

»Immer wieder?«

»Ja. Es sollte nie so sein, daß einer von beiden nach Hause kommt und der andere es gar nicht bemerkt, weil es etwas ganz Normales ist, garantiert durch die Umstände und die festgelegte Ordnung.«

»Ist doch nicht schlimm, zu wissen, daß jemand da ist, wenn du nach Hause kommst.«

»Nein. Schlimm ist, wenn es dich nicht überrascht.«

»Kann es einen nicht auch überraschen, wenn man zusammenlebt?«

»Vielleicht, aber normalerweise ist es nicht so, denn die Überraschung nutzt sich ab, mit wachsender Geschwindigkeit. Nach einer Weile leben zwei zusammen, als wäre es einfach nur unabänderlich, eine Aufgabe, die nach den geltenden Regeln bewältigt werden muß.«

»Was sollten sie denn tun?«

»Weiß nicht.«

»Du könntest es ja vielleicht versuchen. Du bist doch erwachsen, oder?«

»Ach weißt du, so sehr verändert man sich nicht, wenn man älter wird.«

»Nicht?«

»Man bleibt derselbe Mensch, nur mit ein paar Informationen mehr.«

»Will M. dich auf eine so langweilige und ausweglose Beziehung festnageln?«

»Überhaupt nicht. Sie ist die lebendigste und intelligenteste Frau, die ich kenne. Es gibt tausend Dinge, die sie interessieren, und tausend Dinge, die sie machen will. Wahrscheinlich bin ich der Langweiligere von uns beiden. Das ist sogar ziemlich sicher.«

»Ja, und?«

»Aber es gibt einen Teil in ihrem Leben, der mich mit Angst und Fremdheitsgefühlen erfüllt.«

»Welcher?«

»Die Telefonate und Termine mit zweiten und dritten Personen, die Schulbusse und Medikamente und Fitneßstudios und Verabredungen, das Hinbringen und Abholen und Anmelden, die Diskussionen und Abmachungen, die Ermahnungen und Kontrollen. Alles, was mit den praktischen und organisatorischen und wahrscheinlich unerläßlichen Dingen ihres Lebens zusammenhängt.«

»Vielleicht solltet ihr euch einfach so akzeptieren, wie ihr seid.«

»Das sage ich ja auch. Daß man kein Zebra ohne Streifen haben kann. Aber es klappt nicht.«

»Warum nicht?«

»Ach, weißt du, es ist nicht nur ein Problem von mir und M. Es ist das Problem von Millionen Menschen. Sieh dich doch um. Alle Paare, die ich kenne, sind getrennt oder geschieden, und wenn sie noch zusammen sind, streiten sie dauernd und versinken tagtäglich mehr in Unglück oder Groll oder Gleichgültigkeit.«

»Was bedeutet das?«

»Daß ein gewaltiger Wandel im Gange ist, und keiner will ihn als solchen erkennen. Man spricht vielleicht darüber, aber nebenbei, wie man über ein Phänomen des Lebensstils spricht. Aber es handelt sich um etwas viel Umfassenderes und Tiefgreifenderes. Es ist, als würde eine Seuche ganze Völker befallen, und jeder, der daran erkrankt, denkt immer nur, daß ihn ein ganz persönliches Unglück getroffen hat.«

»So empfindet man es wahrscheinlich, wenn es eine Epidemie gibt und man angesteckt wird. Man sieht nur sich selbst.«

»Statt dessen müßte man sich zwingen, das Ganze zu sehen, wenn es noch irgendeine Hoffnung auf Heilung oder Vorbeugung geben soll.«

»Und woher kommt diese Epidemie?«

»Daher, daß sich die Welt verändert hat und Männer und Frauen sich verändert haben und ihre Opferbereitschaft und ihre Toleranzschwelle für Langweile und Eintönigkeit immer weiter gesunken sind, und jetzt ist keiner mehr bereit, sich an einem bestimmten Punkt seines Lebens in einen Kasten sperren zu lassen und zu denken, daß es mit den Träumen und dem Warten auf wundervolle Überraschungen für immer aus und vorbei ist.«

»Wieso, können zwei nicht auch gemeinsam träumen?«
»Doch. Normalerweise tun sich zwei ja gerade deshalb zusammen, weil sie einen gemeinsamen Traum haben. Oder jeder hat seinen eigenen Traum, auf den er den andern einen Blick werfen läßt. Dann aber kommt es so, daß jedesmal, wenn einer von beiden die Augen schließt und sich irgend etwas Wunderschönes vorstellt, der andere ihn wach rüttelt und sagt: »Hallo, komm zurück auf die Erde.«
»Nicht immer.«
»Fast immer. Unterschiedlich ist meist nur der Zeitpunkt, wann es soweit ist.«
»Nun ja, auch wenn es ein Problem von Millionen Menschen und ein gewaltiger Wandel und eine Epidemie ist, wie du sagst, betrifft es letztlich doch euch zwei. Dich und M.«
»Iß dein Kaninchen.«
»Ich hab dir doch gesagt, ich will es nicht.«
»Es gibt nichts anderes.«
»Ich esse den Salat, nimm du das Kaninchen.«
»Was für ein schrecklicher Dickkopf du bist.«
Sie essen schweigend. Das Essen ist nicht gut, man schmeckt, daß es aus einer nur ihretwegen geöffneten Küche kommt. Er denkt, daß sie lieber wieder in das folkloristische Lokal in der Stadt hätten gehen sollen, wo es wenigstens noch ein paar andere Gäste gab. Unter diesem Strohdach inmitten von Dutzenden leerer Tische zu sitzen steigert noch das Gefühl der Leere, das ihn erfaßt, wenn er über seine Beziehung mit M. spricht. Er fragt sich, ob der Kellner, der sie von der Küchentür aus immer wieder beäugt, wohl erkannt hat, daß sie Vater und Tochter sind, oder ob er sie für ein altersmäßig sehr ungleiches Pärchen hält. Ihm fällt ein, wie letzten Sommer eine Kellnerin in einem Restaurant am Meer sie beide mit »Kinder« angesprochen hatte, wohingegen wenig später in einem Freilichtkino ein hinter ihnen sitzendes junges Mädchen zu seiner Tochter sagte: »Signora, könnten Sie vielleicht einen Platz weiterrücken?« Er fragt sich, ob es seine grundle-

gende Unreife ist, die solche Wahrnehmungsverwirrungen verursacht und es für Außenstehende schwermacht, ihm eine Vaterrolle zuzuerkennen.

»Es sieht vielleicht so aus, als sei ich mit mir einverstanden. Aber es ist nicht so. Manchmal würde ich gern anders sein.«

»Wie denn?«

»Ein reifer Mensch, wie M. sagt, mit den Qualitäten eines zuverlässigen reifen Menschen. Ruhe und Gelassenheit, vernünftiger Einsatz meiner Ressourcen für praktische und geistige Ziele.«

»Ach ja?«

»Ich kann mich sogar *sehen*. Wie ich ein schönes Haus baue, in dem alle Platz finden, wie ich Familienunternehmungen organisiere und mitmache. Ohne eine Spur von Unentschlossenheit, ohne Stimmungseinbrüche. Keine Gereiztheit, kein plötzlicher Fluchtimpuls. Geduldig den anderen und meiner Arbeit zugewandt.«

»Könntest du das nicht wirklich tun?«

»Vielleicht. Es sind Bilder, die klar genug definiert sind, um plausibel zu erscheinen.«

»Und wie fühlst du dich in solchen Bildern?«

»Gut. Auch wenn es eine ganz andere Art von Wohlbefinden ist als dieses prickelnde Wohlgefühl, wenn man wie ein herumtollender Hund immer neuen Kicks nachjagt.«

»Was für eine Art ist es?«

»Eine reifere, glaube ich. Mit weniger Höhenflügen und weniger schwindelerregenden Abstürzen. Eine solide Art von Wohlbefinden. Behäbiger und träger aufgrund des Verantwortungsbewußtseins und des konstanten Behagens und der größeren Nahrungsmenge, die einem dann vermutlich aufgedrängt wird.«

»Na hör mal!«

»Was ist daran so absonderlich? Ich sehe mich mit etwas kräftigeren Händen, etwas schwerfälliger und weniger flexibel. Aber es ist keine schlimme Metamorphose, verglichen mit der flippigen, zu nichts führenden Unbeständigkeit, an die ich mich so klammere, als wäre sie ein wunderbares Terrain, das es zu verteidigen gilt.«

»So siehst du es?«

»Dazu fällt mir etwas ein, hör zu. Es war vor etwa einem Jahr. Ich war von Triest nach Mailand zurückgefahren, nachdem ich zu M. gesagt hatte, ich müsse mal ein bißchen allein sein und zu mir kommen. Eines Abends fuhr ich mit meinem Freund Riccardo in die nördlichste Peripherie hinauf, weil wir nichts Besseres zu tun hatten und er sich in einem dieser gigantischen Geschäfte Lampen ansehen wollte. Er dachte, der Laden sei bis Mitternacht offen, aber er war geschlossen, und wir fuhren zurück, durch dieses fürchterliche Gewirr von Fertigungshallen und Großmärkten und Hochspannungsmasten und Autobahnausfahrten und Tankstellen und kalten Lichtkegeln im Giftnebel der Industrieanlagen, und irgendwann rief M. an und fragte mich: ›Was treibst du bloß dort, anstatt bei mir zu sein?‹ Und ich kam mir so total *bescheuert* vor. Denn ich war nicht in einer thailändischen Opiumhöhle oder in irgendeinem Nachtlokal mit fröhlichen Tänzerinnen, ich galoppierte nicht über irgendeine Hochebene oder machte sonst was Kühnes und Spannendes, nein, ich fuhr durch die trostlose Peripherie der häßlichsten Stadt der Welt, nur um mich leicht und frei und nicht von Pflichten erdrückt zu fühlen.«

»In Wirklichkeit möchtest du dich also ändern?«

»Ja, vielleicht. Schließlich ist es auch keine schöne Vorstellung, sich immerzu von anderen Lebensvorschläge machen zu lassen und mal hineinzuschnuppern und dann zu sagen nein danke, lieber nicht, danke, lieber nicht. Und nie eine feste Wohnung zu haben.«

»Hattest du nie eine?«

»Keine, in der ich für länger zu bleiben gedachte, auch wenn ich dann manchmal lange geblieben bin.«

»Und warum nicht? Hast du nie eine gefunden, die dir gut genug gefallen hat?«

»Doch. Aber es gab immer einen äußeren oder inneren Grund, warum ich nicht bleiben konnte.«

»Und als ich geboren wurde?«

»Da sind wir in eine im Winter feuchte und kalte und im Sommer stickige und heiße Dachwohnung gezogen. Deine Mutter wollte nichts davon wissen, aber ich habe sie überredet. Wir wohnten ein paar Monate dort, wir waren abwechselnd krank, und du hast andauernd geweint.«

»Und das fandest du gut?«

»Nein. Aber es gab mir das Gefühl, keinen unbefristeten Vertrag unterschrieben zu haben. Was ziemlich lächerlich war, wenn du bedenkst, daß ich gerade die einzige unbefristete Verpflichtung meines Lebens eingegangen war.«

»Nämlich?«

»Dich zu haben.«

»Ach so.«

»Trotzdem fühlte ich mich bei der Vorstellung, auf einem unmöglichen Dachboden zu leben, weniger wie ein Gefangener. Aber er war unmöglich. Bis heute erinnere ich mich an den Geruch nach feuchtem Staub und an die Mischung, die er mit der warmen Heizungsluft einging. Ich fühle mich immer noch schuldig, wenn ich dran denke.«

»Mir gegenüber?«

»Ja. Und deiner Mutter. Es gibt ein Foto, auf dem ich mit einer leeren Champagnerflasche auf dem Fußboden sitze. Es suggeriert eine romantische Vorstellung, aber ich kann damit rein gar nichts Angenehmes oder Reizvolles verbinden. In dem winzigen Bad machte ich Gymnastikübungen mit Plastikhanteln aus dem Kaufhaus, die mit Bleikügelchen gefüllt waren, und zwang mich, zu denken, daß der Horizont vielleicht doch nicht ganz versperrt sei.«

»Und dann?«

»Dann hat deine Mutter eine richtige Wohnung gefunden, aber dort bin ich von Anfang an schier verrückt geworden.«

»Warum?«

»Weiß ich nicht. Mir war klar, daß ich hätte glücklich sein können, mit dem wunderbaren, entdeckungsfreudigen Kind, das du warst. Statt dessen war mir alles um mich herum zuwider, die Küche und der Fußboden und das Fensterglas, der winzige Balkon, der auf einen engen Hof ging, der Hausflur mit der Pförtnerloge und dem Aufzug, das Treppenhaus und die anderen Wohnungstüren.«

»Warum denn bloß?«

»Weil ich das Gefühl hatte, in ein Leben hineingeschlittert zu sein, das ich mir nicht ausgesucht hatte. Ich hatte eine Abwehr- und Verweigerungshaltung eingenommen. Anstatt den geraden Weg zu gehen, hatte ich immer wieder kehrtgemacht oder war einem Zickzackkurs gefolgt. Ich wußte wirklich immer nur, was ich nicht wollte; von dem, was ich wollte, hatte ich die verschwommensten Vorstellungen der Welt. Ich überließ deiner Mutter die Verantwortung für die praktischen Entscheidungen, ich brachte nichts anderes zustande, als mich zu beklagen und meine Nichtzugehörigkeit zu demonstrieren.«

»Und wie hast du das gemacht?«

»Ich ging hinaus und lief durch die Gegend, und wenn ich zurückkam, starrte ich die Haustür mit einem so starken Gefühl von Widerwillen an, daß sich manchmal der Schlüssel im Schloß nicht drehen ließ. Ich schlug mit Füßen und Fäusten dagegen, bis die Hausmeisterin wütend herauskam, um zu sehen, was los war. Drinnen malte ich verrückte Zeichen an die von einem Smogschleier überzogenen Wände. Botschaften eines Gefangenen, Worte ohne Sinn. Der Verkehrslärm trieb mich fast zum Wahnsinn. Nachts hielt ich es im Bett nicht aus und legte mich auf den Boden im Badezimmer, wo die Geräusche gedämpft waren.«

»Hättest du dich nicht entschließen können, in eine schönere Wohnung zu ziehen. Eine, die dir besser gefiel?«

»Ich schaffte es nicht. Ich verhielt mich wie ein wildes Tier, das man mit der Schlinge gefangen und in einen Käfig gesperrt hat. Aber mich hatte ja niemand gefangen und eingesperrt, ich war freiwillig hineingegangen.«

»O Madonna.«

»Aber manchmal ging ich mit dir auf den Schultern in den Park, in dem es damals noch einen Zoo gab. Es war ein häßlicher kleiner Zoo, die Tiere waren in viel zu engen Käfigen, im schrecklich feuchten und düsteren Klima der Stadt. Es war nicht nur ein Eindruck von mir, denn ein paar Jahre später beschloß die Gemeinde, ihn abzureißen. Aber es war schön, mit dir hinzugehen. Die Tiere hinter den Gittern anzuschauen.«

»Habe ich mich schon damals für Tiere interessiert?«

»Ja, sehr. Wir haben sie stundenlang beobachtet, die Affen vor allem. Einmal habe ich aus zwei Magnolienblättern ein kleines Boot gemacht, das haben wir in einem großen Wasserbecken segeln lassen, wo die Kinder mit ihren Modellsegelbooten und Motorbooten spielten.«

»Und?«

»Hätte uns damals jemand beobachtet, hätte er sicher gefunden, daß wir sehr liebevoll miteinander umgingen. Ansonsten aber fühlte ich mich immer schlechter. Ich wartete nur auf eine Gelegenheit, mich aus dem Staub zu machen. Ich hätte alles in Kauf genommen, bloß um das Szenarium zu wechseln. Alles.«

»Und das hast du dann gemacht?«

»Ja. Ißt du deinen Nachtisch nicht?«

»Nein. Er hat eine scheußliche Farbe.«

»Ich weiß nicht, ob es überhaupt richtig ist, dir das alles zu erzählen.«

»Was soll daran falsch sein?«

»Daß sich ein Vater seiner Tochter gegenüber so voller Probleme zeigt. Du weißt doch, man sagt immer, die Eltern sollen Bezugspersonen sein. Die man vielleicht nicht ausstehen kann und ablehnt, aber immerhin konsequente Gestalten, mit denen man sich auseinandersetzen kann.«

»Deine Probleme würde ich selbst sehen, auch wenn du mir nichts davon sagen würdest.«

»Wirklich? Sind sie so offensichtlich?«

»Ja, schon. Ziemlich.«

»Ist ja schlimm. Und stören sie dich sehr? Untergraben sie dein Vertrauen?«

»Aber nein. Inzwischen bin ich dran gewöhnt.«

»Sprechen wir also lieber nicht mehr darüber.«

»Du hast selbst davon angefangen.«

»Ja. Aber jetzt ist es genug, basta. Gehen wir? Machen wir noch einen kleinen Spaziergang, bevor es zu spät wird? Hast du Lust?«

»Ja.«

Er steht auf, mit einem tauben Gefühl in den Beinen und mit der vagen Unleidlichkeit, die ihn jedesmal befällt, wenn er zu lange stillgesessen hat. Sie steht ebenfalls auf; sie tauschen einen Blick, der eine Unmenge nur gedachter Fragen und Antworten enthält.

Sie laufen am Rand des Städtchens

Sie laufen am Rand des Städtchens. Die Luft ist feucht und schwer, die Straßenlaternen werfen schwache Lichtkreise. Als sie am Restaurant vom Vorabend vorbeigehen, kommt ein Küchenjunge heraus, um eine große Salatöldose wegzuwerfen, mit ihm dringt ein Schwall Flamenco-Popmusik zur Tür heraus. Im Vorübergehen blicken sie durch die Fenster: zwei Pärchen an den Tischen, der Gitarrist, der mit verlorenem Blick spielt und dabei mit den Hüften wackelt. Sie überqueren die Straße und gehen die leer gefegte Uferpromenade hinunter.

»Schon wieder alles vorbei«, sagt er.

»Wir haben noch morgen«, sagt sie.

»Morgen fahren wir zurück.«

»Ja, aber es war schön, oder?«

»Sehr. Doch es ist vorbei. Oder möchtest du noch weiterfahren? In die Bretagne?«

»Ich kann nicht, am Montag muß ich in die Schule.«

»Bis zum Schulanfang sind es noch drei Tage. Aber am Samstag willst du Luca und deine Freunde sehen, stimmt's?«

»Ja. Und du mußt doch auch arbeiten, oder nicht? Du hast schon die letzten Tage Pause gemacht.«

»Klar. Wir fahren morgen zurück, keine Sorge.«

»Aber die Reise hat mir sehr gefallen. Wirklich.«

»Ja, ja, ich weiß.«

Sie laufen zwischen der Ortschaft und dem Strand, unter ihren Schuhsohlen knirschen Kieselsteine.

Er sagt: »Weißt du, ich habe ein echtes Problem, wenn etwas zu Ende ist. Ich ertrage den Gedanken nicht, daß es aus ist. Ganz gleich, ob es eine Reise ist oder ein Buch oder eine Liebesbeziehung oder ein Lied.«

»Sogar bei einem Lied?«

»Ja. Aber wenn ich es selbst aufgelegt habe, kann ich *repeat* drücken, und es fängt wieder von vorne an.«

»Bis es dir zu den Ohren herauskommt.«

»Um so besser. An diesem Punkt kann ich mich damit abfinden, daß es zu Ende ist. Wenn ich jede Note bis zum Überdruß kenne.«

»Und in einer Beziehung?«

»In einer Beziehung schaffst du es sowieso nie, jede Note zu kennen. Da gibt es immer welche, die du noch nicht gehört hast. Da gibt es immer etwas, was du nicht weißt.«

»Und was tust du dann?«

»Ich drücke immer wieder die *Repeat*-Taste. Ganz gleich, wie schlecht es läuft und wie zerrüttet und kaputt alles ist. Ich will einfach nicht, daß es aus ist.«

»Und was passiert, wenn du das tust?«

»Der Unmut des anderen wird immer größer. Denn das Problem ist, daß ich nicht nach Lösungen suche oder Verbesserungsvorschläge mache, um das Ende zu verhindern. Ich drücke nur die *Repeat*-Taste und warte ab, wie jemand, der in seinem im Parkverbot stehenden Auto sitzen bleibt, obwohl es schon am Abschleppwagen hängt.«

»Und dann?«

»Früher oder später wird es mit mir darin abgeschleppt, bis ich mich dann doch entschließe abzuspringen.«

»Du hättest also nie eine Beziehung beendet, wenn es nach dir gegangen wäre?«

»Keine von den wichtigen, glaube ich. Ich hätte versucht, für immer drinzubleiben.«

»Wie denn?«

»Weiß ich nicht. Obwohl ich rückblickend in den meisten Fällen froh bin, daß es aus ist. Damals aber wäre mir jedes

Mittel recht gewesen, weiterzumachen. Mir ist klar, daß es absurd ist. Ich verbringe drei Viertel meines Lebens mit Dingen, die seit Jahrhunderten oder Jahrtausenden vorbei sind und die in so teleskopische Ferne gerückt sind, daß sie keinen Platz mehr beanspruchen. Trotzdem ist es mir unerträglich, daß etwas, was ich mag, aus sein soll. Die letzten Seiten eines Buchs, die letzten Einstellungen eines Films und die letzten Ferientage kann ich nicht leiden. Ich ertrage es nicht, daß Leute alt werden und sterben. Ich weigere mich, daran zu glauben.«

»Aber das hilft dir nichts.«

»Ich glaube es einfach nicht. Ich denke, daß es nicht so ist, und basta. Manchmal funktioniert es.«

»Was heißt, es funktioniert?«

»Es funktioniert. Wenn du dir einredest, daß etwas nicht passieren kann, passiert es manchmal auch nicht. Wenn du zum Beispiel überzeugt bist, daß die Leute, die du gern hast, nicht altern.«

»Sie altern trotzdem.«

»Aber nicht so *schnell.* Wenn du wirklich fest dran glaubst, daß sie nicht altern, altern sie langsamer. Sie altern zwar, aber nicht so schnell.«

»Wie soll das gehen?«

»Es geht. Weil die Zeit eine Erfindung von uns ist.«

»Aber trotzdem altern wir und sterben.«

»Schon, aber vielleicht nicht so, wie es uns erscheint.«

»Wie denn sonst?«

»Das werden wir vielleicht erst dann wissen, wenn es uns wirklich gelingt, alle Fäden durchzuschneiden, die uns mit den Kalendern und Uhren und Zeitmessern verbinden, und zulassen, daß der Raum, den wir Zeit nennen, sich auf seine eigene, zyklische Weise ausdehnt.«

»Bist du sicher?«

»Nein. Aber möglich wäre es doch, oder?«

»Weiß nicht.«

Sie haben die Ortschaft schon hinter sich gelassen, ein Stück weiter vorn sind die Rohbauten zu sehen wie reglose Gespenster unterbrochener Veränderungen. Außerhalb der Lichtkreise der Straßenlaternen wird die Nacht immer dichter, die Entfernungen ertrinken in der Dunkelheit. Sie gehen noch ein paar Schritte weiter, dann kehren sie um.

»Na ja«, sagt sie. »Wir werden noch andere Reisen zusammen machen, hoffe ich.«

»Ja. Es macht mich nur traurig, daß diese hier schon zu Ende ist.«

»Sie ist noch nicht zu Ende.«

»Aber beinahe.«

»Wir machen bald wieder eine.«

»Ja.«

Auf dem Rückweg sieht man plötzlich nichts mehr

Auf dem Rückweg sieht man plötzlich nichts mehr, aus den Gräben und dem Röhricht und den Sümpfen steigt Nebel auf und bildet immer neue weiße Vorhänge im Scheinwerferlicht der vorbeifahrenden Autos.

»Hallo!« sagt er.

»Geh langsamer!«

Sie lachen beide los. Sie gehen so langsam wie in einer Geisterbahn im Lunapark, wo immer erst im allerletzten Augenblick klar wird, ob die Hindernisse vor einem real sind oder nicht. Die Nebelvorhänge lösen sich beim Hindurchgehen auf, und daß sie kein Geräusch erzeugen, verstärkt noch das Gefühl von Unwirklichkeit. Die Landschaft um die Straße herum scheint verschwunden; nach ein paar Minuten ist ihnen nicht einmal mehr klar, in welche Richtung sie gehen. Fasziniert von dem Effekt totaler Verfremdung durchqueren sie ein horizontales Lichtfeld nach dem andern.

Als sie auf der Terrasse vor ihren Zimmern ankommen, sind sie nicht mehr müde

Als sie auf der Terrasse vor ihren Zimmern ankommen, sind sie nicht mehr müde. Sie setzt sich auf das Mäuerchen zwischen den Eingangstüren, er bleibt stehen; beide blicken zum Himmel hinauf.

»Wonach wählen wir denn eine Person aus?« fragt sie. »Von all den biologischen Urgründen mal abgesehen?«

»Normalerweise haben wir ein Bild, nach dem wir uns richten.«

»Eine Art Steckbrief?«

»Ja. Ein Phantombild, das dir bis ins kleinste genau und zugleich so allgemein erscheint, daß es auf Millionen Menschen passen würde. Es ist genau dieses absurde Schwanken zwischen Genauigkeit und Ungenauigkeit, du könntest dich dein Leben lang im Kreis drehen.«

»Und wie entsteht dieses Phantombild?«

»Aus unseren Schwächen und unseren Stärken. Aus dem, was uns fehlt, und aus dem, was wir brauchen. Aus dem, was wir gut können, und dem, was wir gern können würden. Aus den Büchern, die wir gelesen haben, den Liedern, die wir gehört haben, den Filmen, die wir gesehen haben. Und daraus, wie unsere Eltern und unsere ersten Spielgefährten waren.«

»Das ist wichtig?«

»Millionen Menschen schaffen sich ihr Phantombild auch nach dem, was sie im Fernsehen sehen. Sie lassen es sich schon fix und fertig von der Werbung und den Zeitungen, von Stilexperten und Psychologen und Modeschöpfern und Werbetextern verkaufen.«

»Was nützt ein Phantombild, wenn es so vage ist, wie du sagst?«

»Es ist vage und doch sehr genau. Es dient dazu, jemanden zu erkennen. Wie ein echtes Phantombild. Der Gesuchte wird vielleicht aus einem ganz anderen Grund festgenommen, vergleicht man dann aber sein Gesicht mit dem Phantombild, dann sieht man, daß er es ist.«

»Woran erkennt man es?«

»Vielleicht an einem einzigen Merkmal.«

»So funktioniert das?«

»Ungefähr. Zuerst sind wir äußerst mißtrauisch, wie jeder, der jemanden mit Hilfe eines Phantombilds sucht. Sobald wir aber zu erkennen glauben, wonach wir suchen, erfaßt uns eine Euphorie, die uns eine Menge überstürzter Schlüsse ziehen läßt.«

»Auch wenn das, was wir gefunden haben, nicht das ist, was wir gesucht haben?«

»Manchmal. Der Punkt ist, daß wir normalerweise nicht genug Zeit oder Durchblick haben, um ganz sicher zu sein.«

»Warum?«

»Weil unser Phantombild so vage und zugleich ganz genau war. Und mit einer so widersprüchlichen Vorstellung von dem, was man sucht, erkennt man schwer, ob man es wirklich gefunden hat.«

»Und dann?«

»Wir verhalten uns so, als wäre die Suche erfolgreich abgeschlossen, wir zeigen und erwecken Begeisterung. Doch es ist nur ein Teil von uns, der die Suche einstellen möchte, der andere Teil sucht weiter, genau wie ein Fahnder, der nicht überzeugt ist.«

»Was tut er?«

»Er prüft und vergleicht, sucht nach weiteren Beweisen und Gegenbeweisen. Der eine Teil von uns sagt: ›Schluß, es ist gut so, wozu soll ich weitersuchen‹, der andere Teil aber gibt keine Ruhe.«

»Und?«

»Er sucht weiter, und manchmal entdeckt er, daß es ein Mißverständnis war. Und dann kommt es zu einer wütenden Auseinandersetzung zwischen den beiden Teilen, weil keiner akzeptiert, was der andere behauptet.«

»Und was tut die Person, die du erkannt hast oder zu erkennen glaubtest?«

»Sie versteht nicht recht, was vorgeht. Und natürlich hat sie oder er auch ein Phantombild in der Hand und zwei widerstreitende Teile in sich, und einer davon sucht und vergleicht seinerseits weiter.«

»Und wie geht es aus?«

»Man erkennt, daß es ein doppeltes oder auch nur ein einseitiges Mißverständnis war oder daß man mit der Identifizierung richtig lag. Manchmal kommt es auch vor, daß der Teil, der weitergesucht hat, es irgendwann leid wird oder sich bestechen oder überzeugen läßt.«

»Wodurch?«

»Meinetwegen durch die Einsicht, daß man mit einem widersprüchlichen Phantombild immer nur das Falsche finden kann und deshalb auch aufhören kann zu suchen.«

»Gibt es denn nie die richtige Identifizierung?«

»Doch, auch wenn es selten vorkommt. Aber möglich ist es.«

»Und du?«

»Ich, was?«

»Ist es dir je geglückt, die zu finden, die du anhand von deinem Phantombild gesucht hast?«

»Ich glaube, ich hatte immer Phantombilder, die zu vage und zu genau waren.«

»Aber warum kommt es dazu, daß man Signale zu eilig deutet und interpretiert?«

»Weil sich jeder von uns wunderbare Überraschungen vom Leben erhofft. Auch wenn er es nie zugeben würde. Irgendwo im Hinterkopf hat er die Vorstellung, daß ihm irgendwann von irgendwoher etwas ganz Unglaubliches beschert wird, das alles verändert und sein Leben so leidenschaftlich und amüsant wie nie zuvor macht. Und wenn wir den Menschen vor uns haben, den wir zu erkennen glauben, denken wir, er oder sie sei diese wunderbare Überraschung, auf die wir gewartet haben.«

»Aber?«

»Manchmal stellen wir eben fest, daß wir die falsche Wahl getroffen haben. Und wenn nicht, denken wir nach einer Weile, daß der Mensch, den wir zu erkennen glaubten, zwar nicht *an sich* die wunderbare Überraschung ist, daß er uns aber dazu verhelfen kann.«

»Daß heißt?«

»Wir denken, daß er die Macht besitzt, uns geheime Türen zu öffnen, uns durch Zimmer und Gärten zu führen, in die wir allein niemals gelangt wären, auch wenn wir schon davon geträumt haben.«

»So ist es aber nicht?«

»Manchmal schon. Zumindest am Anfang. Wir betreten wirklich überraschende Zimmer und Gärten.«

»Und dann?«

»Fast immer geht dann einer von beiden, manchmal auch alle beide, daran, Möbelstücke in die Zimmer zu stellen und Teetischchen und Stühle in den Garten, und mit der Zeit zehrt diese Aneignung und Organisation des Raums fast ihre gesamte Energie auf. Anstatt in andere Zimmer und Gärten weiterzugehen, machen sie in den ersten halt, die sie gefunden haben, und richten sich darin ein.«

»Und dann?«

»Von da an wiederholt sich alles, auch jede Empfindung, bis einer von beiden, oder alle beide, keinen Spaß mehr daran hat und Begeisterung und Interesse nachläßt. Sie vergessen, wie erstaunt sie waren, als sie das erste Zimmer oder den ersten Garten betreten haben, wie wunderbar es war, das alles zu entdecken.«

»Und was passiert dann?«

»Sie bleiben dort, als wären sie am einzigen Ort auf Erden, an dem sie sich aufhalten können. Und es mag da ja behaglich und schön sein, aber es gibt nur das. Und nach einer Weile fühlt sich einer von beiden eingesperrt und sucht eine Tür, durch die er hinauskommt. Am Anfang öffnet er sie vielleicht nur einen Spaltbreit. Dann macht er ein paar kleine Ausflüge nach draußen. Und plötzlich ist er weg. Der andere oder die andere sitzt mit all den Möbeln da und weiß nicht, was eigentlich passiert ist.«

»Wie traurig.«

»Ja.«

»Aber so muß es nicht kommen, oder?«

»Nein. Es hängt auch davon ab, ob du den Richtigen gefunden hast oder nicht.«

»Und wie kann man das wissen, bei einem so unzuverlässigen Phantombild?«

»So unzuverlässig ist es seltsamerweise gar nicht, wenn man genau genug hinsieht. Am Anfang zum Beispiel, wenn beide noch in der Phase äußersten Mißtrauens sind, können sie die Seiten, die ihnen am anderen nicht gefallen, sehr gut sehen. Sie haben sie vor sich, deutlich erkennbar. Aber in der Euphorie des Erkennens verschließen sie beide die Augen davor. Sie verdrängen sie, bis die Dinge irgendwann nicht mehr so gut laufen.«

»Ist das, was zwischen zwei Menschen passiert, wie eine Art Wahnsinn?«

»So ist es.«

Sie sieht auf die Uhr und läßt den Arm gleich wieder sinken. Beide lachen.

Eine E-Mail

Von: giovannibata@teltel.it
Uhrzeit: 1.20

Liebe M.,
vielleicht hat ja alles keinen Sinn, aber ich ertrage den Gedanken nicht, daß wir Schluß machen, ohne wenigstens klar definiert zu haben, warum wir es tun. Mir ist es in meinem Leben bisher fast immer so gegangen, aber ich möchte nicht, daß es auch bei uns mit dieser trostlosen Unvermeidlichkeit geschieht, mit der Schiffe verschrottet werden. Ich weiß schon jetzt, daß du sagen wirst, es sei nur meine Sentimentalität und meine Unfähigkeit zu akzeptieren, daß etwas aus sein soll, aber das ist nicht wahr.

Ich kann nicht akzeptieren, daß sich zwei Menschen wie wir mit dem abfinden, was geschieht, und nicht versuchen, womöglich eine Wende herbeizuführen. Du kennst doch meine Theorie, nach der alle Faktoren, die eine Beziehung am Ende kaputtmachen, schon am Anfang deutlich sichtbar vorhanden waren, oder? Es ist klar, daß wir sie beide gesehen haben, und trotzdem haben wir nicht nach jemandem gesucht, der dem Phantombild, das wir im Kopf hatten, besser entsprochen hätte. Tatsache ist, daß das Leben höchst unplausibel und unzulänglich ist, liebe M., und trotzdem verlangen wir hartnäckig kleine Inseln der Perfektion. Im Namen dieser Perfektion sind wir bereit, das Unvollkommene zu opfern, das uns lieb ist. In unserem Fall das, was uns zusammengehalten hat, trotz der

Schwierigkeiten und der immer neuen Auseinandersetzungen und der Unzufriedenheit darüber, daß wir uns nicht bis ins letzte verstanden haben oder uns zwar verstanden haben, aber nicht entsprechend gehandelt haben oder auf halbem Weg wieder umgekehrt sind.

Wenn sich ein Mensch mit einem anderen zusammentut, ist er überzeugt, daß dieser andere einen mit allen guten Eigenschaften der Welt und mit den Gegenmitteln gegen alles Schlechte gefüllten Korb mitbringt: gegen Langeweile, gegen Traurigkeit, gegen Einsamkeit, gegen Eintönigkeit und Angst. Das Dumme ist nur, daß diese Gegenmittel echten Medikamenten gleichen und ein Verfallsdatum haben. Irgendwann wirken sie allein nicht mehr. Irgendwann kommen die Langeweile und die Traurigkeit und die Einsamkeit wieder hervor. Und noch bevor sie uns selbst befallen, befallen sie den, der uns die Gegenmittel gebracht hat. Und dann fragen wir uns, ob es überhaupt echte Gegenmittel waren oder nur Placebos oder gar nur ein Schwindel. Versprich mir, daß du wenigstens versuchst, darüber nachzudenken.

Gute Nacht
G.

Eine E-Mail

Von: M@mailcom.it
Uhrzeit: 1.55

Lieber Giovanni,
du bist wortgewandt wie immer. Aber was du sagst, ist vage und sentimental. Du willst in der jetzigen Situation verharren wie ein Frosch in seinem Tümpel. Nicht der entfernteste Hinweis auf einen Ausweg. Was sollen wir denn tun? Ergriffen sein angesichts der Unvollkommenheiten, die uns so lieb sind und die wir verlieren, wenn wir uns trennen, und dabei ewig unzufrieden sein, mit einem Groll, der jedesmal zunimmt, wenn wir daran denken, was hätte sein können?

Du brauchst mir nicht zu sagen, daß das Leben höchst unzulänglich ist, das weiß ich selbst sehr gut. Und du irrst dich, wenn du wirklich glaubst, ich stellte an eine Beziehung den Anspruch, vollkommen zu sein. Mir reicht es, daß sie wahrhaftig ist und stabil genug, um der Unzulänglichkeit des Lebens standzuhalten, und daß die Gefühle, die ich hineinlege, darin gut aufgehoben sind.

Was den Korb voll wunderbarer Geschenke betrifft, bin ich sicher, daß jeder von uns einen hatte, das war keine Illusion. Nur hast du meinen durchwühlt und dir herausgenommen, was dich interessierte, und dann hast du ihn stehenlassen, denn du konntest dich weder entschließen, ihn zu behalten, noch ihn mir zurückzugeben.

Deine Geschenke hast du überall verstreut, manche hast du zertreten, andere hast du wieder an dich genommen, von wieder anderen hast du mir nie erklärt, wie sie funktionieren.

Diese Verschwendung ist es, die mich so wütend und traurig macht, weißt du, Giovanni?
Ciao
M.

Eine E-Mail

Von: giovannibata@teltel.it
Uhrzeit: 2.06

Liebe M.,
sprich bitte nicht von Verschwendung. Sprich ruhig von Wut und Groll, wenn du willst, aber nicht von Verschwendung. Es stimmt nicht, daß ich deinen Korb einfach habe stehenlassen und meine Geschenke zertreten oder mir wiedergenommen habe. Unsere Geschenke sind alle noch da, und alle sind noch vollkommen brauchbar. Sie haben unbegrenzte Garantie, unsere Geschenke. Lassen wir uns nicht von der heillosen Traurigkeit unwiderruflicher Schritte erfassen, bitte. Noch können wir alles wieder in Ordnung bringen, wenn wir nur wollen. Wir müssen nur beide eine positive Einstellung haben. Wir reden morgen darüber, in Ordnung?
Gute Nacht
Giovanni

Sie frühstücken im leeren Speisesaal

Sie frühstücken im leeren Speisesaal neben der Rezeption, essen maschinell gefertigte Croissants und altbackenes Brot mit Butter und Marmelade, trinken Kaffee mit H-Milch.

Irgendwann sagt er: »Zwischen zwei Menschen, die zusammen sind, gibt es ein paar total widersprüchliche Dinge. Sie kommen zum Vorschein, wenn sich ihre Beziehung zu verschlechtern beginnt, aber in Wirklichkeit sind sie schon vorher dagewesen.«

»Sprichst du von dir und M.?« fragt sie.

»Ja, aber nicht nur. Nimm einen Menschen, der dir gefällt. Was zieht dich an ihm an? Ein seltsame Mischung aus Affinitäten und Unterschieden, stimmt's?«

»Kann sein.«

»Du suchst ja keine perfekte Kopie von dir selbst, nur mit einer anderen sexuellen Polarität. Selbst wenn du diese Kopie irgendwann fändest, würde sie dir gar nicht gefallen.«

»Warum nicht?«

»Weil es eine sinnlose Verdopplung der gleichen Vorzüge und Fehler bedeutete. Nicht auszuhalten. Es wäre so, als wärst du allein, mit einem ständigen Echo in den Ohren.«

»Was sucht man also? Den Gegensatz?«

»Nicht den genauen Gegensatz. Man sucht einen Menschen, der einem in manchen Dingen sehr ähnlich, in anderen aber ganz anders ist.«

»Zum Beispiel?«

»Jemanden, der die Ruhe bewahrt, wenn du den Kopf verlierst. Oder der Lust hat, etwas zu unternehmen, wenn du träge bist. Oder der optimistisch ist, wenn du verzagen würdest. Oder der in einer Weise verzagt, die dich dazu bringt, optimistisch zu sein. Verstehst du?«

»Ja.«

»Und das sind die von Anfang an vorhandenen Voraussetzungen für das Desaster.«

»Warum?«

»Weil es keine Möglichkeit gibt, die Unterschiede zwischen zwei Menschen in einen Teil ihres Lebens zu verbannen, in dem sie keinen Schaden anrichten können. Das wäre bequem, aber so ist es nicht.«

»Wie dann?«

»Anfangs sieht es aus, als hätten die Unterschiede nur positive Wirkungen. Sie schaffen Kontraste, locken einen aus der Reserve, machen das Unmögliche möglich, bringen zum Lachen.«

»Und dann?«

»Dann schütten sie allmählich den inneren Raum von beiden zu, je mehr sich die phantastische gegenseitige Anpassungsfähigkeit und Toleranz der Anfangszeit erschöpft. Je mehr die Bewunderung und das Staunen und der Spaß daran, daß man so verschieden und zugleich so ähnlich ist, an Intensität verlieren.«

»Aber warum kommt es überhaupt soweit?«

»Weil Bewunderung und Staunen und Spaß Gefühle sind, die Treibstoff verbrauchen. Sie verbrennen ihn unglaublich schnell und erlöschen, sobald keiner mehr da ist.«

»Kann man ihnen nicht neuen Sprit zuführen?«

»Doch, aber man muß welchen haben, und man muß Lust haben, ihn zu geben. Man darf es nicht als unsinnige Zumutung empfinden.«

»Und dann?«

»Nach und nach wird einem klar, daß die Unterschiede nicht – wie man es sich vorgestellt hatte –, durch natürliche Deiche eingedämmt werden. Man merkt, daß sich die Wesensart des anderen in das Leben von beiden ergießt und konträre Strömungen und Wellen und Strudel erzeugt.«

»Und die Ähnlichkeiten?«

»Die machen die Enttäuschung und die Wut über das, was geschieht, nur noch größer.«

»Aber warum?«

»Weil wir auch hier eine Idee von Harmonie verfolgen, die der Wirklichkeit in keiner Weise entspricht. Es ist eine schöne und edle Idee, aber sie steht in vielerlei Hinsicht über der Wirklichkeit, losgelöst von der Erde. Die Wirklichkeit ist im Vergleich dazu voller Risse und Schwachstellen.«

»Ja und?«

»Wir versuchen, unser Leben der Vorstellung anzugleichen, die wir vom Leben haben, aber es gelingt uns nicht. Und je weniger es uns gelingt, desto energischer bieten wir ein ganzes Repertoire von Worten und Taten und Überzeugungskraft auf. Aber Idee und Wirklichkeit stimmen nie überein.«

»Was sollen wir also tun? Die Wirklichkeit so hinnehmen, wie sie ist?«

»Das wäre am traurigsten. Eine Menge Leute tun es, und man sieht sie dann mit ihrem erloschenen Blick überall auf der Welt in den Straßen und Supermärkten.«

»Wie diese spießigen Familien, die wir letzten Sommer im Urlaub gesehen haben?«

»Ja. Oder die Zyniker, die grinsend aus dem Fenster oder durchs Schlüsselloch spähen und sich einbilden, sie wüßten über das Leben Bescheid. Oder wie die Millionen enttäuschter Paare, die sich mit dem tristen Alltagstrott abfinden und sich auch noch abgeklärt vorkommen.«

»Oder die Ehepaare, die davon träumen, so zu sein wie die Familien in den Werbespots?«

»Ja. Sie sitzen vor dem Fernseher und denken: ›So einen Frühstückstisch will ich auch‹, oder: ›So einen Mann oder so eine Frau will ich auch.‹ Die Wirklichkeit sieht anders aus, aber die Bilder bleiben in ihren Köpfen haften, mit der Begleitmelodie und den Gefühlen, die sie auslösen. Bilder von einer Welt, die es gar nicht gibt, aber das spielt keine Rolle, alle Träume sind so.«

»Aber es sind keine Träume, es sind künstliche Bilder.«

»Ersatzträume für Leute, die unfähig sind zu träumen. Für einen immer größeren Teil unserer Spezies also.«

»Wie pessimistisch du bist.«

»Das stimmt nicht. Ich bin optimistischer als die meisten meiner Bekannten. Auch wenn alles außerordentlich schlecht läuft, denke ich noch, daß es plötzlich eine Wende zum Besseren geben kann.«

»Aber du stellst immer diese Betrachtungen an, als würdest du über das Verhalten von Labortieren sprechen.«

»Aber ich zähle mich selbst doch auch zu den Labortieren. Ich versuche einfach zu verstehen, anstatt mich von der Trostlosigkeit der Dinge zermürben zu lassen.«

»Und bekommst du sie so unter Kontrolle?«

»Nein. Aber sie zu verstehen ist auch schon etwas. Es hilft einem, sich nicht als Opfer unglücklicher Umstände zu sehen.«

»Hilft dir das bei M.?«

»Nicht viel.«

»Warum nicht?«

»Weil zwischen uns alles zu kompliziert und widersprüchlich ist.«

»Worin genau besteht die Widersprüchlichkeit?«

»Man will etwas und zugleich das Gegenteil davon, man hat eine Art, zu sein, und zugleich eine ganz andere.«

»So ist es bei euch?«

»Ja.«

Sie trinkt ihr Glas H-Milch aus, blickt zur Seite. Fragt: »Was ist das Widersprüchlichste an M.?«

»Daß sie zugleich verrückt und vernünftig ist. Selbständig und schutzbedürftig. Kindlich und reif. Eine Frau von Welt und eine heimatlose Zigeunerin. Eine, die etwas von mir erwartet und nichts will.«

»Und das bringt dich zur Verzweiflung?«

»Es bringt mich zur Verzweiflung, und es zieht mich an.«

Ihr Mobiltelefon piepst, um eine eingegangene Nachricht zu melden. Sie zieht es aus ihrer kleinen Handtasche, liest und tippt wie immer umgehend die Antwort ein. Reflexartig schaut er ebenfalls auf sein Handy, aber es ist keine Nachricht da. Er wählt die Nummer von M.s Wohnung: Sie antwortet nicht. Er wählt ihre Handynummer: Die Computerstimme sagt den üblichen Satz vom vorübergehend nicht erreichbaren Gesprächspartner.

Er lädt die Koffer ins Auto ein

Er lädt die Koffer ins Auto ein. Das ist etwas, was ihm immer Spaß macht: die kleine Kraftanstrengung beim schwungvollen Hochheben, in dem das Sich-Befreien von einem Ort enthalten ist. Er schlägt die Heckklappe zu und sieht zu ihr hinüber, während sie, am leeren Swimmingpool auf und ab gehend, in ihr Handy spricht. Er will sie nicht belauschen und nicht zur Eile drängen, und so geht er in den Pavillon hinüber und zur Rezeption, um die Rechnung zu bezahlen. Als er wieder herauskommt, sitzt sie bereits im Auto, blickt mit angespannter Miene nach vorn. Er läßt den Motor an, fährt den Zugangsweg hinunter und auf die Straße hinaus, auf der sie vor zwei Tagen gekommen sind, als sie noch nicht wußten, wo sie haltmachen sollten und jede Entscheidung eine Portion Zukunft zu beinhalten schien.

Als sich die Geschwindigkeit und der Lärm und die Vibrationen stabilisiert haben, fragt er: »Alles in Ordnung?«

»Ja.«

»Hat dich irgendwas nervös gemacht?«

»Nein.«

»Hast du mit Luca gestritten?«

»Nein.«

»Was bedeutet nein in diesem Ton? Bedeutet es ja?«

»Es bedeutet nein.«

»Setzt er dir zu, weil du mit mir verreist bist, anstatt bei ihm zu bleiben?«

»Noch mal nein.«

»Dieser herrische Scheißkerl. Du solltest ihm einen Arschtritt geben.«

»Hör auf.«

»Hast du nicht eben gesagt, daß er dir eine Szene gemacht hat, weil du nicht bei ihm geblieben bist?«

»Das hast du gesagt. Er hat mir überhaupt keine Szene gemacht.«

»Nicht?«

»Er wollte nur sichergehen, daß ich morgen zurückkomme, weil es eine Party gibt.«

»Er hat es nicht in erpresserischem oder drohendem Ton gesagt?«

»Nein. Und sowieso ist es meine Sache.«

»Meine auch, denn schließlich sind wir zusammen verreist. Ich habe ein Recht, dir zu sagen, was ich davon halte. Ich kenne mich mit den Fehlern der Männer aus, das mußt du mir schon lassen.«

»Du kennst Luca überhaupt nicht. Du hast ihn dreimal gesehen.«

»Fünf- oder sechsmal. Ich muß ja nicht *jahrelang* mit ihm zusammensein, um zu erkennen, daß er eingebildet und anmaßend ist.«

»Hör auf damit.«

»In seinem Alter war ich übrigens auch eingebildet und anmaßend. Wahrscheinlich bin ich es immer noch, ab und zu jedenfalls. Ich weiß, wie man die Freundin systematisch unter Druck setzen kann, um sich im Mittelpunkt ihrer Aufmerksamkeit zu fühlen.«

»Du weißt gar nichts.«

»Ach, meinst du? Soll ich dir ein paar Beispiele nennen?«

»Versuch's doch?«

»Du hast so gut Klavier gespielt, während er und seine Freunde nicht mal wußten, was ein Musikinstrument ist. Dann haben sie ihre kleine Rockanalphabetenband gegründet, und du hast aufgehört zu spielen.«

»Dann bist du auch ein Rockanalphabet.«
»Blues.«
»Wenn du meinst. Du kannst ja nicht mal eine Partitur lesen. Du liest bloß die Akkordziffern.«
»Na und? Du kannst Noten lesen, aber als deine Freunde angefangen haben, zusammen Krach zu machen, hast du dir die Rolle der Dienerin zuschieben lassen.«
»Das ist nicht wahr.«
»Doch, es ist wahr. Du hättest viel besser spielen können als sie.«
»So war es gar nicht.«
»Und warum spielst du dann nicht mit?«
»Weil es mich nicht interessiert.«
»Ach.«
»Nein.«
»Auf jeden Fall hast du deine Fähigkeiten geopfert, um einen Kerl zu bedienen, der viel weniger kann als du, es dafür aber bestens versteht, dir einzureden, daß er deine ganze Aufmerksamkeit und Unterstützung und Hingabe verdient.«
»Machst du es mit M. nicht genauso?«
»Überhaupt nicht.«
»Willst du nicht ihre ganze Aufmerksamkeit und Unterstützung und Hingabe?«
»Schon, aber ich verlange es von ihr nicht in dieser fordernden und erpresserischen Weise.«
»Bist du sicher.«
»Ich gebe ihr dafür auch sehr viel.«
»Aber nicht das, was sie möchte.«
»Was weißt denn du?«
»Du sagst es doch selbst ständig.«
»Wir haben von dir und Luca gesprochen, was hat M. jetzt damit zu tun?«
»Du weißt gar nichts von Luca. Du bist bloß eifersüchtig.«
»Ich bin überhaupt nicht eifersüchtig.«
»Doch, bist du.«

»Hör mal zu. Als du klein warst, dachte ich, ich würde in einen Wahnsinnsstrudel von Eifersucht und Sorge geraten, wenn du mal einen Freund hast. Aber es war gar nicht so. Überhaupt nicht. Ich bin nur glücklich, wenn du einen Freund hast, der dir gefällt.«

»Was willst du dann?«

»Ich will nicht, daß du dich von einem Mann unterdrücken läßt. Du kannst mich nicht daran hindern, es dir zu sagen, oder dir Informationen zu geben. Auch wenn es Informationen sind, die meinem Geschlecht keine große Ehre machen.«

»Deine Informationen interessieren mich nicht.«

»Sie sollten dich aber interessieren, denn das jetzt ist nur ein Vorgeschmack auf die Unterdrückung durch erwachsene Männer. So, wie junge Hunde spielerisch kämpfen und ihre Muskeln und ihr Gebiß trainieren, um später, wenn sie größer sind, ihre Beute zu packen, verstehst du?«

»Ich weiß nicht, wovon du sprichst.«

»Ich spreche von dem Bedürfnis der Männer, sich in der Welt als Hauptdarsteller aufzuspielen. Von ihrem Bedürfnis, Frauen als Zuschauerinnen zu haben, die sie anspornen und ermuntern.«

»Wenn Männer so sind, dann bist du wohl auch so.«

»Ja. Ich habe ein verzweifeltes Bedürfnis nach Zuschauerinnen, die mich anspornen. Das hatte ich schon immer.«

»Na also.«

»Ein Grund mehr, auf mich zu hören. Du wirst später wohl kaum viele Männer treffen, die dir das sagen.«

»Hör auf damit.«

»Wenn du willst, höre ich auf. Ich will nur, daß du Bescheid weißt.«

»Bescheid worüber?«

»Daß Männer nur darauf aus sind, die Hauptrolle zu spielen. Auch der Mann, der draußen den Eindruck erweckt, sanftmütig zu sein und frei von Konkurrenzstreben. Siehst

du ihn dann im Schutz seiner Paarbeziehung mit einer Frau, hat er genauso den Drang, die Szene zu beherrschen.«
»Jeder braucht Aufmerksamkeit. Auch die Frauen.«
»Der Unterschied ist, daß Männer Aufmerksamkeit wollen für das, was sie *tun*, oder für das, was sie *haben*. Nicht für das, was sie *sind*.«
»Und die Frauen für das, was sie sind?«
»Ja.«
»Schön und gut, aber am Ende gleicht es sich wieder aus.«
»Eben nicht. Weil die Männer von jeher so von ihrem Tun und Haben eingenommen waren, daß für das Sein kaum noch Platz übriggeblieben ist.«
»Was heißt das?«
»Daß demjenigen, der *tut* oder *hat*, die ganze Macht gehört, und derjenige, der *ist*, wird zusammen mit anderen Gütern in den Schaufenstern der Welt zu Schleuderpreisen feilgeboten, sofern er sich nicht entschließt, auch etwas zu tun oder zu haben. Also wird auch er ein Eroberer, Plünderer und Besatzer.«
»Was soll das heißen?«
»Daß dies der Kern ihres Interesses ist, der sich hinter ihrem ganzen Gerede verbirgt. Sie nehmen sich, was sie brauchen oder wonach ihnen gerade der Sinn steht, dann verlassen sie das geplünderte Haus.«
»Was nehmen sie sich?«
»Aufmerksamkeit, Ratschläge, Zuwendung, Sex, Trost, Ermutigung.«
»Das sind alles blöde Verallgemeinerungen. Mit Luca hat das nichts zu tun.«
»Ist Luca etwa kein Mann? Wenn auch voller Unsicherheit und Flausen wie alle Heranwachsenden?«
»Du weißt gar nichts über ihn.«
»Aber ich weiß, wie Männer funktionieren. Auch der Gebildete, dicht unter seiner gebildeten Fassade. Auch ich, das habe ich dir doch gesagt.«

»Über Luca weißt du trotzdem nichts.«
»Hör zu, mir geht es auch nicht um Luca. Mir geht es um dich. Mir geht es darum, daß du dich nicht vom erstbesten Mann ausnützen und ausplündern und in den Schatten stellen oder auch nur in die Rolle der Zuschauerin drängen läßt.«
»Mach dir um mich keine Sorgen, ich kann mich sehr gut wehren.«
»Ich mache mir aber Sorgen.«
»Ich will nicht mehr darüber reden.«
»Ich hab nur versucht, dir ein paar Informationen zu geben.«
»Besten Dank für deine Informationen.«
»Du willst einfach die Tatsachen nicht sehen!«
»Ich habe gesagt, ich will nicht mehr drüber reden. Schluß!«
»Schrei nicht so!«
»Schluß, hab ich gesagt! Ich will nicht mehr darüber reden, basta! Sonst steige ich aus!«
»Versuch, dich zu beruhigen!«
»Laß mich aussteigen!«
»Fang bitte nicht an zu spinnen!«
»Du hast einen fürchterlichen Charakter!«
»Und du bist eine eingebildete Ziege!«
Er fährt schon langsamer, seit sie angefangen hat zu schreien, jetzt aber hat sie die Hand am Türgriff, und er bremst noch stärker ab. Hinter ihnen hupt ein Auto und überholt wütend, ein LKW fährt vorbei; der Luftdruck bringt den Geländewagen ins Schlingern. Er fährt an den Straßenrand, sagt: »Ist ja gut, reden wir nicht mehr davon. Hauptsache, du beruhigst dich.«
Aber sie ist zu wütend, um sich zu beruhigen, und sie hat die Tür schon aufgemacht, bevor sie ganz zum Stehen kommen: Sie springt hinaus, läuft rasch auf der Linie zwischen dem Asphalt und dem Grasstreifen entlang.
»Wohin willst du?« schreit er ihr nach. Wieder hupt ein Auto.

Ohne sich umzudrehen, geht sie entschlossenen Schritts und mit pendelnden Armbewegungen, als wolle sie die Dutzende von Kilometern zu Fuß zurücklegen, die sie vom nächsten Ort trennen, wo sie um politisches Asyl nachsuchen kann.

Er fährt im kleinsten Gang hinter ihr her, zu ihrer Seite hinübergebeugt und mit offener, hin und her schlagender Wagentür. »Komm bitte«, sagt er; ohne jede Wirkung. Er steigt aus und läuft hinter ihr her, überholt sie, pflanzt sich vor ihr auf, gestikuliert mit nach oben gekehrten Handflächen, als habe er es mit einem unberechenbaren Tier zu tun, redet in kurzen Sätzen auf sie ein, im ruhigsten Ton, den er hinbekommt. Er braucht mindestens fünf Minuten, bis er sie überredet hat, wieder ins Auto einzusteigen. Zwischen den einzelnen Sätzen nimmt er die Wiesen und Bäume ringsum wahr, auch die Sonnenwärme. Er erkennt darin Symptome eines anderen schweren Fehlers von ihm: den Hang, sich vom Brennpunkt einer Situation immer wieder abzuwenden, und wenn sie noch so dramatisch ist.

Als sie endlich wieder im Auto sitzen, fährt er so langsam wie möglich, dreht sich zu ihr und sieht sie an. Steif und undurchdringlich sitzt sie da, blickt geradeaus auf die Straße.

»Versprich mir, daß du das nie wieder tust. Aus dem Auto zu springen ist etwas Schreckliches.«

Sie schweigt.

Er beschleunigt ganz allmählich, schaut dabei immer wieder zu ihr hinüber. »Ich kann nicht gut mit derartigen Szenen umgehen, nach allem, was ich in dieser Hinsicht mit M. erlebt habe und vorher mit Caterina. Das ist etwas, was mich total ausrasten läßt.«

Sie starrt auf die Straße, ohne ihm einen Blick zu gönnen.

Er atmet tief durch; beschleunigt weiter, bis er wieder im gleichen Tempo fährt wie die anderen Autos. Er fragt sich, ob er vorhin wirklich frei von Eifersucht und Rivalität war; ob sein Ärger über das, was sich der Freund seiner Tochter herausgenommen hat, wirklich objektiv war oder ob er in Luca doch einen Konkurrenten um ihre Aufmerksamkeit sieht. Ihm fällt ein, wie sie mit drei oder vier Jahren sein Gesicht in die Hände nahm und zu sich drehte, wenn sie merkte, daß er den Blick abgewandt hatte. Und wie er einmal mit Höchstgeschwindigkeit durch ganz Italien gerast und in einem Haus am Meer die Treppe hinauf und auf die sonnige Terrasse gerannt war und sich darauf freute, daß seine Tochter sich ihm in die Arme werfen würde, und wie sie statt dessen ganz in ein Spiel mit einer Gleichaltrigen vertieft war. Er denkt an die Auseinandersetzungen mit M., wenn jeder sich die Aufmerksamkeit des anderen erkämpfen will: an die Wut, die ihre Stimmen und Gesten durchziehen, bis sie voller Bosheit sind.

»Vielleicht lasse ich mich zu leicht hinreißen. Wenn ich erst mal in Fahrt bin, kann ich mich kaum noch bremsen. Aber ich dachte, es lohnt sich, dir diese Dinge zu sagen.«

Sie schweigt beharrlich. Es ist nicht einmal klar, ob sie ihm überhaupt zuhört oder ob sie ihre Schotten dichtgemacht hat, die sie einsetzt, um zum Beispiel die Schule durchzustehen.

»Darf ich wenigstens über mich selbst sprechen? Wenn ich dich völlig außen vor lasse?«

Sie zuckt ganz leicht mit den Achseln, aber es ist immerhin eine Reaktion.

»Mit M. zum Beispiel ist es so, daß für mich alles erlischt, wenn sie mir mal fünf Minuten lang ihre Aufmerksamkeit entzieht. Wie wenn man in einem Zimmer das Licht ausmacht. Die totale Finsternis, man versinkt darin.«

»Wieso redest du dann dauernd über andere?«

»Jetzt rede ich von mir, nicht von den anderen. Natürlich kommt es auch darauf an, was der andere dir für die Aufmerksamkeit gibt, die er von dir verlangt. Und *wofür* er sie verlangt. Ob er von dir Aufmerksamkeit für sein Gewäsch über Autos oder über Fußballmannschaften verlangt oder dir vorführen will, wie gut er sich die Namen und Daten und lateinischen Zitate gemerkt hat, die ihm in der Schule beigebracht worden sind. Oder ob er sie vielleicht für etwas Interessantes verlangt.«

Ihm fällt ein, wie berauschend die Aufmerksamkeit war, die M. ihm in der Anfangszeit geschenkt hatte; sie war ihm tausendmal intensiver erschienen als alle Aufmerksamkeit, die er je von einem Menschen bekommen hatte; schon damals war ihm klar, daß es Mangelerscheinungen bei ihm auslösen würde, wenn er auch nur ein bißchen weniger davon bekäme.

Er denkt an M.s Verlangen nach Aufmerksamkeit; seine Bemühungen und seinen Eifer, um ihm gerecht zu werden. Er denkt an ihre gemeinsamen Frühstücksgespräche: die Details, auf die sie sich gegenseitig aufmerksam gemacht haben, die Ratschläge, die raschen und die verzögerten Urteile, der Austausch von Blicken. Er denkt an drei, vier, zehn Momente, in denen ihrer beider Bedürfnis nach Aufmerksamkeit gleichzeitig so brennend war, daß sie in scheinbar unerklärliche Wut gerieten. Ihm fallen Sätze ein, die sie sich ins Gesicht geschleudert haben, Vorwürfe, die jeden Aspekt ihres Wesens umfaßten bis hin zu ihren geographischen und genetischen Ursprüngen. Wilde Ausbrüche in Zimmern, auf Korridoren und in Treppenhäusern, vor offenen und verschlossenen Türen. Sich wiederholende und vervielfältigende Sätze, mit denen sie aufeinander losgingen wie mit wirkungslosen Waffen.

»Letztlich reduziert sich alles auf das Angebot und die Nachfrage von Aufmerksamkeit. Die Aufmerksamkeit, die du brauchst, und die Aufmerksamkeit, die du gibst. Die Aufmerksamkeit, die du schenkst oder kaufst, die du verkaufst oder eintauschst. Wir können sie Liebe oder Freundschaft nennen, Bewunderung oder Interesse oder Neugier oder Unterwürfigkeit oder Leidenschaft oder Manie oder Lust, was immer du willst.«

Sie bekundet keinerlei Interesse.

»Was nicht weiter verwunderlich ist, denn ohne Aufmerksamkeit gibt es *nichts*. Was auch geschieht, es ist, als würde es nicht geschehen. Als würde ein Meteorit in einem Zeitalter ohne Seismographen in der sibirischen Wüste aufschlagen.«

Sie fixiert die Straße, übt sich darin, keine Aufmerksamkeit nach außen dringen zu lassen.

»Das Dumme ist nur«, fährt er fort, »daß fast jeder mehr Aufmerksamkeit verlangt, als er zu geben bereit ist. Weil fast jeder denkt, er sei im Mittelpunkt der Welt. Wenn du es mal aus der Distanz betrachtest, siehst du Millionen von Menschen, alle überzeugt, im Mittelpunkt der Welt zu stehen, und nach der Aufmerksamkeit gierend, die sie darin bestätigt. Lächerlich, was? Und doch liegt darin vielleicht die Essenz unseres Seins. Vielleicht sind wir im schlimmsten Fall nichts als kleine Wühltiere und nur darauf aus, eine Höhle zu graben und alles hineinzuschleppen, was wir irgend erhaschen können, Dinge und Menschen und Empfindungen. Und im besten Fall sind wir wie kleine Spiegel, die Lichtteilchen aus dem Universum auffangen, denen sie ihre Aufmerksamkeit zuwenden.«

Sie äußert sich immer noch nicht. Der durch ihr Verhalten erzeugte Mangel an Aufmerksamkeit veranlaßt ihn, immer hektischer über immer abwegigere Themen zu reden.

Auf einem Markt mit Blumen und Gemüse und anderen Erzeugnissen der Gegend kaufen sie frische Eier und harten Ziegenkäse

Auf einem Markt mit Blumen und Gemüse und anderen Erzeugnissen der Gegend kaufen sie frische Eier und harten Ziegenkäse und ein kleines Klappmesser, immer noch ohne miteinander zu sprechen. Dann setzen sie sich in ein Café an einen Tisch im Freien, essen Omelette und trinken Orangensaft und Bier. Sie sendet eine SMS ab; er schreibt eine an M., aber es kommt ihm töricht vor. Er versucht erneut, M. anzurufen: Sie ist nicht da. Das Bier löst in ihm einen gewissen Gleichmut aus, und er studiert konzentriert die Straßenkarte. Die Sonne ist verdeckt, der Westwind treibt eine dunkle Wolkenfront vor sich her. Schließlich sagt er: »Hör jetzt auf, bitte. Ich wollte dich nicht ärgern.«

Sie bleibt stumm: die junge Sphinx.

»Hast du gehört? Es reicht.«

»Du hast angefangen.«

»Ist ja wahr, ich bin schuld, aber jetzt hör auf damit. Warum müssen wir uns die Reise am vorletzten Tag verderben?«

»Du hast sie verdorben.«

»Ich wollte nur mit dir reden. Aber offensichtlich habe ich es nicht richtig angestellt.«

»Allerdings.«

»Einverstanden. Es tut mir leid. In Ordnung?«

»Nein.«

»Sieh dir diese schwarzen Wolken an. Sieh dir die alten Platanen da drüben an, die Schrift auf dem rosa Haus, den Typen mit dem Riesenschnurrbart dort drüben.«

»Interessiert mich nicht.«

»Komm, bitte. Die Reise ist zu Ende. Morgen nachmittag bist du wieder in Mailand.«

»Gott sei Dank.«

»Jetzt sei nicht so unbarmherzig. Bevor wir's uns versehen, ist es ferne Vergangenheit, daß wir zusammen hier waren und du sechzehn warst.«

»Fängst du jetzt auch noch an, mich emotional zu erpressen?«

»Ich versuche nur, dich zu besänftigen.«

»Mir ist kalt.«

»Ich würde gern noch einen kleinen Abstecher machen. Schau mal hier, diese Ortschaft. Nur ein kleiner Umweg, etwa zwanzig Kilometer nach Norden, ein Stück weiter vorn kommen wir wieder auf die Staatsstraße. Wir verlieren ganz wenig Zeit.«

»Was gibt es dort zu sehen?«

»Im neunzehnten Jahrhundert lebte dort eine kleine Gemeinde mystischer Anarchisten. Haus und Grund gehörte allen gemeinsam, sie bauten Amarant an und züchteten Schafe und spannen und färbten Stoffe, bis die Regierung die Armee hinschickte, die alles zerstörte und alle ins Gefängnis warf.«

»Warum?«

»Weil sie keine Obrigkeit und keine Institutionen anerkennen wollten.«

»Und in welchem Sinn waren sie Mystiker?«

»Sie hatten eine besondere Religion mit Elementen aus verschiedenen Epochen und Gegenden. Viel gibt es wohl nicht mehr zu sehen, aber ich möchte mir den Ort mal ansehen.«

»Wenn wir es schaffen, morgen nachmittag zu Hause zu sein.«

»Hab ich dir doch versprochen.«

»Na gut.«

»Also, fahren wir weiter. Mußt du nicht Pipi machen?«

»Ich bin doch nicht mehr zwei, du brauchst mich nicht zu erinnern.«

»Du bist aber immer so zerstreut, in praktischen Dingen. Du vergißt sogar, daß du hungrig oder müde bist.«

»Fang nicht wieder an.«

»Schon gut, schon gut. Also dann in zwei Minuten.«

Er zieht sein Handy aus der Tasche, holt die SMS von vorhin zurück und drückt die *yes*-Taste.

Eine SMS

VON: GIOVANNI
ZEIT: 13.07

DIE PLATANEN HIER WÜRDEN DIR GEFALLEN. RUF DICH SPÄTER AN.
G.

Sie fährt von ihrem Sitz hoch und schaut hinaus

Sie fährt von ihrem Sitz hoch und schaut hinaus, trommelt an die Fensterscheibe, schreit: »Stop, bleib stehen! Halt sofort an!«

Er tritt mit voller Kraft aufs Bremspedal; der Geländewagen schlingert und schlittert, bis er, in eine Staubwolke gehüllt, zum Stehen kommt, mit zwei Rädern auf dem Randstreifen.

Sein Herz rast: »Was ist passiert?«

»Ein Hundezwinger! Ich hab das Schild gesehen, da drüben! Wir müssen zurückfahren!«

»Bist du übergeschnappt? Wir hätten uns überschlagen können! Du hast mir einen Mordsschreck eingejagt!«

»Aber da war ein Hundezwinger! Ich schwör's dir!«

»Das ist ja nicht zu glauben.«

»Da war ein Schild ›Hundezwinger‹, ich hab's genau gesehen. Es war auch ein Hund draufgemalt.«

»Na und? Wir bauen fast einen Unfall, nur weil du einen Hundezwinger siehst?«

»Laß uns zurückfahren.«

»Du mußt verrückt sein.«

»Vielleicht haben sie Welpen, die sie weggeben.«

»Du bist wirklich verrückt. Womit habe ich eine Tochter mit einem solchen Fimmel verdient?«

»Schauen wir es uns an. Wir brauchen nur fünf Minuten.«

»Kommt nicht in Frage.«

»Bloß fünf Minuten. Ich war damit einverstanden, zu deinem Anarchistendorf zu fahren, obwohl es ein Riesenumweg ist.«

»Es ist ein Umweg von höchstens anderthalb Stunden. Was hat das mit dem Hundezwinger zu tun?«

»Es hat was damit zu tun, denn wenn wir schon einen Umweg machen, kommt es auf fünf Minuten auch nicht mehr an. Bitte.«

»Meine Güte, man könnte meinen, du bist vier Jahre alt.«

»Wir gucken nur mal kurz. Jetzt haben wir sowieso schon angehalten.«

»Du bist gut. Beinahe wäre es für immer gewesen.«

»Ach bitte. Wenn wir diesen Umweg nicht gemacht hätten, wären wir hier gar nicht vorbeigekommen. Es ist einfach Schicksal.«

»Setz dir jetzt nicht solche Ideen in den Kopf.«

»Nur ein kurzer Blick. Los, fahr zurück.«

»Wirklich nur ein Blick, dann fahren wir weiter. Schlag dir aus dem Kopf, daß wir einen Hund kaufen.«

»Ja, ja.«

»Schwörst du, daß du dann kein Theater machst?«

»Ja.«

»Sag: Ehrenwort.«

»Ehrenwort.«

Er wendet und fährt zurück bis zu einem flachen Gebäude, das wie eine ehemalige kleine Fabrik aussieht. Da es keinen Parkplatz gibt, läßt er den Geländewagen mit eingeschaltetem Warnblinklicht ein paar Meter weiter vorn stehen. Sie springt hinaus, rennt zum Tor, an dem neben der naiven Hundezeichnung und der Aufschrift »Hundeheim« ein Kästchen für Spenden hängt. In dem betonierten Hof hantieren zwei Arbeiter mit Eimern und Schaufeln, eine Mörtelmischmaschine dreht sich. Dazu kommt noch Hundegebell in allen Variationen. Sie sehen sich an: Ihr Gesicht ist ernst und angespannt.

»Was, verdammt, sagen wir ihnen?«

»Nichts. Daß wir die Hunde sehen wollen.«

»Und wenn sie gleich versuchen, uns einen anzudrehen?«

»Wir schauen erst mal, mach dir keine Sorgen.«

»Und ob ich mir Sorgen mache, so verrückt und hundenärrisch, wie du bist.«

»Los, klingle.«

Er schnaubt, drückt aber auf die Klingel: Laut und hart tönt sie durch Baustellenlärm und Hundegebell. Sie warten etwa eine Minute; die Arbeiter glotzen sie mit den Schaufeln in der Hand an. Endlich tritt eine grauhaarige hagere Frau aus einer Tür des ehemaligen kleinen Fabrikgebäudes, kommt näher und stützt sich mit den Händen aufs Gittertor. »Heute ist ein schlechter Tag, der Hof wird frisch betoniert«, sagt sie unfreundlich.

»Ich hab's gesehen«, sagt er.

Seine Tochter sieht ihn an, sie erwartet, daß er die Verhandlung führt.

»Kommen Sie Montag oder Dienstag wieder«, sagt die Frau.

»Wir sind auf der Heimfahrt. Am Montag sind wir in Mailand.«

»Was für einen Hund suchen Sie?« fragt die Frau.

»Wir wollten uns nur mal umsehen«, sagt er.

»Und fragen, ob es Welpen gibt«, sagt seine Tochter. »Frag sie auf französisch.«

»Ich frage nicht.«

»Welpen gibt es zur Zeit nicht«, sagt die Frau auf italienisch, ohne deswegen freundlicher zu werden. »Wir haben Jungtiere. Zwölf Monate, fünfzehn.«

»Na ja, macht nichts.«

»Könnten wir die mal sehen?« sagt seine Tochter.

»Was für einen Hund haben Sie sich vorgestellt?« sagt die Frau. »Einen großen? Einen kleinen?«

»Weder groß noch klein«, sagt er.

»Einen großen«, sagt seine Tochter.

»Himmel noch mal, du hast es mir geschworen«, sagt er.
»Wohnen Sie in Mailand?« fragt die Frau.
»Nein«, sagt er.
»Ja«, sagt seine Tochter.
»Nur ab und zu«, sagt er.
»In was für einem Haus?« fragt die Frau. »Haben Sie einen Garten? Eine Terrasse?«
»Weder Garten noch Terrasse«, sagt er.
»Eine große Terrasse«, sagt seine Tochter. »Und gleich vor dem Haus ist ein Park.«
Die Frau umfaßt mit den Fingern die Gitterstäbe. »Sie wohnen wohl nicht zusammen?«
»Nein«, sagt er.
»Nur ab und zu«, sagt seine Tochter.
»Ab und zu«, sagt er.
»Hatten Sie schon mal einen Hund?« fragt die Frau.
»Ja«, sagen beide gleichzeitig.
»Wie viele?«
»Einen.«
»Und was ist aus ihm geworden?«
»Er ist gestorben«, sagt seine Tochter.
»Er war schon sehr alt, als wir ihn genommen haben«, kommt er ihr rasch zu Hilfe.
»Ja, steinalt«, sagt seine Tochter. »Der Ärmste.«
»Wir hatten ihn drei Jahre, dann ist er gestorben«, sagt er, die übermütigen Sprünge und das vergnügte Quietschen des Zwergschnauzers in den Armen der venezolanischen Bühnenbildnerin vor Augen, die ihn adoptiert hat. Er fragt sich, wie er nur in diese Rolle des Komödianten und Schwindlers hineingeraten konnte; ob seine väterliche Komplizenschaft Grenzen hat.
»Und wie war er?«
»Groß«, sagt er und deutet die Größe eines Löwen an.
»Riesig«, sagt seine Tochter. »Schwierig zu halten, in der Stadt.«

»Bissig war er auch«, sagt er, um dem Bild wenigstens ein wahres Element hinzuzufügen.

»Man brauchte ihn nur aus Versehen mit dem Fuß zu streifen, wenn er schlief«, sagt seine Tochter. »Und schon schnellte er hoch und schnappte zu, er wachte nicht mal auf dabei.«

»Was haben Sie gemacht, wenn er gebissen hat?«

»Nichts«, sagt er.

»Nichts«, sagt seine Tochter.

»Wir haben versucht, ihn zu verstehen«, sagt er.

Die Frau kneift Augen und Lippen zusammen. Ihr Gesicht, ihr Haar und ihre Kleidung, ihre ganze Gestalt lassen die Mühe und den täglichen Einsatz bei ihrer nur durch karge Spenden unterstützten Arbeit erkennen.

»Tut mir leid, aber in so unsichere Verhältnisse können wir unsere Hunde nicht geben«, sagt sie.

»Was soll das heißen?« sagt er und versteht nicht, weshalb er jetzt eher Enttäuschung als Erleichterung empfindet.

»Wir überlassen sie nur Personen oder Familien, bei denen ein Minimum an Ordnung und Kontinuität gewährleistet ist.«

»Na schön, trotzdem vielen Dank«, sagt er.

Seine Tochter sieht ihn an, es ist klar, daß sie erwartet hat, er würde ihren Standpunkt bis aufs äußerste verteidigen.

»Wenn Sie etwas spenden möchten«, sagt die Frau.

Er zieht ein paar Geldscheine aus seinem Portemonnaie und hält sie ihr hin. Die Frau zeigt auf das am Zaun hängende Kästchen, sagt: »Nicht für mich, für die Hunde.«

»Das war mir klar«, sagt er und steckt die Scheine in den Schlitz.

Sie deutet eine Geste des Danks an und wendet sich zu den Arbeitern.

Stumm kehren sie zum Auto zurück, fahren wieder los.

Nach etwa fünf Minuten sagt er: »Na, da hattest du deinen Willen. Ziemlich kläglich haben wir dagestanden.«

Sie sieht ihn mit einem Ausdruck tiefster Enttäuschung an: »Wie konntest du bloß sagen, daß Wolfgang an Altersschwäche gestorben ist?«

»Ich mußte ihr ja irgendwie erklären, warum wir ihn nicht mehr haben, oder?«

»Was für eine blöde Kuh!«

Aber als er sich zu ihr dreht und ihr ernstes Gesicht einer zivilisierten jungen Wilden sieht, muß er lachen. Sie kann nur ein paar Sekunden lang widerstehen, dann lachen sie beide los, wie zwei Komplizen, etwas beschämt und nachträglich verlegen und plötzlich auch realistisch und einsichtig.

Die dunkle Wolkenwand hat von Westen her den ganzen Himmel überzogen

Die dunkle Wolkenwand hat von Westen her den ganzen Himmel überzogen, das graue Licht dämpft die Farben und läßt die Landschaft entlang der kurvenreichen, abschüssigen Straße rauher erscheinen. Er hat das Gefühl, im plötzlichen Wetterumschwung durch ein Feld elektrischer und magnetischer Kontakte zu fahren.

Seine Tochter sagt: »Es stimmt nicht, daß wir zu unzuverlässig sind, als daß man uns einen Hund anvertrauen könnte.«

»Es liegt an mir, glaube ich«, sagt er. »Obwohl auch du nicht gerade den Vorstellungen entsprichst, den sich Hundezüchter von einer vorbildlichen Hundehalterin machen.«

»Wieso nicht?«

»Weil du erst sechzehn bist.«

»Na und?«

»Mit sechzehn hat man noch keinen so organisierten Tagesablauf, oder?«

»Das nicht, aber ich bin sehr wohl imstande, mich um einen Hund zu kümmern.«

»Das Problem war vermutlich ich, wie gesagt. Wahrscheinlich erwartet man zumindest von einem Vater ein Minimum an Stabilität.«

»Ach ja?«

»Frag doch die Frau vom Hundeheim.«

»Und was meinst du?«

»Ich glaube, daß ich in meinen Gefühlen und Grundprinzipien *sehr* stabil bin. Was den Rest betrifft, allerdings nicht sehr.«

»Nicht?«

»Nein. Mir scheint, daß ich mein Leben jederzeit ändern könnte. Arbeit, Wohnort, Klima, Essen, Arbeitszeit, Schuhe.«

»Jederzeit?«

»Wenn sich eine überraschende Gelegenheit bieten würde.«

»Was für eine?«

»Wenn sich unverhofft eine Tür auf ein völlig neues Szenario auftun würde.«

»Wirklich?«

»Ja, aber guck mich nicht so an. Du wirst schon sehen, früher oder später finde ich den Ort und das Haus, die mich überzeugen. Und in der Nähe vielleicht ein Haus für dich. Dann kannst du mich für länger besuchen, mit wem du willst, oder auch ganz bleiben.«

»Dann können wir uns endlich einen Hund halten, stimmt's.«

»Ja.«

»Du hast ja gesagt! Wir können uns einen Hund halten!«

»Klar doch, sogar zwei, wenn ich den Ort gefunden habe, von dem ich überzeugt bin. Und Pferde und Esel und Gänse und Hühner, alles, was wir wollen.«

»Aber du wirst nie einen Ort finden, von dem du überzeugt bist.«

»Warum nicht?«

»Wenn du ihn bis jetzt nicht gefunden hast.«

»Na und? Warum mußt du so negativ sein? Ich habe es noch nicht aufgegeben. Ich bin sogar *sicher*, daß ich ihn finde.«

»Kann sein, daß du ihn findest, aber nach einer Weile bist du dann nicht mehr so überzeugt, und ich werde nie einen Hund haben.«

»Doch, doch, ich werde ihn finden, und ich werde auf Dauer davon überzeugt sein und nie schwankend werden. Ich werde in eine neue Lebensphase eintreten. Ich werde dir und

M. zeigen, daß ich kein pathologischer Heimatloser bin, verdammt.«

»Ich will den Hund aber gleich. Nicht erst, wenn du in eine neue Lebensphase eintrittst.«

»Vielleicht beginnt sie gerade jetzt, meine neue Lebensphase, was weißt denn du? Woher kommt überhaupt dieser Hundefimmel? Bist du ganz sicher, daß du nicht irgendein ernstes emotionales Defizit hast?«

»Ganz sicher. Fang nicht wieder damit an.«

»Du verdrängst das Problem doch nicht etwa? Bei deiner von mir geerbten Neigung zum Verdrängen?«

»Ich habe nicht das geringste Defizit. Ich will nur einen Hund, und basta.«

»Ich habe versucht, soviel ich konnte für dich dazusein, auch wenn deine Mutter und ich uns getrennt haben. Ich habe die Wohnung in Mailand behalten, um in deiner Nähe zu sein.«

»Du hast sie meinetwegen behalten?«

»Na ja, ich glaube nicht, daß ich sonst je wieder einen Fuß hineingesetzt hätte. Und jahrelang bin ich jeden Abend zu dir gekommen, um dir eine Geschichte vorzulesen.«

»Nicht jeden Abend.«

»Fast jeden Abend. Ich habe dir Hunderte von Geschichten vorgelesen. Ich habe in den Kinderbuchabteilungen der Buchhandlungen ganze Regale leer gekauft. In deinem Zimmer war gar kein Platz mehr für all die Bücher. Erinnerst du dich nicht mehr?«

»Vielleicht.«

»Du erinnerst dich nicht mehr, wie ich dir nach dem Vorlesen jedesmal die Geschichte vom müden Eichhörnchen erzählt habe, das schlafen wollte, aber von seiner Mutter ins Dorf geschickt wurde, um Haselnüsse zu kaufen, und dann zählen mußte, wie viele Münzen es hatte, und wie viele Nüsse es bekam, und wie viele Schritte es auf dem Weg durch den Wald machen mußte, bis es wieder zu Hause war?«

»Vielleicht.«

»Was heißt hier vielleicht? Erinnerst du dich oder nicht? Wie ich die Stimme des Eichhörnchens nachgemacht habe, die beim Zählen immer langsamer und heiserer und schläfriger wurde, bis es in sein Bettchen fiel und einschlief? Und du bist in deinem Bett auch eingeschlafen und ich manchmal auch, auf dem Boden neben dir?«

»Weiß nicht, kann schon sein.«

»Ist das nicht zum Beispiel eine Form der Verdrängung, oder was?«

»Ich erinnere mich einfach nicht genau. Ich war noch so klein.«

»Du müßtest dich trotzdem daran erinnern. Ich erinnere mich an alles, verdammt.«

»Wo ist denn dieses Dorf, das du dir ansehen wolltest? Es wird spät.«

»Es ist kein Dorf. Ich weiß nicht, was davon noch übrig ist. Und werde jetzt bloß nicht unruhig. Fang nicht an, mich zu hetzen.«

»Du hast mir versprochen, daß wir morgen nachmittag in Mailand sind.«

»Wir sind morgen nachmittag in Mailand.«

»Das glaube ich nicht, wenn wir stundenlange Umwege machen.«

»Es sind keine stundenlangen Umwege. Und laß deine Enttäuschung wegen des Hundes bitte nicht an mir aus.«

»Ich lasse sie nicht an dir aus.«

Der Himmel wird immer dunkler, fast bedrohlich hat er sich auf die Landschaft gesenkt. In einer Kurve läßt ein Donnerschlag das Auto vibrieren, zwei Sekunden später klatscht dichter Regen an die Windschutzscheibe und prasselt auf das Blechdach. Er schaut nach rechts und nach links, aber es gibt nirgends Wegweiser.

Der Regen über den Hügeln wird immer stärker, die Luft kühlt immer mehr ab

Der Regen über den Hügeln wird immer stärker, die Luft kühlt immer mehr ab. Die Scheibenwischer jagen mit Höchstgeschwindigkeit hin und her, aber es reicht kaum aus, um die Seitenstreifen zu erkennen. Zu beiden Seiten sind Eichenwälder, von ein paar Wiesen unterbrochen. Die Landschaft scheint unbewohnt. Er verlangsamt noch mehr, schiebt den Hebel für die Heizung ins rote Feld. Sie klettert geschickt auf den Rücksitz, nimmt einen Pullover aus dem Koffer und zieht ihn sich über.

»Hilfst du mir dabei, die Jacke anzuziehen?« fragt er. Mit dem Handrücken wischt er die beschlagene Windschutzscheibe ab.

Sie hilft ihm in die Jacke, erst in den einen, dann in den andern Ärmel, fragt: »Wo ist denn nun der Ort, den du sehen wolltest?«

»Wir müßten fast da sein. Es ist auf der Karte nicht ganz klar zu erkennen.«

»Was heißt nicht ganz klar?«

»Es ist keine sehr detaillierte Karte. Aber keine Sorge, Karten lesen kann ich.«

»Ja?«

»Es gehört zu meinem Job. Wie sollte ich mich sonst zurechtfinden, wenn ich einen bestimmten Ort suche?«

»Willst du wirklich hinfahren, bei diesem Wetter?«

»Wenn wir schon mal in der Nähe sind. Ich seh's mir nur ganz kurz an. Fünf Minuten.«

Sie schaut hinaus, nicht sehr überzeugt. Der Regen hat in-

zwischen seine Konsistenz verändert, die Tropfen prallen wie in schmelzenden kleinen Eishüllen an die Windschutzscheibe.
»Es hagelt«, sagt sie.
»Eine Art Schneeregen.«
»Bist du sicher, daß wir auf der richtigen Straße sind?«
»Ich sag dir doch, du brauchst dir keine Sorgen zu machen.«
»Mach ich ja nicht. Aber sieh dir diese Straße an.«
Tatsächlich ist die Straße schon voller Pfützen und kleiner Sturzbäche, und auf der Hangseite wachsen Ginsterbüsche und Brombeergestrüpp in die Fahrbahn hinein, auf der Talseite sind ganze Stücke abgebröckelt; anscheinend ist es keine sehr befahrene Strecke.
»Mit diesem Auto bekommen wir keine Probleme«, sagt er. »Mit dem automatischen Allradantrieb und den mud-&-snow-Reifen und allem.«
»Mud und was?«
»Mud-&-snow, der Autohändler hat es mir erklärt, als ich den Wagen gekauft habe. Solche Straßen sind genau richtig für ihn.«
»Ach ja?«
»Für solche Situationen ist er konstruiert worden.«
Er blickt nach rechts und nach links: Keine Spur von einem ehemaligen Dorf oder von verfallenen Häusern, keine Trampelpfade oder Fuhrwege. Er schaut auf den Kilometerzähler und versucht vergebens sich zu erinnern, auf welchem Stand er beim letzten Abzweig war. Er nimmt die Karte und faltet sie auf dem Lenkrad auseinander: Er kann nicht eindeutig erkennen, wo genau sie sich in bezug auf den kleinen roten Kreis befinden, den er mit Filzstift eingezeichnet hat. Der Regen prasselt jetzt in wütenden kleinen Tropfen gegen die Scheiben.
»Halt doch an, wenn du auf die Karte sehen mußt«, sagt sie.

»Ich sehe es auch so, sei nicht so ängstlich.«
»Und du sei nicht so dumm.«
»Bin ich je ein draufgängerischer Fahrer gewesen? Hm?«
»Nein. Aber wenn du auf so einer Straße und bei diesem Regen auf die Karte sehen mußt, kannst du trotzdem anhalten.«
»Ich hab schon genug gesehen. Es muß gleich kommen, wenn wir nicht schon vorbeigefahren sind.«
»Sollten wir nicht lieber umkehren und zur großen Straße zurückfahren?«
»Jetzt ist es besser, wenn wir weiterfahren und später wieder auf die andere Straße einbiegen.«
»Bist du sicher, daß wir von hier aus hinkommen?«
»Aber ja. Und wenn nicht, kehren wir eben um.«
Sie blickt auf die Uhr, blickt auf das Display ihres Handys.
»Madonna, sei doch nicht so unruhig.«
»Hier ist kein Empfang.«
»Kannst du es nicht ein paar Minuten lang ohne aushalten? Ich sag dir doch, morgen nachmittag sind wir wieder in Mailand.«
»Sieh doch, wie es schüttet. Und da soll ich mir keine Sorgen machen?«
»Könntest du nicht wieder so sein wie vorhin?«
»Wann vorhin?«
»Als wir über die Hundeheimgeschichte gelacht haben.«
»Kann ich nicht, wenn es immer schlimmer wird.«
»Reden wir über etwas anderes.«
»Worüber denn?«
»Über Luca, zum Beispiel. Was hat er nach dem Gymnasium vor?«
»Laß bloß Luca in Ruhe, bitte.«
»Warum? Ich bin neugierig.«
»Worauf? Sieh lieber auf die Straße.«
»Auf seine Zukunftsvorstellungen. Was will er machen, wenn er groß ist?«

»Weiß ich nicht.«

»Du hast keine Ahnung? Habt ihr nie darüber gesprochen?«

»Regisseur würde ihm gefallen.«

»Regisseur?«

»Ja.«

»Film- oder Theaterregisseur?«

»Film.«

»Kennt er sich schon ein bißchen aus?«

»Er sieht sich einen Haufen Filme an. Die ganze Zeit.«

»Ich meine, ob er schon weiß, wie Filme gedreht werden?«

»Er hat eine tolle Sammlung von Videos, die hat er alle genau studiert.«

»Hat er auch mal versucht, was Eigenes zu drehen?«

»Er hat Videofilme gemacht, aber dann wollte ihm sein Vater die Kamera nicht mehr leihen, weil sie sich zerstritten haben.«

»Kann er sich keine andere besorgen?«

»Nein.«

»Er möchte also auf eine Filmhochschule gehen, wenn er mit dem Gymnasium fertig ist?«

»Vielleicht.«

»Was heißt vielleicht?«

»Ich glaube schon.«

»Auf welche Schule? Hat er sich schon informiert?«

»Er möchte nach Amerika.«

»Wohin nach Amerika?«

»Weiß nicht.«

»Weiß er es?«

»Noch nicht.«

»Spricht Luca Englisch?«

»Ja.«

»Wo hat er es gelernt?«

»In der Schule.«

»Auf dem Gymnasium, meinst du?«

»Ja.«

»Du weißt doch, wie der Sprachunterricht an den italienischen Schulen ist, oder? Das ist eine der Katastrophen in unserem Land, dieses linguistische Analphabetentum.«

»Er hat es jedenfalls gelernt.«

»Er sollte vielleicht noch ein paar Kurse besuchen.«

»Hat er auch vor.«

»Und wie will er es anstellen, nach Amerika zu kommen? Wer würde ihm das Geld dafür geben?«

»Weiß nicht.«

»Seine Eltern?«

»Vielleicht.«

»Hast du eine Ahnung, was eine Filmschule in Amerika kostet?«

»Wieviel?«

»Sehr viel.«

»Er kann sich um ein Stipendium bewerben.«

»Glaubst du, die Amerikaner brennen nur darauf, einem braven kleinen Italiener, der gern Regisseur werden möchte, ein Stipendium zu geben?«

»Weiß nicht.«

»Hatte Luca nicht ein sehr schlechtes Verhältnis zu seinem Vater? Und jetzt soll er plötzlich der tolle Kumpel sein, der ihn bei diesem Abenteuer unterstützt?«

»Weiß nicht.«

»Oder will er als Penner leben in Amerika? Als Dharma-Vagabund? Eine Kostprobe davon hat er uns ja letzten Sommer geliefert, als wir ihn am Hafen abgeholt haben.«

»Noch ein Wort, und ich steige aus.«

»Ich frage ja nur.«

»Ja, aber es sind bekloppte Fragen, und du willst Luca als Schwachkopf hinstellen.«

»Will ich nicht. Nur sollte er vielleicht irgend etwas Konkretes in der Hand haben, oder? Bevor er große Pläne schmiedet.«

»Hattest du viel Konkretes in der Hand in Lucas Alter?«
»Nein. Aber etwas mehr als er vielleicht. Jedenfalls hatte ich nicht so viele Allüren.«
»Du hast doch gesagt, daß du zu neunzig Prozent aus Allüren bestanden hast in seinem Alter. Neunzig Prozent Allüren und zehn Prozent Substanz.«
»Das habe ich im nachhinein und von einem überkritischen Standpunkt aus gesagt. Du kannst nicht ständig alles, was ich dir sage, gegen mich verwenden.«
»Und du? Verwendest du etwa nicht alles gegen mich, was ich dir sage?«
»Nicht gegen dich. Und nicht, um berechtigte Fragen abzuweisen.«
»Man sagt nicht: eine Frage abweisen. Man kann bloß eine Klage abweisen.«
»Tu jetzt nicht so klugscheißerisch.«
»Du bist eine Hyäne.«
»Ich bin keine Hyäne. Ich versuche nur, ab und zu die Rolle des Erwachsenen zu übernehmen.«
»Hast du nicht immer gesagt, Rollen sind etwas Schreckliches?«
»Ich habe gesagt, sie sind schrecklich, wenn sie stärker werden als man selbst.«
»Du hast gesagt, daß Rollen immer stärker sind als man selbst.«
»Ach ja? Na gut, kann sein, daß ich das gesagt habe.«
»Hast du.«
»Fest steht, daß es auch nicht schön ist, wenn man sich vor seiner Rolle drückt und so tut, als habe man keine. Wenn man sich gegenüber den eigenen Kindern als großartiger Kumpel und Freund gibt und keinerlei Verantwortung für sie übernimmt. Die Kinder verlieren bei diesem Spiel den Halt und gehen unter, wenn sie nicht ganz großes Glück haben.«
»Du zimmerst dir immer so schöne Theorien zurecht, aber

in der Praxis hältst du dich nie daran! Du bist der inkonsequenteste Mensch der Welt!«

»Sag ein Beispiel.«

»Du sagst, daß man nicht realistisch sein soll, wenn man etwas Interessantes machen will. Daß man sich nicht von Wahrscheinlichkeitsberechnungen aufhalten lassen soll. Kaum erzähle ich dir jedoch, daß Luca Regisseur werden will, stellst du ihn als Schwachkopf hin, nur weil er nicht realistisch genug ist.«

»Nein, so ist es nicht. Ich habe nie gesagt, daß es falsch von Luca ist, Träume zu haben.«

»Du sagst aber, er ist ein Schwachkopf, wenn er Träume hat.«

»Daß er ein Schwachkopf ist, habe ich nie gesagt.«

»Doch, du hast es gesagt! Jedenfalls hast du es so gemeint.«

»Ich möchte bloß nicht, daß ihr *völlig* wirklichkeitsfremd seid. Ich möchte, daß ihr Träume habt, aber auch ein Minimum an Realitätssinn, ein Minimum.«

»Du hattest in unserem Alter überhaupt keinen Realitätssinn.«

»Woher willst du das wissen?«

»Du hast es selbst gesagt. Tausendmal.«

»Schon gut, ich hatte keinen Realitätssinn. Den habe ich ja bis heute nicht. Vielleicht hab ich aber wenigsten ein Minimum, damit ein Traum eine winzige Aussicht auf Verwirklichung hat.«

»Und was wäre das Minimum?«

»Das entsprechende Know-how, zum Beispiel. *Jede* Arbeit hat eine praktische Seite, auch die ausgefallenste.«

»Es ging doch um den Realitätssinn in der *Anfangszeit*! Bevor man etwas ausprobiert hat. Du hast gesagt, daß du noch nicht mal wußtest, daß Schreiben zum Beruf werden kann, als du bei deinem ersten Buch warst. Daß alle, mit denen du darüber gesprochen hast, dich nur mitleidig belächelt haben.«

»Stimmt.«
»Na also.«
»Aber das war etwas anderes.«
»Warum war das etwas anderes?«
»Bei mir war nicht alles so vage. Ich hing nicht so in der Luft.«
»Du hast gesagt, du hingst total in der Luft.«
»Ich war nicht so unfertig und ziellos.«
»Du hast gesagt, du warst total unfertig und ziellos.«
»Ich war nicht so gleichgültig gegenüber allem.«
»Wir sind überhaupt nicht gleichgültig gegenüber allem.«
»Ich war weniger abgelenkt. Ich war aufmerksamer, mehr bei der Sache.«
»Auch in der Schule? Wenn du mir doch tausendmal erzählt hast, daß dir die Schule wie ein Museum voller ausgestopfter Tiere vorgekommen ist.«
»Wenn mich etwas nicht interessiert hat, war ich auch nicht bei der Sache. Aber wenn mich etwas interessiert hat, habe ich mich regelrecht hineingekniet. Ich konnte Stunden über den Liedertexten zubringen und habe so lange im Englischwörterbuch gesucht, bis ich alles herausbekommen hatte.«
»Wir übersetzen auch Liedertexte.«
»Ja, aber schnell mal nebenbei. Als hättet ihr noch tausenderlei andere, ebenso wichtige oder ebenso unwichtige Dinge zu tun.«
»Woher willst du das wissen? Woher zum Teufel willst du das wissen!«
»Ich sehe es doch!«
»Nichts siehst du! Du hättest bloß auch von uns gern die volle Aufmerksamkeit und ärgerst dich, daß du nicht genug bekommst! Du bist genau wie die anderen blöden Väter, die nichts, aber auch gar nichts von ihren Kindern wissen und sich einbilden, sie wüßten alles!«
»Was ich nicht ertrage, ist eure *Nachlässigkeit.* Ihr seid immer so nachlässig und unbekümmert!«

»Wobei?«

»Bei allem! Bei dem, was ihr tut, und sogar mit euch selbst. Ihr meint, alles steht euch jederzeit und unbegrenzt zur Verfügung, bis ihr euch endlich für einen Moment aus eurer Gleichgültigkeit aufrafft!«

»Hör auf! Du bist ein Arschloch und sonst nichts! Du kotzt mich an!«

»Du bist nur wütend, weil du weißt, daß ich die Wahrheit sage!«

»Sei still! Ich will nicht mehr mit dir reden!«

»Gut so, spiel dich nur als das arme Opfer des bösen Vaters auf, der dich nicht versteht!«

»Du bist ein Scheißkerl! Ich will dich nie mehr sehen! Bring mich nach Hause!«

Sie schreit mit vor Zorn flammenden Augen, daß ihm angst und bange wird. Und doch mischt sich in seine Wut und in seine Quasi-Angst eine Spur Bewunderung für ihre Reaktion, und sogar noch mehr als das: eine Art Erleichterung, hervorgerufen durch ihre Stimme und die Überzeugung, die darin schwingt, durch den Vorrat an festen und unerschütterlichen Ansichten, dank deren sie ihm die Stirn bieten und sich mit ihm auseinandersetzen kann, ohne zuletzt als Opfer dazustehen. Ihm fällt ein, wie sie vorletzten Sommer wegen irgend etwas gestritten hatten und aufeinander losgegangen waren und er wegen einer automatischen Tür sekundenlang den Eindruck hatte, sie habe die körperliche Kraft, ihn zurückzustoßen und hinauszuwerfen. Was jetzt die Kraft ihrer Stimme und das Feuer in ihrem Blick vervielfacht, ist aber keine automatische Tür. Es ist sie selbst mit ihrer schon ausgeformten Weltsicht, ein junger Mensch, so, wie er aus der zufälligen Kombination von genetischen Faktoren und Umwelteinflüssen und Schicksalsfügungen hervorgegangen ist. So wütend er ist, würde er sie am liebsten umarmen, ihr sagen, daß er froh ist, so eine Tochter zu haben, ihr auf der ganzen Linie recht geben.

Aber sein Lächeln bringt sie nur noch mehr in Rage. »Laß mich raus!« brüllt sie. »Halt an und laß mich aussteigen!«

»Hör auf mit dem Theater! Spring bloß nicht wieder aus dem Auto!«

»Laß mich aussteigen!«

»Wo willst du denn hin, in dieser Gegend!«

»Weg! Ich will nichts mehr von dir hören!«

»Nimm doch Vernunft an! Siehst du nicht, wo wir sind?«

»Laß mich raus!«

»Finger weg vom Türgriff! Führ dich nicht so auf! Du wirst klatschnaß!«

»LASS MEINEN ARM LOS! ICH WILL RAUS!«

»DU HAST MIR GESCHWOREN, DASS DU NIE WIEDER AUS DEM AUTO SPRINGST!«

»GAR NICHTS HAB ICH GESCHWOREN!«

»ICH HAB DIR DOCH GESAGT, DASS ICH EIN PROBLEM MIT SOLCHEN SZENEN HABE!«

»LASS MICH RAUS! LASS MICH RAUS!«

»LASS DIE TÜR IN RUHE! SPINN NICHT SO!«

»UND DU LASS MEINEN ARM LOS! GEH ZUM TEUFEL! GEH ZUM TEUFEL! GEH ZUM TEUFEL!«

Der Geländewagen landet im Gelände

Der Geländewagen landet im Gelände; er schlittert zunächst auf den Fahrbahnrand zu, während sie sich anschreien und aneinander herumzerren, und bevor er richtig merkt, was passiert, neigt sich der Wagen nach links und rutscht die immer steiler werdende Böschung hinunter, mit einer Geschwindigkeit, die sich durch die Kraft, mit der er aufs Bremspedal tritt und an der Handbremse zieht, in keiner Weise beeinflussen läßt, es ist wie in einem seiner wiederkehrenden Absturzträume. Büsche und Bäume und Gras und Erdreich ziehen vorbei, in einem sich dehnenden und mit einem dumpfen Knall jäh endenden Raum. Sie werden vorwärtsgeschleudert und gleich darauf mit ebenso großer Gewalt wieder zurück.

Er dreht sich zu ihr, noch bevor er Luft holen kann, sagt: »Alles in Ordnung?«

Sie gibt keine Antwort, sie ist entsetzlich bleich. Vorsichtig rüttelt er sie an der Schulter, sagt: »Hallo? Wie geht's?« Da sie immer noch nicht antwortet, springt er aus dem Auto und läuft, im Matsch ausrutschend, um die Motorhaube herum, reißt ihre Tür auf und zieht sie hinaus, verblüfft, wieviel Widerstand sie leistet, und gleich darauf, wie leicht sie ist.

Im strömenden Regen schüttelt er sie erneut, fragt: »Wie geht's dir? Wie geht's dir? Sag doch, wie es dir geht?« schaut von Panik überwältigt auf ihre Lippen, die sich bewegen, bis er sie zum zweiten- oder drittenmal sagen hört: »Du tust mir weh!«

Er läßt sie los und tritt einen Schritt zurück; sein Herz schlägt allmählich wieder in normalerem Tempo. Sie sehen sich aus nächster Nähe an, beide gleichermaßen unsicher.

Der Wagen steht auf lehmigem Grund mitten auf einem durchnäßten, ringsum von Wald eingefaßten Wiesenhang, wenige Meter von einer schmalen, unasphaltierten Straße voller Schlaglöcher entfernt, die im pladdernden Regen kaum zu sehen ist. Hinter ihnen ist ein flaches Gebäude, das wie ein Stall aussieht, mit einem heruntergekommenen Holztor. Ein Stück weiter steht ein völlig verfallenes zweistöckiges Haus ohne Dach. Ringsum verstreut liegen Abfälle aller Art, Metall- und Plastikteile, Holzscheite, ein Fensterrahmen, ein kaputter Bettrost in einer Wasserpfütze.

Es ist kalt, und ihre Haare triefen schon, die Schuhe sind voller Wasser und schlammverschmiert. »Was sind wir für unglaubliche Idioten«, sagt er.

Sie starrt ihn an und wendet dann den Blick ab, sie kann sich nicht entschließen, ob sie ihre feindselige Haltung beibehalten soll oder nicht.

Er sagt: »Dabei haben wir noch Glück gehabt. Wir hätten uns überschlagen und bis ins Tal hinunterrollen und uns sämtliche Knochen brechen können.«

»Ja?«

»Wir hätten *draufgehen* können. Zwei unglaubliche Idioten.«

»Und was machen wir nun?«

»Wir fahren wieder hinauf zur Straße.«

»Und wie?«

»Auf der kleinen Straße dort.«

»Ob der Wagen das schafft?«

»Ist doch ein Geländewagen, oder?«

»Das hab ich gemerkt, als wir da runtergerutscht sind.«

»Nur weil wir uns gestritten haben und wie zwei Blöde aneinander rumgezerrt haben, ich konnte nichts mehr sehen.«

»Wer weiß, seit wie vielen Jahren niemand mehr auf der

Straße gefahren ist. Siehst du nicht, in welchem Zustand sie ist?«

»Hör zu, wir versuchen es einfach, bevor wir uns Sorgen machen.«

Sie aber macht sich Sorgen, jetzt, wo der Schock allmählich nachläßt: Mit der angsterfüllten Miene einer Schiffbrüchigen kontrolliert sie das Display ihres Handys, beugt sich darüber, um es vor der Wasserflut zu schützen.

»Laß doch dieses Handy, bitte. Komm ins Auto, bevor wir durch und durch naß sind.«

»Und wenn der Motor nicht anspringt?«

»Er springt an. Warum sollte er nicht anspringen?«

Sie steigen ein. Er holt tief Luft und dreht den Zündschlüssel: Der Motor springt augenblicklich an. Es ist kein großer Motor, ein Zweilitermotor, geeignet für den Stadtverkehr und für Wochenendausflüge. Ihm fällt M.s Blick ein, wenn sie ihn ab und zu eine Autozeitschrift kaufen sah, ihr Lächeln darüber, daß auch er immerhin eine Spur männlicher Leidenschaft für technische Dinge hatte. Er denkt an die Scheinneutralität der Artikel über die diversen Automodelle, die technischen Urteile, deren Verfasser mit einem Auge auf den Leser und mit dem anderen auf die Automobilhersteller schielen, um es beiden Seiten recht zu machen. Er versucht sich zu erinnern, was er über die Qualitäten des Wagens gelesen hat: was er den Adjektiven, die keinen Verkaufsdirektor vor den Kopf stoßen und keinen Kunden vergraulen dürfen, an Wahrem zu entnehmen glaubte.

Er legt den Rückwärtsgang ein. Die Windschutzscheibe ist innen beschlagen und außen von Wasser überflutet. Er versucht, sie mit der Hand trockenzuwischen, tritt aufs Gaspedal. Der Motor brummt auf seine schwächliche Art, der ganze Geländewagen vibriert, und endlich schaltet sich der automatische Allradantrieb zu, die vier Räder greifen. Er manövriert mehrmals nacheinander vor und wieder zurück, bis er auf dem Platz vor dem Stall angekommen ist, dann visiert er die holprige, steil bergauf führende schmale Straße an. Er dreht sich zu seiner angespannt auf ihrem Platz sitzenden Tochter, sagt: »Kann's losgehen?« Sie nickt; er legt den ersten Gang ein und gibt Gas.

Der Geländewagen fährt recht zuversichtlich den holprigen und schlammigen Hang hinauf, bei der ersten etwas steileren Stelle verliert er jedoch an Schwung, und die Räder beginnen durchzudrehen, das Motorgeräusch wird schriller. Er gibt weiter Gas, die Räder drehen sich rasend schnell, und die Temperaturanzeige steigt in den roten Bereich; plötzlich geht der Motor aus, sie schreit: »Vorsicht!«, und sie rutschen zurück wie auf einem großen Schlitten, die regengepeitschte Landschaft gleitet vorüber und steht plötzlich still, als sie mit einem dumpfen Schlag gegen die Böschung am Rand des Vorplatzes aufprallen.

»Was ist passiert?« fragt sie.

»Das hast du doch gesehen. Der Scheißkarren hat es nicht geschafft.«

»Und jetzt?«

»Wir probieren es noch mal.«

»Und wenn wir bis ins Tal hinunterrollen?«

»Wir rollen nicht hinunter.«

»Woher willst du das wissen?«

»Hör mal zu, wenn du so ein Gesicht machst, bist du wirklich keine Hilfe. Steig lieber aus, bitte. Ich probiere es besser allein.«

Sie steigt aus, aber als er sie im Regen und im schwindenden Licht stehen sieht, krampft sich ihm sofort das Herz vor Sorge zusammen, so verloren und unvorbereitet auf derartige Situationen kommt sie ihm vor.

Er macht die Wagentür auf, sagt: »Warte.« Steigt in den aufgeweichten Lehm, in dem er einsinkt und ausrutscht, macht die Hecktür auf und kramt in seinem Koffer, zieht sein rotes Regencape heraus. Er geht zu ihr, sagt: »Zieh dir das über, du bist ja schon klatschnaß.«

Sie schlüpft in das Cape: Es ist ihr zu groß und zu weit. Sie sagt kein Wort.

Er stapft zum Geländewagen zurück, prüft die Reifen, viel kann er bei dem rutschigen Boden und dem Wasser, das ihm in die Augen rinnt, ohnehin nicht erkennen. »Du kannst ganz beruhigt sein! Es ist nichts Schlimmes! Hauptsache, wir sind unverletzt«, schreit er zu seiner Tochter hinüber.

Sie nickt, beobachtet still die Szene.

Er manövriert vor und zurück, dann stößt er im Rückwärtsgang zurück, um Schwung zu holen. Er drückt das Gaspedal bis zum Anschlag durch und fährt schneller als vorher die Straße hinauf, und genau an der gleichen Stelle wie beim erstenmal drehen die Räder wieder durch. Er gibt weiter Gas, beobachtet, wie sich die Nadel des Drehzahlmessers auf 5000 und dann auf 6000 und auf den roten Bereich zu bewegt, bis weißer Qualm und der Geruch von verbranntem Gummi von den Zylinderkopf- oder Kupplungsdichtungen aus dem Motorraum dringen und die Räder Schlamm auf die Windschutzscheibe und nach allen Seiten spritzen. Er läßt das Fenster hinunter, um überhaupt noch etwas zu sehen, Schlamm und Qualm und Gestank dringen in den Wagen, während er mit beiden Armen am Lenkrad rüttelt, als könnte er dem Auto dadurch mehr Schwung geben. Gleich darauf geht der Motor erneut aus, und der Geländewagen rutscht zurück wie ein großer Schlitten, bis er genau in dem Augenblick, als er ins Tal hinabzustürzen droht, an der lehmigen Böschung zum Stehen kommt.

Er steigt aus, von einer so geballten Wut gepackt, wie er sie noch nie erlebt zu haben meint. Er brüllt: »Dieser lächerliche Scheißkarren gibt sich als Geländewagen aus. Von Idioten gebaut und von Idioten gekauft!« Er tritt mit dem Fuß gegen die Karosserie, rutscht im Schlamm aus und landet auf dem Hintern. Schlammbedeckt und noch wütender steht er auf und will gerade wieder losbrüllen und auf das Auto einschlagen, da merkt er, daß seine Tochter ihn beobachtet.

Er geht zu ihr zum Stall hinüber, sagt: »Es hat keinen Zweck, es geht nicht.«

»Was machen wir jetzt?« fragt sie mit dünner Stimme.

»Vor allem dürfen wir uns von den Tatsachen nicht unterkriegen lassen.«

»Was soll das heißen?«

»Wir dürfen uns vom Regen und vom Schlamm und von diesem Abhang und diesem Idiotenauto und von der Dunkelheit nicht zu Sklaven machen lassen.«

»Und wie sollen wir hier wegkommen?«

»Was schlägst du vor? Hast du eine Idee?«

»Können wir nicht jemanden kommen lassen, der uns mit dem Traktor rauszieht?«

»Und wie sollen wir ihn anrufen? Mein Handy hat null Empfang. Deins?«

»Nichts.«

»Im Handschuhfach liegt die Betriebsanleitung mit sämtlichen Servicenummern für ganz Europa rund um die Uhr. Nur nützt uns das hier nicht viel.«

»Hm.«

»Hast du dort oben auf der Straße irgend jemanden gesehen?«

»Nein.«

»Erinnerst du dich an ein Dorf oder an ein Bauernhaus, die letzten zehn, fünfzehn Kilometer?«

»Nein.«

»Ich auch nicht.«

»Und nun?«

Er versucht, die sich überlagernden Gedankenbruchstücke zu stoppen, die ihm durch den Kopf schwirren. »Laß uns die Situation ganz ruhig analysieren.« Er sagt es mehr für sich, aber seine Stimme klingt so glaubhaft, daß er sich selbst beruhigt und sogar ein Lächeln zustande bringt. »Für jede Situation gibt es eine Lösung«, sagt er. »*Für jede*. Man muß nur überlegen.«

Sie stehen beide unter dem Dachvorsprung des leeren Stalls. Aus dieser Perspektive, mit dem Rücken an der bröckelnden Stallwand, im nachlassenden Licht, mit dem unablässig auf die düstere, schlammige Umgebung prasselnden und von den kaputten Dachziegeln herabströmenden Regen scheint es keine sonderlich leicht zu lösende Situation. Sie frieren beide, sind aufgewühlt, naß bis auf die Haut.

»Hast du nicht noch ein Regencape?« fragt sie.
»Nein. Aber durch die Lederjacke geht nichts durch.«
»Deine Haare sind ganz naß.«
»Nicht schlimm. Laß uns jetzt nach einer Lösung suchen.«
»Und wie?«
»Die Räder drehen immer an derselben Stelle durch. Rühr dich nicht vom Fleck, ich will mal was nachsehen.«
»Wohin sollte ich schon gehen?«

Er stapft zu der unbefestigten Straße hinauf, wobei er immer wieder mühsam die Füße aus dem Schlamm ziehen muß. Die Stelle, an der die Räder durchdrehen, befindet sich sechs, sieben Meter oberhalb des Abstellplatzes, ein steil ansteigendes Stück voller Spurrillen, die nach seinen Manövern noch tiefer sind; weiter vorn sieht es wieder besser aus. Es ist eher ein Feldweg für Traktoren als eine Straße, zudem seit wer weiß wie vielen Jahren außer Gebrauch; weil es zu mühsam ist und aus Angst, noch schwerer zu bewältigende Stellen zu entdecken, geht er gar nicht ganz hinauf.

»Also?« fragt sie, als er rutschend und stolpernd wieder zu ihr zurückkommt.

»Ich habe eine Idee. Laß mich probieren.«

Er sammelt Holz und Plastikteile und allen möglichen anderen Müll zusammen, der in der Nähe der Gebäude herumliegt, steigt wieder zum Feldweg hinauf und wirft alles in die aufgeweichten Spurrillen. Die Finger tun ihm weh, und er gleitet im Schlamm immer wieder aus, Schweiß strömt ihm zusammen mit dem Regen über die Stirn und ins T-Shirt unter der nassen Lederjacke. Fast ohne nachzudenken, läuft er hin und her, angestrengt und entschlossen. Hin und wieder denkt er, wie absurd es ist, in diese schwere, zähe Materie abgestürzt zu sein. Er versucht, sich auf den Atemrhythmus und den Bewegungsrhythmus zu konzentrieren, versucht, seinen Blick zu schärfen, um den Müll zu erkennen, den er aufsammelt und in die schlammigen Furchen wirft. Ab und zu dreht er sich um und schaut im immer schwächeren Licht zu seiner Tochter hinüber, die ihn von der Stalltür aus beobachtet wie ein Flüchtlingskind in einem Kriegsgebiet. Jedesmal, wenn er drauf und dran ist aufzugeben, denkt er, daß er sie nicht mit einem weiteren gescheiterten Versuch enttäuschen will.

Schließlich schlittert und stolpert er zum Wagen, setzt sich ans Steuer und startet. Mit rutschigen Händen arbeitet er mit Lenkrad und Kupplung, stößt zurück, um Schwung zu holen, kommt bis zur steilsten Stelle, die Räder beginnen die Äste und Abfälle zu zermalmen, *strack, strack, strack*, und einen Moment lang sieht es so aus, als fänden sie Halt, dann jedoch drehen sie erneut durch, der Zeiger des Drehzahlmessers steigt ins rote Feld, und aus dem Motorraum dringen Qualm und Gestank nach verbranntem Gummi, er läßt die Fenster herunter, um besser zu sehen, aber es gibt nichts zu sehen, außer Regen und Schlamm, der hereinspritzt und das Lenkrad und den Schaltknüppel noch glitschiger macht, und der Motor geht wieder aus und der Geländewagen rutscht zum drittenmal zurück, bis er auf die Böschung aufprallt.

Er steigt aus, vollkommen erschöpft und mutlos, Wasser läuft ihm über Gesicht und Hände. Es ist fast dunkel, der Tag ist wirklich zu Ende. Er sieht zu seiner Tochter hinüber, die reglos unter dem nur unzulänglich schützenden alten Dach steht, und kommt sich hoffnungslos dumm vor.

Er sagt: »Was siehst du mich so an?«

»Wie sehe ich dich an?«

»So niedergeschlagen.«

»Wie sollte ich dich sonst ansehen, deiner Meinung nach?«

»Vielleicht könnten wir darüber lachen. Nicht alles so ernst nehmen.«

»Lach du ruhig, wenn dir danach ist.«

»Jetzt sehen wir erst mal zu, daß wir aus diesem Regen herauskommen.«

»Und wie?«

Ohne ein weiteres Wort versetzt er dem heruntergekommenen Stalltor einen kräftigen Stoß mit der Schulter. Es ist aus rissigen Eichenbrettern und gibt nicht nach. Er tritt mit dem Fuß dagegen, versucht, es mit einem rostigen Eisen aufzustemmen, aber es muß von innen verriegelt sein.

Den vom Dach pladdernden Wassermassen ausweichend, gehen sie um das niedrige Gebäude herum und versuchen ihr Glück bei einer kleineren und scheinbar weniger stabilen Tür, aber auch diese läßt sich nicht öffnen, soviel sie auch dagegendrücken. Er tritt zwei Schritte zurück in den Regen und versetzt der Tür mit seiner ganzen angestauten Wut einen Fußtritt auf Höhe des Griffs: Die Tür springt auf. Sie sieht ihn verblüfft an, er lacht mit einer kindlichen Mischung aus Überraschung und Erleichterung, sagt: »Siehst du?«

Drinnen ist es dunkel, es riecht muffig, nach Hühnerfutter und Ziegenkäse. Er tastet sich zum Tor und schiebt die Riegel zurück, stößt das Tor von innen auf. Im letzten Licht des Abends sehen sie Futtertröge, in denen noch ein wenig Stroh liegt, auf dem Lehmfußboden trockene Schafsknödel, vor den Fenstern vergilbte und zerrissene Plastikfolien, leere Säcke, Holzscheite und einen zweiten kaputten Matratzenrost, heruntergefallene Dachziegel. Der Dachstuhl mit Balken und Streben scheint noch stabil zu sein, die Deckenträger und Wände sind in schlechtem Zustand.

»Fällt es nicht gleich über uns zusammen?« fragt sie.

»Ich glaube nicht«, sagt er. »Hoffentlich nicht.«

»Und jetzt?«

»Jetzt richten wir uns für die Nacht ein, und morgen früh finden wir schon eine Möglichkeit, wegzukommen.«

»Du hast gesagt, es gibt eine Lösung.«

»Ja, aber nicht jetzt, bei diesem Regen, und nun ist es auch noch dunkel.«

»Du hast gesagt, es gibt keinen Grund zur Sorge.«

»Es gibt auch keinen Grund zur Sorge. Wir sind gesund und haben einen wunderbaren Unterschlupf für die Nacht!«

»Er ist nicht wunderbar! Er ist ekelhaft und voller Schafskacke, hier verbringe ich die Nacht nicht!«

»Und wo verbringst du sie dann? Draußen, in Schlamm und Regen?«

»Du hast gesagt, daß wir morgen nachmittag zu Hause sind! Du hast es mir versprochen!«

»Ich weiß, aber dann haben wir angefangen zu streiten wie zwei Vollidioten und sind den Abhang hinuntergerutscht und sollten dankbar sein, daß wir uns nicht alle Knochen gebrochen haben. Es läuft eben nicht immer alles nach Plan. Sobald man mal ein bißchen vom Weg abweicht oder die Gleise verläßt.«

»Ich wollte weder vom Weg abweichen noch die Gleise verlassen. Ich wollte nur morgen zu Hause sein!«

»Sei bitte nicht unfair, sobald mal was schiefgeht!«

»Unfair bist du! Du versprichst etwas und hältst es dann nicht!«

»Meinst du wirklich, es ist meine Schuld?«

»Natürlich ist es deine Schuld. Du wolltest doch diesen Umweg machen. Wo du doch wußtest, daß wir keine Zeit hatten!«

»Wir hatten Zeit! Wenn wir nicht angefangen hätten zu streiten und nicht den Hang hinuntergerutscht wären!«

»Du warst am Steuer.«

»Und an dir prallt alles ab.«

»Du bist herrisch und stur und verlogen. Du hattest mir versprochen, daß wir zurückfahren! Statt dessen suchst du Orte, die es vielleicht gar nicht gibt, und nun sitzen wir hier fest!«

»Prima Reisegefährtin, die sich von der ersten Schwierigkeit ins Bockshorn jagen läßt und dem anderen die Schuld zuschiebt!«

»Und das Handy hat auch keinen Empfang, ich kann nicht mal Luca Bescheid sagen!«

»Er wird schon nicht daran zugrunde gehen! Viel schlimmer ist, daß ich M. nicht anrufen kann. Gerade jetzt, wo wir an einem kritischen Punkt sind.«

»Das ist dein Problem! Ich weiß nur, daß ich Luca nicht anrufen kann!«

»Na, dann schlag doch eine Lösung vor. Anstatt dich so unfair aufzuführen.«

»Ich weiß keine Lösung. Ich hab Hunger und Durst und will nach Hause.«

»Du kannst nicht die Erwachsene und Selbständige spielen, wenn alles so läuft, wie es dir paßt, und dich dann plötzlich wie eine Vierjährige aufführen.«

»Und du kannst nicht so tun, als hättest du auf jede Frage eine Antwort und als wüßtest du über den Lauf der Welt genau Bescheid, und mich dann in diese irrsinnige Lage bringen und nicht mal wissen, wie wir da wieder rauskommen.«

»Du bist unfair und kindisch und zickig! Ich schäme mich, so eine Tochter zu haben.«

»Und ich schäme mich, so einen Vater zu haben. Ich verreise nie wieder mit dir, in meinem ganzen Leben nicht. Ich will dich nie wieder sehen! Ich hasse dich!«

»Vielen Dank.«

»Du redest nur deswegen ständig von den Problemen und Konflikten und Beweggründen der menschlichen Spezies, weil du nicht imstande bist, deine eigenen Probleme zu lösen.«

»Na und? Und wenn es so wäre?«

»Bei deinem blöden Gewäsch über das Verhalten und den Überlebenskampf und alles ist es dir doch völlig schnurz, ob die anderen es hören wollen oder nicht! Du redest über das

Minitheater in den traditionellen Familien und das erdrückende Klima dort, aber was glaubst du wohl, was du machst?«

»Kein Minitheater, hoffe ich.«

»Eben doch. Du redest nur von dir, das ist das einzige, was dich interessiert!«

»Das stimmt nicht. Es ist das langweiligste Thema, das ich mir denken kann. Es deprimiert mich und ist mir peinlich und fällt mir schrecklich schwer.«

»Und warum tust du es dann? Hm?«

»Um bestimmte Dinge zu verstehen. Und weil ich sie dir erklären will. Ich will dir Informationen geben.«

»Informationen worüber?«

»Über das, was im Leben passiert, und wie die Menschen sind und wie du selbst bist.«

»Ich weiß genau, wie ich bin. Das brauchst du mir nicht zu erklären.«

»Ich dachte, es würde dich interessieren, ein paar zusätzliche Informationen zu bekommen.«

»Es interessiert mich überhaupt nicht. Du brauchst doch nur dein kleines Pflichtpublikum.«

»Ich brauche kein kleines Pflichtpublikum. Ich habe ein ziemlich großes freiwilliges Publikum, wenn es mir darum geht.«

»Dann hättest du mit deinen geschichtsbesessenen Lesern verreisen müssen, anstatt mich mitzuschleppen.«

»Ich dachte, die Reise hat dir wenigstens ein bißchen gefallen.«

»Sie hat mir überhaupt nicht gefallen. Sie war ätzend ohne Ende! Mit dir will ich nie wieder verreisen!«

Dann drehen sie sich fast gleichzeitig zu der offenstehenden Tür um und sehen, daß es inzwischen nicht mehr regnet, sondern schneit.

Reglos stehen sie da, als wären sie plötzlich jenseits ihrer Wut und der Meßbarkeit der Zeit und der Gründe für ihre Reise, jenseits des Weges, den sie gefahren sind, des Ärgers über ihr Mißgeschick. Sie drehen sich ein wenig, um die Szene aus einem anderen Blickwinkel zu betrachten, während sich der letzte Schimmer des Abendlichts in einer Vielzahl weißer Flocken bricht und alles auf einen seltsam schwebenden Stillstand zuzustreben scheint.

Sie essen schweigend den harten Ziegenkäse, den sie im Dorf gekauft haben

Sie essen schweigend den harten Ziegenkäse, den sie im Dorf als Mitbringsel gekauft haben. Froh darüber, daß er das kleine französische Klappmesser in der Tasche hat, entfernt er die Rinde und schneidet kleine Stücke ab. Sie sind beide hungrig, und der Stallgeruch intensiviert den Geschmack des Käses. Gibt ihm eine noch kräftigere Note. Sie haben das Auto auch unter das schützende Scheunendach geholt und sitzen nun auf Stroh am Feuer, das sie mit Hilfe des Zigarettenanzünders am Armaturenbrett angemacht haben. Bis auf das Knistern der Flammen und dem an einigen Stellen vom Dach herabtropfenden Wasser ist kein Laut zu hören. Sie haben alles übereinander angezogen, was sie mitgenommen hatten, und sind einigermaßen trocken und warm.

Er holt noch mehr Holz, das wer weiß, wann, und wer weiß, von wem, geschlagen worden ist. Behutsam legt er es aufs Feuer, dann deckt er einen der alten Saatgutsäcke darüber: das dicke, halbverschimmelte Papier brennt schwer an, schließlich aber flammt es auf, erfüllt den Stall mit warmem Licht. Er stellt einen Plastikbecher unter eins der Löcher im Dach, bis er voll Wasser ist; dann kehrt er zum Feuer zurück, schneidet mit dem französischen Messer noch mehr Scheiben vom Ziegenkäse ab. Schweigend und ohne sich viel zu bewegen, nehmen sie die Wärme und den Geschmack und die Stille in sich auf.

Er sagt: »Tut mir leid, daß wir uns vorhin so angeschrien haben.«

»Mir auch.«

»Ich war außer mir, weil ich es nicht zur Straße hinauf geschafft habe, und daß du so feindselig warst, hat mich ganz wild gemacht.«

»Ich war nicht feindselig. Ich war bloß wütend, weil ich morgen nicht in Mailand sein kann.«

»Du wirst dort sein.«

»Und wie?«

»Wir finden schon eine Möglichkeit.«

»Jedenfalls stimmt es nicht, daß ich dich hasse.«

»Und es stimmt auch nicht, daß ich mich deinetwegen schäme.«

»Was haben wir uns sonst noch Schreckliches ins Gesicht geschrien?«

»Ich weiß nicht mehr. Ich kann mich nie so richtig erinnern, was ich im Streit gesagt habe. Mit M. geht es mir genauso. Sie dagegen kann einen bösen Satz von mir noch nach Monaten oder Jahren abrufen. Ich glaube aber, das ist eine Spezialität von euch Frauen. Ihr habt eine Art mentales Archiv, in dem ihr noch die kleinsten Gesten und Worte aufbewahrt.«

»Und die Männer?«

»Die Männer achten weniger auf einzelne Worte oder Gesten von Frauen.«

»Und gegenüber anderen Männern?«

»Da sind sie bereit, deswegen Kriege anzufangen. Buchstäblich.«

Er reicht ihr den Becher mit dem Schneewasser, trinkt dann selbst und stellt ihn wieder unter das Loch im Dach.

»Was meinst du, wie es mit M. und dir weitergeht?«

»Weiß nicht.«

»Hast du keine Ahnung?«

»Nein. Aber, wie gesagt, ich bin vielleicht dabei, in eine neue Lebensphase einzutreten, auch wenn ich noch nicht weiß, in welche. Es ist also alles möglich.«

»Aber vor ein paar Tagen hast du gesagt, daß du in Wirklichkeit nicht glaubst, je irgendeine Phase durchgemacht zu haben.«

»Das sind nur Wortspiele. Die werde ich in meiner neuen Phase möglicherweise viel weniger gebrauchen.«

»Und was gedenkst du zu tun, um in die neue Phase zu kommen?«

»Nichts.«

»Was heißt das, nichts?«

»Die Dinge geschehen. Sie geschehen einfach. Wir sind überzeugt, daß alles in unserer Hand liegt und daß wir alles entscheiden können, stimmt's? So ist es aber nicht.«

»Und wer entscheidet dann? Das Schicksal?«

»Weiß nicht. Ich weiß nur, daß wir zwar gewisse Entscheidungsspielräume haben, aber sie sind sehr klein.«

»Wie klein?«

»So klein wie unser Wesen und unsere Instinkte und die Ideen, die wir haben, so klein wie das, was wir sind. Alles zusammengenommen, spielt es im größeren Ganzen nur eine sehr geringe Rolle. Aber doch immerhin eine Rolle.«

»Was soll man also tun?«

»Das, was man für richtig hält.«

»Und wie erkennt man, was genau man für richtig hält?«

»Man *spürt* es.«

»Und wenn man sich täuscht?«

»Das kann vorkommen. Es kommt ständig vor.«

»Wie oft hast du dich schon getäuscht?«

»Ziemlich oft. Manchmal war ich wie jemand, der über einen zugefrorenen Tümpel geht und bei jedem Schritt einzubrechen droht. Manchmal dagegen bin ich mit wunderbarer Leichtigkeit darübergeglitten.«

»Und was hast du dabei gedacht?«

»Manchmal habe ich mich über die absurde Unbeständigkeit der Welt geärgert, und manchmal wußte ich die Dinge, die mir geschenkt wurden, nicht richtig zu schätzen.«

»Und jetzt?«

»Ich könnte behaupten, daß ich jetzt eine aufgeklärtere Haltung habe, aber das stimmt nicht ganz.«

»Was ist es dann?«

»Es ist eine Mischung, glaube ich. Aus Aufgeklärtheit und Zweifeln und Neugier und Ungeduld und dem Hang, unerfreuliche Gedanken zu verdrängen. Den hast du ja von mir geerbt.«

»Ich habe ihn nicht geerbt.«

»Doch, doch. Das weißt du auch.«

»Du hast gerade über dich gesprochen.«

»Ich bin fertig. Und ab sofort mußt du mir immer sagen, daß ich aufhören soll, wenn ich von mir spreche.«

»Du tust es ständig.«

»Das liegt nur daran, daß du immer wie eine Sphinx tust, die sich alles ansieht und anhört, selbst aber nie aus der Reserve tritt.«

»Das ist nicht wahr.«

»Und weil wir die gleiche Wellenlänge haben, ohne daß wir erst lang nach Übereinstimmung suchen müssen.«

»Meinst du, so was ergibt sich zwischen Vater und Tochter automatisch?«

»Nein. Es passiert zwischen Menschen, die sich ähneln.«

»Und wir sind uns ähnlich?«

»Was meinst du?«

Sie sehen sich an und lachen. Er holt noch ein paar Holzscheite, beinahe die letzten, und legt sie ins Feuer.

»Was machen wir jetzt?« fragt sie.

»Vielleicht sollten wir versuchen zu schlafen.«

»Ja, vielleicht. Bist du sicher, daß dein Handy auch keinen Empfang hat?«

»Es sagt: ›Nur für Notrufe.‹«

»Das mit den Notrufen habe ich nie begriffen. Wie soll das funktionieren, wenn kein Empfang da ist?«

»Vielleicht muß man schreien. Du hältst die Hände seitlich an den Mund und schreist »Hiiilfeee!«

»Wirklich. Diese bescheuerten Dinger.«
»M. wird denken, daß ich mich absichtlich nicht melde.«
»Luca auch.«
»Aber mit M. ist die Lage viel kritischer.«
»Mit Luca ist sie auch kritisch.«
»Ich glaube, wir haben es da mit zwei verschiedenen Ebenen des Kritischseins zu tun.«
»Wieso? Was weißt du denn?«
»Schon gut, schon gut. Fangen wir bloß nicht wieder an zu streiten.«
»Es ärgert mich nur, wenn du eine Rangordnung machst, wessen Gefühlsleben mehr Schaden nimmt, wenn er nicht telefonieren kann.«
»Du hast recht. Versuchen wir zu schlafen. Dann wachen wir morgen auf, sobald es hell wird, und fahren los.«
»Wo sollen wir schlafen? Auf dem Boden?«
»Im Auto ist es bequemer, wenn auch nicht sehr romantisch. Wir klappen die Sitze zurück.«
»Meinst du, wir sind morgen nachmittag wirklich zu Hause?«
»Ja, das habe ich dir versprochen. Ich weiß zwar noch nicht, wie, aber wir fahren auf jeden Fall. Mit dem Auto oder mit einem Traktor. Oder wir gehen zu Fuß. Wir werden sehen. Versprochen ist versprochen.«
»Und wenn wir morgen früh eingeschneit sind?«
»Was soll uns das ausmachen?«
»Verdrängst du jetzt nicht einen unangenehmen Gedanken?«
»Nein.«
»Wirklich nicht?«
»Wirklich nicht.«

Er wirft die letzten alten Säcke aufs Feuer

Er wirft die letzten alten Säcke aufs Feuer. Die Flamme lodert noch einmal auf, verbreitet Wärme und Licht im Stall. Einen Augenblick später stößt irgend etwas dumpf gegen die Tür, durch die sie vorhin eingedrungen sind und die er mit einem rostigen Stück Draht wieder verschlossen hatte.

Sie streckt den Kopf zur Autotür heraus, ruft: »Was ist das?«

»Weiß nicht.«

Wieder ein Schlag, diesmal lauter als der erste.

Er bewegt sich ganz langsam, mit jäh gefrierendem Blut, Nerven und Muskeln angespannt. Er sagt: »Mach dir keine Sorgen, bleib im Auto.«

»Was ist das nur?«

»Weiß nicht. Bleib im Auto und verriegle die Tür.«

»Warum? Was ist los?«

»Verriegle die Tür, bitte.«

Er zieht das kleine Messer aus der Tasche und klappt es auf; nicht gerade eine brauchbare Angriffs- oder Verteidigungswaffe. Von der Tür her kommen erneut dumpfe Schläge, mit kleinen Pausen, als nähme jemand immer wieder Anlauf, um sich dann erneut gegen die Tür zu werfen. Er sieht sich nach wirkungsvolleren Waffen um, aber erfolglos. Die Holzscheite hat er fast alle schon verbrannt.

Wieder ein dumpfer Schlag: Die alte Tür wackelt, als wollte sie gleich nachgeben.

Sie beugt sich erneut aus dem Geländewagen, ruft: »Papa, was machst du? Ich habe Angst.«

»Ich hab dir doch gesagt, du sollst dir keine Sorgen machen«, sagt er. Dann brüllt er: »Wer da?« in Richtung Tür, im brutalsten Revierverteidigungston, den er hinbekommt. Und noch einmal auf französisch, mit tiefer Stimme: »Wer ist da draußen?«

Mit der Rechten das Klappmesser umklammernd, geht er auf die Tür zu, den Kopf voller Bilder von mistgabelbewehrten Unholden und schwarzen Nachtungeheuern mit gelbleuchtenden Augen. Ein weiterer Schlag läßt die Tür erzittern, und seine Anspannung verwandelt sich jäh in die Urwut des in seiner Höhle überfallenen Steinzeitmenschen und fegt seine Vorsicht und alle anderen Filter der Vernunft hinweg; er stürzt sich auf die Tür und zerrt den Draht weg, mit dem er sie verschlossen hat, reißt die Tür auf, brüllt auf die tierischste Weise »Aaaaaarg!« und macht, zu jedem noch so wilden und blutigen Kampf bereit, einen Satz in die Dunkelheit hinaus.

Und noch bevor er im Nachtdunkel, in dem kein Mondschimmer vom Schnee reflektiert wird, irgend etwas erkennen kann, spürt er, wie ein keuchendes, aber viel kleineres Wesen, als er sich vorgestellt hatte, gegen seine Beine stößt und winselnd um ihn herum- und an ihm vorbeiläuft und wieder zurückkommt. Mit dem Messer in der Hand, voller widersprüchlicher Gefühle und Impulse, bleibt er stehen, dann hört er, wie das Wesen in den Stall hineinläuft und folgt ihm, und im flackernden Schein des fast erloschenen Feuers sieht er, daß es ein hellbrauner Hund ist.

Seine Tochter hat ihn im selben Augenblick gesehen, denn als er sich zum Auto umdreht, ist sie schon herausgesprungen und läuft ungläubig und mit ausgebreiteten Armen auf das Tier zu, sagt: »Heeej!«

Der Hund springt winselnd an ihr hoch und kehrt dann zu ihm zurück, läuft aufgeregt im Stall herum. Als sie die Verblüffung abgeschüttelt haben und das Tier genauer betrachten, sehen sie, daß es eine junge Hündin ist, mit großen Pfoten und einem Körperbau, der das Resultat einer Kreuzung zwischen Mastiff und Windhund sein könnte; ihr Fell ist naß von Regen und Schnee, sie zittert und winselt und hält keinen Augenblick still.

»Sie hat Hunger«, sagt seine Tochter. »Wir müssen ihr etwas zu fressen geben!« Ihre Wangen sind gerötet und ihre Augen glänzen, sie lacht, als die große Hündin ihr Hände und Gesicht abschleckt.

Er holt die Käserindenstücke, die er in eine Tüte gesteckt hatte. Die Hündin verschlingt sie mit ein paar raschen Schnappern und sucht sofort nach mehr.

»Wir haben nichts mehr«, sagt seine Tochter.

»Ist auch besser so, sonst würde sie gar nicht mehr weggehen.«

»Wie bitte? Ich behalte sie.«

»Meinst du nicht, daß unsere Lage schon schwierig genug ist?«

»Du hast selbst gesagt, daß nicht alles in unserer Hand liegt. Das hier ist ein typisches Beispiel.«

»Schicken wir sie wieder hinaus, bitte.«

»Nein.«

»Sei doch vernünftig. Morgen werden wir sie nicht mehr los.«

»Um so besser.«

»Sie muß wieder raus.«

»Dann geh ich auch raus. Ich schlafe im Schnee und im Matsch.«

»Madonna, was bist du für ein Dickkopf.«

»Ich trockne sie erst mal ab, die Ärmste. Ich nehme ein T-Shirt von mir.«

»Hör zu, wenn du sie hier im Trocknen schlafen lassen willst, meinetwegen. Aber wir lassen sie morgen hier.«

»Ich behalte sie.«

»Wir reden morgen darüber.«

»Ich behalte sie.«

»Wir reden morgen früh darüber, okay?«

»Okay.«

»Jetzt versuchen wir, wenigstens ein paar Stunden zu schlafen.«

»Sobald ich sie abgetrocknet habe.«

Zwei Stunden später schlafen sie immer noch nicht

Zwei Stunden später schlafen sie immer noch nicht. Das Feuer ist schon seit einer Weile erloschen, der Stall ist dunkel. Es ist kalt, und die zurückgeklappten Sitze sind nicht ganz eben, und jedesmal, wenn sie sich umdrehen, schwankt der Wagen auf der Federung. Sie sind trotz des Ziegenkäses noch hungrig und zu müde und angespannt wegen der Ungewißheit, wie sie am nächsten Morgen hier wegkommen sollen. Der große Hund schnauft und wirft sich mindestens genauso oft hin und her wie sie, der Geruch nach feuchtem Hund vermischt sich mit dem Geruch nach verbranntem Gummi und mit ihrem eigenen Geruch nach getrocknetem Schmutz und Schweiß.

»Schläfst du?« fragt er leise.

»Nein.«

»Sie wird auch voller Läuse sein.«

»Ach was.«

»Wir haben bestimmt auch schon welche. Mich juckt es überall.«

»Hör auf.«

Man hört ihre Atemzüge, das Knarzen der Federung, das vom Autodach tröpfelnde Wasser.

»Weißt du noch, wie du mir *Robinson Crusoe* vorgelesen hast?«

»Ja. Wie kommst du darauf?«

»Einfach so.«

»Es war die alte Ausgabe, die schon ich als Kind hatte, mit dieser naiven Zeichnung auf dem Buchdeckel. Ich bin jeden

Abend nach dem Essen zu dir gekommen und habe dir daraus vorgelesen, nachdem wir die Kinderbuchphase hinter uns hatten.«

»Ja.«

»Wenn ich aufhören wollte, damit du endlich schläfst, hast du gesagt: ›Noch eine Seite.‹«

»Und du hast mir noch eine vorgelesen?«

»Ja. Dann hast du gesagt: ›Noch eine.‹ Ich hab dir noch eine vorgelesen, und du hast gesagt ›Noch eine allerletzte‹, bis ich die Augen nicht mehr offenhalten konnte.«

»Aber wir haben *Robinson* nie fertiggelesen.«

»Ich habe es als Kind auch nie fertiggelesen.«

»Ich weiß noch, in welchem Ton du gelesen hast, wenn Gefahr drohte. Du hast eine ganz dunkle Stimme gemacht und die Konsonanten betont. Deine R haben mir angst gemacht. Die T waren furchterregend, die M finster und bedrohlich.«

»Und du hast dann immer den Kopf aus dem Kissen gehoben und mich angeschaut.«

»Ich habe alles, was du gelesen hast, vor mir gesehen. Es war besser als in einem Film, denn ich konnte die Dinge auch riechen und schmecken und fühlen. Es war, als wäre ich selbst mit auf der Insel.«

»Wirklich?«

»Ja.«

»Erinnerst du dich so gut daran?«

»Ja, klar.«

»Du hast also doch nicht alles verdrängt, was wir zusammen gemacht haben?«

»Warum sollte ich?«

»Du hast gesagt, du erinnerst dich an nichts mehr.«

»Nur um dich zu ärgern.«

»Du kleines Aas.«

»Selber Aas.«

»Gott, wie schwierig ist das alles.«

»Warum?«

»Weil Kinder sich fast immer über ihre Eltern beklagen. Sie malen Bilder, auf denen die Eltern entweder zu weit weg sind oder zuviel da sind. Schrecklich gleichgültig oder schrecklich herrschsüchtig.«

»So wie das Ölbild, das du mit dreizehn von deiner Familie gemalt hast? Das im Haus der Großeltern hängt?«

»Ja, ungefähr. Siehst du mich nicht auch so? Als Vater mit Bart und Melone und randloser Brille und im blauen Affenpelz?«

»Nein.«

»Und du kommst dir auch nicht wie ein solches Kind vor? Mit einem Maulkorb vor dem Gesicht und der Hand des Vaters auf dem Kopf?«

»Nein.«

»Weißt du, ich glaube nämlich nicht, daß es gute Eltern gibt.«

»Warum nicht?«

»Es gibt Leute, die versuchen, gute Eltern zu sein. Das ist immerhin etwas. Aber es auch zu sein, ist etwas anderes.«

»Warum?«

»Weil beinahe alles, was Eltern tun, falsch ist.«

»Wieso?«

»Es ist falsch, wenn sie zuviel da sind, und es ist falsch, wenn sie zuwenig da sind. Es ist falsch, wenn sie zu kumpelhaft sind, zu autoritär, zu streng, zu nachsichtig, zu aufmerksam, zu nachlässig.«

»Na ja, es würde ja genügen, wenn sie von allem nicht zuviel wären.«

»Nein, nein, denn auch wenn Eltern einen Mittelweg zwischen diesen Extremen suchen, behalten die Kinder sie als eine Art professionelle Hundetrainer in Erinnerung. Sie können nichts als Fehler machen.«

»Ja und?«

»Vielleicht muß es einfach so sein. Denn die Menschen sind verfehlt, und Eltern sind auch nur Menschen.«

»Verfehlt in welcher Hinsicht?«

»Hinsichtlich ihrer Erwartungen an sich selbst und der Erwartungen, die an sie gestellt werden.«

»Und die Kinder, sind die auch verfehlt?«

»Kinder natürlich auch. Obwohl es Augenblicke gibt, da sind die Eltern überzeugt, daß ihre Kinder die Ausnahme sind.«

»Kinder denken manchmal auch, sie hätten Eltern, die die Ausnahme sind.«

»Wenn sie klein sind. Dann glauben sie, die *einzigartigsten* Eltern der Welt zu haben. Später werden sie kritischer.«

»Warum?«

»Weil sie in den Eltern den Ursprung all ihrer Fehler erkennen. Und daraus leiten sie ab, daß *alle* Fehler von ihnen kommen.«

»Nicht immer.«

»Doch, immer. Alle Fehler der Welt.«

»Das ist eben deine Sichtweise. Es gibt Eltern, die viel weniger Fehler haben als andere, und auch viel weniger schlimme.«

»Ja, natürlich. Ich sage nur, daß Kinder wahrscheinlich mit ihren Eltern unzufrieden sein *müssen*.«

»Wieder aus Gründen der Arterhaltung und der Evolution?«

»Genau, du brauchst gar nicht zu lachen. Wenn die Kinder mit ihren Eltern rundum zufrieden wären, würden sie deren Verhalten und Entscheidungen unverändert übernehmen, und die menschliche Spezies hätte sich nie weiterentwickelt. Wir würden noch in Höhlen oder Pfahlbauten leben.«

»Ach, komm.«

»Doch. Was aus der Sicht der Welt als Ganzem vielleicht auch nicht besser gewesen wäre. Die Unzufriedenheit mit den Eltern ist aber eine Besonderheit der Spezies Mensch.«

»Hunde zum Beispiel sind mit ihren Eltern nicht unzufrieden?«

»Nein. Deshalb bellen sie genau wie sie und wedeln wie sie mit dem Schwanz.«
»Wie süß diese Hündin ist. Was für einen Namen geben wir ihr?«
»Gar keinen. Jetzt versuchen wir zu schlafen.«
»Ich kann nicht schlafen.«
»Versuch es. Wenigstens ein paar Stunden.«
»Na gut.«

»Papa?«
»Was ist?«
»Warum suchst du immer auf alles rationale Antworten?«
»Ich suche nicht immer rationale Antworten.«
»Du analysierst doch immer alles auf diese wissenschaftliche Art und Weise.«
»Das sind keine wissenschaftlichen Analysen. Ich analysiere nur meine Eindrücke.«
»Und was ist der Unterschied?«
»Daß ich nicht denke, je irgend etwas endgültig erklären zu können.«
»Und die wissenschaftliche Analyse?«
»Sie will alles bis zum allerletzten Ende oder bis zum allerersten Anfang erklären.«
»Und das gelingt ihr?«
»Nein. Man kann zwar sagen: ›Schön und gut, es gibt kein spezielles Geheimnis und keinen transzendenten Geist und keine kosmische Schwingung oder was auch immer, es gibt nur biochemische Prozesse, die wir als Leben bezeichnen. Es gibt wirklich nichts, was sich nicht mit den entsprechenden Mitteln erklären und analysieren läßt.‹ Projizierst du dann aber deine Methode konsequent auf die Zukunft, kommst du zu einem Punkt, an dem du trotzdem nichts mehr erklären kannst.«
»An welchen Punkt?«
»Der Punkt, an dem sich in vielen Milliarden Jahren die Sonne so ausdehnen wird, daß sie Venus und Erde verschlingt

und aufhört zu glühen und zu einem weißen Zwerg und dann zu einem erloschenen Stern wird und unser Sonnensystem kalt und dunkel wird und die Galaxien sich immer weiter entfernen und dann ebenfalls erlöschen und die gesamte im Raum existierende Materie von den schwarzen Löchern aufgesogen wird, bis das Universum in sich selbst zusammenbricht. Was bleibt dir an diesem Punkt mit deiner wissenschaftlichen Methode noch zu analysieren?«

»Was willst du damit sagen? Daß es nicht auf alles eine Antwort gibt?«

»Ja.«

»Ist das nicht eine raffinierte Art, unerfreuliche Gedanken zu verdrängen?«

»Das glaube ich nicht. Und du?«

»Weiß nicht.«

»Meine Güte, wie dieser Hund stinkt.«

»Das ist nicht wahr, sie muß nur gewaschen werden.«

»Du bist verrückt.«

»Überhaupt nicht.«

»Jetzt versuchen wir, wenigstens ein paar Stunden zu schlafen, verdammt.«

»In Ordnung.«

»Papa?«

»Was ist jetzt noch? Willst du, daß wir bis morgen früh wach bleiben?«

»Du kannst doch auch nicht schlafen.«

»Nein.«

»Bist du zufrieden?«

»Ziemlich. Und du?«

»Ja. Ist Zufriedenheit deiner Meinung nach auch etwas, was mit dem Überleben der Art zusammenhängt?«

»Ich glaube schon.«

»Inwiefern?«

»Na ja, die Verhältnisse, in denen man zufrieden ist, sind

zugleich auch die, in denen man die besten Überlebenschancen hat. Denk mal drüber nach. Mal dir Situationen aus, in denen du zufrieden wärst. Mildes Klima, Gärten voller Früchte, reichlich Wasser, warmes Licht, Zusammensein mit einem anziehenden Menschen des anderen Geschlechts. Die ideale Basis für das Überleben der Art.«

»Dann bist du im Augenblick also überhaupt nicht zufrieden.«

»Warum?«

»Weil es kalt und dunkel und ungemütlich ist und du mit einem Menschen zusammen bist, der vielleicht anziehend ist, aber sicher nicht für dich.«

»Stimmt.«

»Weshalb bist du dann zufrieden?«

»Ich hab dir doch gesagt, daß wir komplizierte Tiere sind, die ständig ihre Grenzen verschieben. Sich auf immer neue Gebiete vorwagen.«

»Ach ja?«

»Ja. Jetzt schlaf endlich.«

»O.K.«

»Und sorg dafür, daß dieser Hund ruhig ist.«

»O.K.«

»Hallo, hörst du mich?«

»Ja.«

»Ich verspreche dir, daß ich dich nicht mehr mit meinen Theorien vollquatsche. Wenn sie dich interessieren, kannst du ja meine Bücher lesen. Du bist jetzt groß genug.«

»Du kannst mir ruhig ab und zu etwas darüber erzählen, wenn du Lust hast. Wenn dir gerade etwas einfällt und du das Bedürfnis hast, mit jemandem darüber zu reden.«

»Vielen Dank.«

»Bitte. Du darfst dich bloß nicht aufregen, wenn ich mal zufällig woandershin schaue oder den Kopf wegdrehe.«

»In Ordnung.«

Sie stehen bei Morgengrauen auf

Sie stehen bei Morgengrauen auf, steigen mit steifen Gelenken aus dem Auto. Die braune Hündin sucht im Stall nach etwas Freßbarem: Sie ist noch größer, als sie ihnen bei Nacht vorkam, jetzt, wo ihr Fell trocken ist und sie sich sicherer fühlt.

»Ist sie nicht schön?« sagt sie, blaß vor Schlafmangel.

»Könnten wir über was anderes reden?« fragt er.

Er öffnet das Stalltor: Auf dem Boden liegt nur wenig Schnee. Der Himmel ist bedeckt, aber nicht gleichmäßig, zwischen den Wolken sind kleine blaue Stellen zu sehen. Er klettert zur kritischen Stelle auf dem Feldweg hinauf, der nicht viel befahrbarer aussieht als am Abend zuvor: der Schlamm aufgewühlt, mit Wellen und tief eingegrabenen Furchen, als ob Panzer darüber gefahren wären.

Mit möglichst unbefangenem Gesichtsausdruck kehrt er zum Abstellplatz zurück, hebt die Arme und atmet tief durch.

»Wie ist die Lage?« fragt seine Tochter, zu der großen Hündin hinabgebeugt, um sie zu streicheln.

»Tja, wir werden sehen«, sagt er.

Er holt die Tüte mit den frischen Eiern, die sie tags zuvor auf dem Markt gekauft haben, bohrt mit der Spitze des Klappmessers ein Loch in die Schale.

Sie schüttelt den Kopf, sagt: »Mir graut vor rohen Eiern.«

»Es ist das einzige, was wir haben.«

»Ich habe keinen Hunger.«

»Du ißt es. Wir brauchen Kraft.«

»Wofür?«

»Zum Überleben.«

»Es geht um unser Überleben?«

»Nun mach schon.«

»Nein.«

»Sei nicht so kindisch. Iß.«

Sie nimmt das Ei und legt den Kopf in den Nacken, kneift die Augen zu, macht ein angewidertes Gesicht. Er bohrt das nächste Ei an und trinkt es in einem Zug aus; die Hündin schaut mit gierigem Blick zu ihm auf. Er zögert einen Augenblick und legt dann ein Ei vor sie hin; sie nimmt es zwischen die Zähne und läßt es auf den Boden fallen, schlabbert es mit ein paar Zungenstößen auf, ohne auch nur ein Stückchen Schale übrigzulassen.

Er packt die Tüte weg, sagt: »Ich hab mir die schlimmste Stelle mal angesehen.«

»Und?« sagt sie.

»Es ist kein Wunder, daß ich es gestern abend nicht geschafft habe. Dort oben sieht es aus wie in einem Kriegsgebiet, alles voller Schlamm und dreißig Zentimeter tiefe Furchen. Da können die Räder nicht greifen.«

»Obwohl es mud-&-snow-Reifen sind?«

»Ja.«

»Kann ich es mir auch mal ansehen?«

»Wenn du willst.«

Sie steigen zusammen den Hang hinauf bis zum kritischen Punkt auf dem Feldweg und betrachten die tiefen Furchen, beide mit der gleichen Ratlosigkeit. Die große Hündin läuft schnuppernd umher, sieht sie immer wieder fragend an, als wolle sie wissen, was sie für Pläne haben.

»Was hast du vor?« fragt seine Tochter.

»Ich mache einen letzten Versuch. Und wenn der Motor dabei verglüht.«

»Du wirst wieder abrutschen, wie gestern abend.«

»Wahrscheinlich.«

»Und was machen wir dann?«
»Wir lassen unseren beschissenen Pseudogeländewagen stehen und gehen zu Fuß. Wir können ihn ja vorher *in Brand stecken*. Verdient hätte er es. Wir haben ihm vertraut, und er hat uns so kläglich im Stich gelassen.«
»Er kann doch nichts dafür, Papa. Ist doch nur ein Auto.«
»Und warum sollten wir Verständnis für seine blöde Neutralität als Auto aufbringen?«
»Jetzt bist aber du kindisch.«
»Was schlägst du vor?«
»Wir müßten irgend etwas über die tiefsten Furchen legen, damit die Räder greifen können.«
»Wir haben nichts. Gestern abend habe ich schon alles hineingeworfen, was ich finden konnte, der Schlamm hat es geschluckt wie nichts.«
»Die Bettroste. Einer liegt beim Stall, und drinnen ist ein zweiter. Wenn wir sie an der schlimmsten Stelle beide nebeneinanderlegen, funktioniert es vielleicht.«
»Sie sind nicht lang genug.«
»Versuchen wir's.«
Er sieht sie an und ist beeindruckt von der weiblichen und erwachsenen Entschlossenheit in ihren Augen.

Sie gehen hinunter, er nimmt den alten Bettrost und zieht ihn den Hang hinauf, legt ihn an der steilsten Stelle über die Furchen. Dann holt er den zweiten Rost aus dem Stall und legt ihn neben den ersten. Aus der Nähe betrachtet, scheint es eine mögliche Lösung zu sein, aber schon aus zehn Schritten Entfernung kann er kaum noch einen Unterschied erkennen. Die x-te Übung in Nutzlosigkeit, denkt er, die nur neue Enttäuschung erzeugen wird. Seine Tochter ist schon wieder unten am Stall, ganz mit der um sie herumspringenden Hündin beschäftigt: Als läge ihr gar nicht mehr viel daran, ob sie wegkommen oder noch wer weiß wie lange feststecken.

Er geht zum Stall zurück, liest die Kleider und den anderen herumliegenden Kram zusammen und wirft alles auf den

Rücksitz des Autos. In einem seiner Baumwoll-T-Shirts sammelt er etwas Schnee und versucht, damit, die Windschutzscheibe und das Lenkrad und den Schaltknüppel wenigstens teilweise zu säubern. Dann läßt er den Motor an, fährt auf den Vorplatz hinaus und manövriert den Wagen in eine günstige Position. Er läßt die Fenster hinunter, versucht, gleichmäßig zu atmen, sagt: »Ich fahre los.«

Seine Tochter sieht ihn ohne ein Wort an, sie scheint in Gedanken ganz bei der Hündin zu sein, die im Schnee herumtollt.

»Falls ich rückwärts abrutsche und ins Tal rolle, gehst du zur Straße hinauf und bittest um Hilfe.«

»Wen denn?«

»Weiß nicht. Du wirst schon jemanden finden.«

»Und wenn ich niemanden finde?«

»Du gehst so weit, bis dein Handy Empfang hat, und rufst die Servicenummer an. Da, nimm das Handbuch. Erklär ihnen, wo wir sind. Nimm die Karte mit. Sag ihnen, daß dein Vater daran schuld ist und sein Möchtegerngeländewagen, der mit der ersten matschigen Scheißsteigung nicht klargekommen ist.«

»In welcher Sprache soll ich es sagen?«

»Auf französisch.«

»Ich kann doch kein Französisch.«

»Das mit dem Kaninchen im Restaurant hast du aber ganz gut verstanden.«

»Nur das Wort *lapin*.«

»Sprich mit ihnen, wie du willst. Englisch, Italienisch. Sag ihnen, daß dein Vater bis ins Tal hinuntergerutscht ist.«

»Hör zu, können wir nicht zusammen gehen und sie anrufen? Bevor du ins Tal hinunterrutschst?«

»Nein. Ich will versuchen, allein da rauszukommen.«

»Warum denn?«

»Weil ich nicht gern jemanden um etwas bitte und weil ich nicht gern warte.«

»Rufen wir den Service, Papa. Sei nicht kindisch.«
»Sei du kein altes Weib. Und tu den Hund da weg, sonst wird er überfahren.«
Er setzt zurück, um Schwung holen zu können; während er den Motor warmlaufen läßt und sich zu konzentrieren versucht, macht sie die Tür auf und steigt ein, und die große Hündin springt hinterher.
»Was soll der Scheiß?« fragt er.
»Wir kommen mit.«
»Steig sofort aus, verdammt. Und nimm diesen Hund mit raus.«
»Wir kommen mit!«
Er ist nahe daran, sie mit aller Entschiedenheit anzuschreien oder gar die Wagentür zu öffnen und sie hinauszuschubsen, doch statt dessen muß er lachen, denn er kann die Szene plötzlich aus zehn Metern Entfernung sehen, und sie erscheint ihm absurd.
»Wenn es so ist, dann laß uns wenigstens eins versuchen«, sagt er.
»Nämlich?«
»Wir dürfen uns keine Mühe geben, hinaufzukommen.«
»Nicht?«
»Nein. Und nicht mal *denken*, daß wir uns keine Mühe geben dürfen.«
»Woran sollen wir denken?«
»An nichts. Wir müssen ganz leicht bleiben, schwerelos und ziellos.«
»Und das soll funktionieren?«
»Vielleicht, wenn wir die richtige Einstellung finden.«
»O.K.«
»Tief Atem holen.«
»O.K.«
»Sag mir, wenn du bereit bist.«
»Ich bin bereit.«
»Los geht's.«

»Warte.«
»Was ist los?«
»Mir ist nicht ganz klar, was wir tun müssen.«
»Wir müssen hinauffahren wie in einem Traum, weit weg von der Sorge, ob wir es schaffen oder nicht.«
»Einverstanden.«
»Sag mir, wenn du bereit bist.«
»Warte.«
»Was ist?«
»Fertig.«

Er läßt die Kupplung kommen, fährt im ersten Gang rasch los, aber ohne das Gaspedal ganz durchzutreten. Seltsamerweise denkt er nicht nur nicht, daß er sich nicht bemühen darf, bis zur Straße hinaufzukommen; er denkt nicht einmal, daß er es bis zur Hälfte schafft. Nichts kümmert ihn mehr, nicht die Steigung und nicht der Matsch und nicht die Untauglichkeit des Geländewagens für Idioten und auch nicht die Gefahr, ins Tal hinabzustürzen. Er sieht nur Bilder von anderen Orten in anderen Weltgegenden, und es sind Bilder in Bewegung, frei und schwerelos, wie er noch keine gesehen hat.

Also gibt er Gas, ohne den Gang zu wechseln, und der Geländewagen fährt mit seinem heiseren Brummen den Hang hinauf und kommt an die Stelle mit den Bettrosten und macht einen Satz und fährt etwa einen Meter weiter als die vorherigen Male, kommt wie die anderen Male an einen toten Punkt, der Motor legt zu und kreischt schrill, die Räder drehen durch, er wendet sich einen Augenblick zu ihr um und sieht, daß sie mit einem dünnen Lächeln auf den Lippen nach vorn schaut und spürt, daß er auf genau der gleichen Wellenlänge ist, auch wenn der Motor es nicht ist, denn er jault so hektisch wie ein Flugzeug beim Start, der Drehzahlmesser ist jetzt ganz im roten Bereich, aus dem Motorraum kommt viel mehr Rauch und Gestank nach verbranntem Gummi als am Abend zuvor, aber sie und er blikken beide auf den gleichen Fixpunkt weiter vorn, einen Eichenzweig, an dem noch ein einziges Blatt hängt, der Lärm und die Vibrationen und der Gestank scheinen sich zu entfernen, während sie in einem nicht meßbaren Raum auf einer schmalen Linie zwischen Nicht-Denken und Denken und zwischen Stillstehen und einer kaum merklichen Vorwärtsbewegung in der Schwebe verharren. Dann überwindet der Geländewagen plötzlich den toten Punkt, und mit einem wilden Dröhnen, als kehrten alle Töne und Vibrationen und Erschütterungen und der Geruch nach verschmortem Gummi im gleichen Augenblick zurück, reißt er sich mit einem Satz aus dem Schlamm und aus den Furchen heraus und krallt sich mit so viel angestauter Räderkraft und Gier an den festeren Boden weiter vorn, daß er nur mit Mühe die Richtung halten kann, während sie, Dornengestrüpp und Ginsterbüsche und Schnee und Erdschollen und Steine überrollend und immer wieder aus der Bahn kommend und wieder Grund fassend, hinauffahren, bis sie mit einem Satz und einem Krachen der Stoßdämpfer oben auf der Straße sind, von der sie am Nachmittag zuvor hinabgerutscht sind.

Er fährt noch ein paar hundert Meter weiter, ohne den Fuß vom Gaspedal lösen zu können, dann bremst er, bis der Wagen steht. Er sieht sie an, sagt: »Hallo!«

Sie lächelt, ohne etwas zu sagen; ihre Wangen nehmen langsam wieder Farbe an. Die große Hündin bellt.

Er fährt langsam weiter, damit sich der Motor abkühlen kann, betrachtet jeden Meter der unter ihnen dahinziehenden Straße wie ein überraschendes Geschenk. Sein Blut pulsiert rasch, seine Wangen und seine Ohren glühen, die Lungen atmen die Luft ein, die durch die offenen Fenster hereinströmt.

Ihm ist, als habe er sich von viel mehr befreit als von den schlammigen Furchen auf dem steilen Feldweg: Als habe er Abstand von der Last der Dinge und vom Verharren in Situationen gewonnen.

Ein paar hundert Meter weiter sagt sie: »Haben wir es nun

geschafft, weil wir uns nicht mal bemüht haben zu denken, wir müssen es schaffen, oder was?«

»Ich glaube, es waren die zwei Bettroste«, sagt er.

»Gibt es keine Möglichkeit, es herauszufinden?«

»Wir haben es dir zu verdanken.«

»Es war deine Fahrweise.«

»Glaube ich nicht.«

Er beugt sich zu ihr und gibt ihr einen Kuß auf die Stirn. Sie gibt ihm einen Knuff, und er gibt ihn zurück; sie lachen, beide von prickelnder Erleichterung erfüllt.

Dann schaut sie auf die Uhr. Er sagt: »Bis heute abend sind wir in Mailand, wie ich es dir versprochen habe.«

»Aber wir nehmen sie mit.«

»Sie würde leiden. Sie ist hier zu Hause.«

»Wenn du sie mich nicht mitnehmen läßt, steige ich aus.«

»Fang jetzt nicht an, mich zu erpressen. Nachdem wir auf so wunderbare Weise von dort unten heraufgekommen sind.«

»Eben.«

»Wir haben es schon einmal mit einem Hund versucht. Und mit einem so großen wäre es wirklich Wahnsinn.«

»Ich kümmere mich um sie.«

»Wir sind nicht zuverlässig und seßhaft genug, weder du noch ich. Die Frau im Hundeheim hatte recht, uns so schief anzusehen.«

»Sie hatte total unrecht.«

»Jetzt findest du es wunderbar, aber in zwei, drei Jahren hast du wahrscheinlich keine Lust oder keine Zeit mehr, dich um einen Hund zu kümmern. Dann hast du wahrscheinlich ganz andere Dinge im Kopf.«

»Überhaupt nicht.«

»Woher willst du das jetzt schon wissen?«

»Ich kenne mich doch. Und du hast selbst gesagt, daß sich die wesentlichen Merkmale eines Menschen im Lauf der Zeit nicht ändern.«

»Du wirst wohl nicht immer am selben Ort bleiben wollen, oder? Ohne vielleicht auch mal eine weite Reise zu machen?«
»Nein.«
»Vielleicht wirst du wer weiß wo studieren.«
»Hhm.«
»Und wo soll sie dann bleiben, monate- oder vielleicht jahrelang?«
»Da wird sich eine Lösung finden.«
»Du weißt genau, welches die Lösung wäre. Ich, unzuverlässig und nichtseßhaft, wie ich bin.«
»Du bist doch gerade dabei, eine neue Lebensphase zu beginnen, oder?«
»Es könnte sein, habe ich gesagt. Ich bin mir noch keineswegs sicher.«
»Ich schon.«
»Und warum?«
»Ich spüre es.«
»Und was spürst du sonst noch?«
»Daß wir den Hund behalten und diesmal nicht mehr weggeben werden.«
»Sofern wir uns entschließen, ihn zu behalten.«
»Es ist unser endgültiger Hund.«
»Sag es nicht so, als wäre es eine beschlossene Sache.«
»Es ist eine beschlossene Sache.«

Er sieht sie an und erkennt in ihren Augen ein Leuchten, das er wohl auch als Kind hatte, wenn er von etwas für sein Alter und für seine Lage völlig Unrealistischem träumte, mit so vielen kleinen Einzelheiten, daß es ihm mehr als wahr erschien. Der Gedanke stimmt ihn besorgt und löst ein unbezwingbares Gefühl von Einverständnis in ihm aus.

»In Ordnung?«
»In Ordnung. Was bist du starrköpfig.«
»Wirklich?«
»Ja. Es ist verrückt, aber meinetwegen.«
»Ich kann es kaum glauben.«

»Du kannst es ruhig glauben. Wer weiß, was deine Mutter sagt, wenn sie dieses Vieh sieht.«
»Daran denken wir später.«
»Gut so, fang nur an zu verdrängen.«
»Blödmann.«
»Selber blöd.«
Schlammbespritzt und verbeult und vielleicht irreparabel beschädigt, tuckert der Geländewagen auf der kurvigen Straße.
Und ihre gemeinsame Reise ist fast zu Ende, bis auf ein paar hundert Kilometer, die in einem Tag schon Erinnerung sein werden, dazu bestimmt, sich in der Überlagerung tausend anderer Abreisen und Heimfahrten zu verlieren, nichtssagende Verbindungen, Asphalt und Leitplanken zwischen einem Ort und einem anderen, einem Augenblick und einem anderen, einem Gemütszustand und einem anderen. Er dreht sich immer wieder zu ihr und sieht sie an und denkt, wie viele Fehler er ihr gegenüber und M. gegenüber und gegenüber allen anderen Frauen seines Lebens und gegenüber seinen Freunden und Verwandten und Bekannten und Tieren und Orten und Arbeiten und gegenüber dem Leben im allgemeinen gemacht hat. Dann denkt er, daß der so unvollkommene Faden zwischen seiner Tochter und ihm wohl das Erstaunlichste ist, was ihm je widerfahren ist. Er weiß nicht, wie er sich mit der Zeit verändern wird, aber er denkt, daß dies zu den ganz wenigen Dingen gehört, die er mit Gewißheit nennen könnte, würde ihn jemand fragen, was der Sinn des Weges ist, den er bis hierher zurückgelegt hat.

Inhalt

7   Sonntag abend um halb zehn klingelt das Telefon
10 Als sie eine halbe Stunde auf der Autobahn sind
14 Eine E-Mail (die er vor fünf Nächten erhalten hat)
17 Er sieht sie immer wieder an
20 An der Zollstation gibt es keine Zöllner mehr
23 Schon auf der Autobahnausfahrt stockt der Verkehr
35 Vier SMS
36 Sie fahren gemächlich die Küstenstraße entlang
43 Sie halten in einem auf halber Höhe des Hangs gelegenen Städtchen
46 Fünf SMS
48 Die Autobahn führt in weitgeschwungenen Kurven bergab
54 Sie fahren an der Stadtmauer entlang
57 Er beschließt haltzumachen, als sie beide zu müde sind
61 Ein Telefongespräch
62 Sie telefoniert auch gerade
66 Im Hotel versucht er M. anzurufen
69 Eine (nicht abgeschickte) E-Mail
71 Ein Telefongespräch
75 Am nächsten Morgen machen sie einen Spaziergang
84 Eine SMS
85 Von der Straße aus, die zum Rhônedelta führt
90 Nach einer langgezogenen Kurve
96 Das Mobiltelefon vibriert in seiner Tasche wie ein kleines Höhlentier
104 Als sie in der warmen Sonne aufgegessen haben

112 Sie lassen den Geländewagen neben drei Salzhügeln stehen
122 Sie kommen an eine Kreuzung, und er biegt nach links ab
131 Zwei SMS
132 Sie essen nach Formaldehyd schmeckende Garnelen im einzigen offenen Restaurant
142 Eine SMS
143 Er geht auf die Terrasse, weil er nicht müde ist
155 Zwei SMS
156 Ein Telefongespräch
158 Drei SMS
159 Er öffnet die Terrassentür im Licht des späten Vormittags
162 Ein Telefongespräch
166 Eine E-Mail
167 Sie gehen über die Esplanade vor dem Rathaus im spanischen Stil
178 Ein Telefongespräch
183 Er sieht zu ihr und versucht dabei, eine heitere Miene zu machen
189 Auf einer Koppel steht ein uralter grauer Gaul
198 Er spricht mit dem Pferdejungen
201 Vier E-Mails
203 Sie gehen auf der Ringmauer um die befestigte Altstadt
212 Sie essen allein zu Abend
223 Sie laufen am Rand des Städtchens
227 Auf dem Rückweg sieht man plötzlich nichts mehr
228 Als sie auf der Terrasse vor ihren Zimmern ankommen, sind sie nicht mehr müde
233 Eine E-Mail
235 Eine E-Mail
237 Eine E-Mail
238 Sie frühstücken im leeren Speisesaal
243 Er lädt die Koffer ins Auto ein

253 Auf einem Markt mit Blumen und Gemüse und anderen Erzeugnissen der Gegend kaufen sie frische Eier und harten Ziegenkäse
256 Eine SMS
257 Sie fährt von ihrem Sitz hoch und schaut hinaus
263 Die dunkle Wolkenwand hat von Westen her den ganzen Himmel überzogen
267 Der Regen über den Hügeln wird immer stärker, die Luft kühlt immer mehr ab
277 Der Geländewagen landet im Gelände
290 Sie essen schweigend den harten Ziegenkäse, den sie im Dorf gekauft haben
295 Er wirft die letzten alten Säcke aufs Feuer
299 Zwei Stunden später schlafen sie immer noch nicht
306 Sie stehen bei Morgengrauen auf

PIPER

Andrea De Carlo
Die Laune eines Augenblicks

Roman. Aus dem Italienischen von Renate Heimbucher.
265 Seiten. Geb.

Ein dramatischer Unfall, die Begegnung mit einer ungewöhnlichen Frau – und von einem Moment zum andern weiß Luca: er muß sein Leben ändern.

»Kennst du jemanden, der glücklich ist? Der pure Freude darüber empfindet, zu genau diesem Zeitpunkt an genau diesem Ort zu sein?« Ob dieser Ort womöglich Albertas chaotische Küche ist, in der der etwas verwirrte Luca eben einen Topf Spaghettiwasser aufsetzt? Alberta jedenfalls war wenige Stunden zuvor Lucas Retterin, die Dea ex machina gewesen, die ihn in ihrem verbeulten roten Kastenwagen vom Straßenrand aufgelesen hatte – nachdem er bei einem Reitunfall dramatisch gestürzt war. Es ist diese lebensgefährliche Situation, die Luca die Augen öffnet, die sein Bewußtsein unwiederbringlich verändert. Was hält ihn eigentlich noch bei seiner langjährigen Freundin Anna, was ist aus seinen Aussteigerträumen geworden? Intuitiv folgt Luca der Eingebung eines Augenblicks…

»Nie sind die Frauenfiguren De Carlo besser geglückt als hier.«
Corriere della Sera